家藏文库

唐宋散文选

陈才智　注评

中州古籍出版社
·郑州·

图书在版编目（CIP）数据

唐宋散文选 / 陈才智注评. —郑州：中州古籍出版社，2023.3
（家藏文库）
ISBN 978-7-5738-0797-7

Ⅰ. ①唐… Ⅱ. ①陈… Ⅲ. ①古典散文 – 散文集 – 中国 – 唐宋时期 Ⅳ. ① I264

中国国家版本馆 CIP 数据核字（2023）第 041247 号

JIACANG WENKU：TANG-SONG SANWEN XUAN
家藏文库：唐宋散文选

出 版 人	许绍山
选题策划	卢欣欣
约稿统筹	卢欣欣
责任编辑	刘　琳
责任校对	刘丽佳
封面设计	王　歌
版式设计	曾晶晶

出 版 社	中州古籍出版社（地址：郑州市郑东新区祥盛街 27 号 6 层 邮编：450016　电话：0371-65723280）
发行单位	河南省新华书店发行集团有限公司
承印单位	河南新华印刷集团有限公司
开　　本	640 mm×960 mm　1/16
印　　张	20.25
字　　数	300 千字
版　　次	2023 年 3 月第 1 版
印　　次	2023 年 3 月第 1 次印刷
定　　价	59.00 元

本书如有印装质量问题，请联系出版社调换。

前　言

古代汉语在文体意义上使用的"散文"一词，最早源于佛经翻译，唐代宗李豫《密严经序》云："夫翻译之来，抑有由矣。虽方言有异，而本质须存。此经梵书，并是偈颂。先之译者，多作散文。蛇化为龙，何必变于鳞介；家成于国，宁即改乎姓氏。矧訛略轻重，或有异同，再而详悉，可为尽善。"①意思是说，《密严经》梵书原文都是偈颂，先前所翻译的经文大多翻作散文。虽侧重语体，但称散文而非散语，可见文体之意已蕴其中。不过，《全唐文》中，也仅此一例而已，大家使用更多的还是"古文"一词。

北宋时期"散文"一词的用例也不是很多，但已将散文作为文体，与诗赋相提并论，如毕仲游（1047—1121）《西台集》卷一云："至于诗赋则有声律而易见，经义则是散文而难考。"邓肃（1091—1132）《栟榈集》卷四《昭祖送韩文》云："古来散文与诗律，二手方圆不兼笔。"

至南宋，"散文"才被普遍赋予文体学的意义。从语境看，大都是与诗、对文或四六（骈文）对举的，其含义是指句式参差不齐的散体文。

---

① 《全唐文》卷四九，中华书局影印本，1983年11月版，第547页。

按照时序,可以大致举例如次。杨万里(1127—1206)《诚斋集》卷一六〇《答枣阳虞军使》:"下问诗之利病,知非肝鬲上之语,敬陈所见。寄大儿七字甚奇古,如风公十四字,浑成雅健,使山谷见之犹应击节,'务官'二句乃散文语,前辈固有偶出此体者,如木之就规矩,然吾曹不可学也。"朱熹(1130—1200):"散文亦有押韵者,如《曲礼》'安民哉'协音'兹',则与上面'思''辞'二字协矣。"① "后山(陈师道,1053—1102)雅健强似山谷(黄庭坚,1045—1105),然气力不似山谷较大,但却无山谷许多轻浮底意思。然若论叙事,又却不及山谷。山谷善叙事情,叙得尽,后山叙得较有疏处。若散文,则山谷大不及后山。([陈]淳录云:后山诗雅健胜山谷,无山谷潇洒轻扬之态。然山谷气力又较大,叙事咏物,颇尽事情。其散文又不及后山。)"② 陆九渊(1139—1193)《与饶寿翁》:"近见与持之书及诗文,其间粗存大旨,虽不及详看,要亦不必详看。诗似有一篇稍佳,余无足采。大抵文理未通,散文字句窒拟极多。"③ 曹彦约(1157—1228)《经幄管见》卷二:"声律起于风雅颂,散文起于典谟训诰。"王若虚(1174—1243)《滹南遗老集》卷三十六:"欧公(欧阳修,1007—1072)散文自为一代之祖,而所不足者,精洁峻健耳。"同上卷三十七:"扬雄之经、宋祁之史、江西诸子之诗,皆斯文之蠹也。散文至宋人始是真文字,诗则反是矣。"魏了翁(1178—1237)《春秋左传要义》卷首:"对文则别,散文则通。"孙奕《示儿编》卷十:"至如'前日之事,今日不行;今日之事,后来必更'。此是有韵散文也。施之文卷中,人将罔觉。"罗大经(1195?—1252?)《鹤林玉露》甲编卷

---

① 《朱子语类》卷八十,中华书局王星贤点校本,1986年3月版,第六册,第2081页。
② 《朱子语类》卷一四〇,王星贤点校本,第八册,第3334页。
③ 《象山先生集》卷十二,钟哲点校本《陆九渊集》,中华书局,1980年3月版,第166页。

二"刘锜赠官制":"益公(周必大,1126—1204)常举似谓杨伯子(杨万里子杨长孺)曰:'起头两句,须要下四句议论,承贴四六,特拘对耳,其立意措词,贵于浑融有味,与散文同。'"同上丙编卷二"文章有体":"杨东山(杨长孺)尝谓余曰:'……山谷诗骚妙天下,而散文颇觉琐碎局促。'"①王应麟(1223—1296)《玉海》卷二〇二《词学指南》:"东莱先生(吕祖谦,1137—1181)曰:'诏书或用散文,或用四六,皆得。唯四六者下语须浑全。不可如表,求新奇之对而失大体,但观前人诏自可见。'""散文当以西汉诏为根本,次则王岐公、荆公、曾子开诏。熟观然后约以今时格式。不然则似今时文策题矣。"黄震(1213—1280)《黄氏日钞》卷六二"读文集·苏文·表状":"此与散文无异,不过言理但取其齐比易读。盖表启本如此。""皆散文之句语,相似而便于读耳。陆宣公奏议体也。"同上卷六三"读文集五·曾南丰文·制诰":"制诰多平易,特散文之逐句相类者耳。"同上卷六四"读文集六·王荆公":"外制召试三道,其二以散文为之。""公之启,皆平易如散文,但逐句字数相对,以便读耳。"同上卷六七"读文集九·范石湖文":"外制从官用偶句,余多散文。"罗璧《识遗》卷二:"骈俪贵整,散文忌律,各有当也。"龚昱编《乐庵语录》卷一:"散文自有声律,如《盘谷序》《醉翁亭记》皆可歌。"陈叔方《颍川语小》卷下:"至欧阳文忠公作《醉翁亭记》,乃散文尔。"谢采伯《密斋笔记》卷三:"四六本只是便宣读,要使如散文而有属对乃善。"杨伯喦(?—1254)《臆乘·经史字音》:"经史中字注音韵,世人流传讹舛,不以为嫌。谈话及散文中用之,故无害。若夫对偶与夫押韵,讵可不审哉?"②

---

① 《鹤林玉露》,中华书局王瑞来点校本,1983年8月版,第27页,第265页。
② 陶宗仪《说郛》卷十一上。

本书《唐宋散文选》书名中的"散文",则取义于现代西方文学理论的概念,即与诗歌、小说、戏剧文学并列的一种文体样式,涵盖了上面所说的散体文(古文)以及骈体文(今文)、赋体文。在文学实践中,散文是一种颇具实用功能的文体。从历史上看,唐宋是中国散文发展史上重要的转折期。散文发展到唐宋,开始真正从经史子中分离出来,由应用性向文学性转变,由著述体向篇什体转变。散文于传统的著书立说之外,在日常生活中找到了写景、抒情、言志的广阔园地,成为一种独立的文学体裁,有了其独立的审美价值。

在这一转变历程中,有一条明显的主线,即散体和骈体这两种基本语言体式的相互对立、争雄和相互交融、影响。先秦之文,奇句和偶句交错相参,用散用骈,一任自然,是骈散未分的时代。两汉之文,赋体独尊。汉末魏晋,文尚骈偶,继而讲求藻饰、隶事、声律,至六朝,成为骈文极盛的时代。唐宋时期,出现两次在语言上反骈复古的"古文运动"。一次在中唐时期,以韩愈(768—824)、柳宗元(773—819)为代表;一次在北宋中叶,以欧阳修(1007—1072)、曾巩(1019—1083)、王安石(1021—1086)和苏洵(1009—1066)、苏轼(1037—1101)、苏辙(1039—1112)父子为代表。

文体意义上的"古文"一词,是韩愈的发明。他在《题(欧阳生)哀辞后》中说:"愈之为古文,岂独取其句读不类于今者耶?思古人而不得见,学古道,则欲兼通其辞;通其辞者,本志乎古道者也。"而有意识地对"古文"加以界定者,有北宋柳开(947—1000)的《应责》:"古文者,非在辞涩言苦,使人难读诵之。在于古其理,高其意,随言短长,应变作制同古人之行事,是谓古文也。"

中唐和北宋这两次古文运动,均与当时的儒学复兴密切相关,因此,其理论核心都是文以明道,文以载道。道,简而言之就是道义,关乎个人的是价值理想，关乎社会的是政治理想。文以明道，就是主张写文章要体现作者的价值追求；文以载道，就是要考虑国家的政治民生。而韩愈所云"学古道"，其外在的出发点和落脚点，就在于效古之文，即反对当时文坛的主流样式骈文，倡导先秦两汉以来的、以散行单句为主的古文。以复古为旗帜，实际上则是对散文文风、文体和文辞加以全面革新。

从骈散体式变迁演进的大势看，唐宋正处在由骈文为主演变为古文为主的过渡期。在这前后六百余年间，骈体、散体始终同存并峙，各放光明；俪辞、古文相互交织，彼此依存，共同构成了唐宋散文的绚丽图卷。至于赋，唐有律赋，宋有文赋，二者都介于散体文和骈文之间。与骈文相比，在修辞上，赋以铺陈为主，骈文以对仗为主；在句法上，赋以排比句为主，骈文以对偶句为主；在音律上，赋除平仄外还要求句尾押韵，骈文有时要求平仄而不求押韵；在题目上，绝大多数的赋以"赋"命题，骈文则没有固定的标志；在功用上，赋用于描写与抒情，骈文除此二者还可用于议论并充当应用文。

唐文和宋文的风格、面貌有很大区别。唐文敛，宋文纵；唐文紧，宋文疏；唐文雄健奔放，宋文平实晓畅；唐文奇崛简峭，宋文纡徐含蓄。袁枚《与孙俌之秀才书》称："大抵唐文峭，宋文平；唐文曲，宋文直；唐文瘦，宋文肥；唐人修辞与立诚并用，而宋人或能立诚，不甚修辞。"钱锺书在评价宋代散文时则说："韩愈认为'文无难易，唯其是尔'（《答刘正夫书》）。宋代散文家只提倡他的'易'的一面——'句易道，义易晓'（王禹偁《小畜集》卷十八《再答张扶书》），放弃了他的'难'的一面，略过了他所谓'沈浸醲郁'，而偏重他所谓'文从字顺'。这符合于而且也附和了道学家对散文的要求：尽去'虚饰'，'词达而已'（周敦颐《通书》第二八章）。所以宋代散文跟唐代散文比起来，就像平原旷野跟高山深谷的比较。……宋代散文明白晓畅、平易近人，是表达意思比较轻便的工具。"①

唐宋散文作者合计一万三千五百多人，作品十二万二千八百多篇。其中据平冈武夫主编《唐代的散文作家》《唐代的散文作品》统计，《全唐文》《唐文拾遗》《唐文续拾》共收作者三千五百一十六人，作品二万二千八百九十六篇。《全宋文》共收作者约一万人，收文约十万篇。在这为数众多的作家之中，"唐宋八大家"的散文成就代表了唐宋散文的最高成就。"唐宋八大家"的提法，出自明中叶"唐宋派"文学家茅坤的《唐宋八大家文钞》，但可溯源至南宋。吕祖谦《与内弟曾德宽》书谓："且读秦、汉、韩、柳、欧、曾文字（四六且看欧、王、东坡三集），以养根本。"（《东莱别集》卷十）他奉宋孝宗旨意编定的《皇朝文鉴》（即《宋文鉴》），选宋初至南渡前作者三百一十三人的诗文两千四百零一篇，欧阳修、王安石、三苏、曾巩六家九百零一篇，占全书大部分，是后人以整体认识宋文六家的肇始，也是唐宋八大家成立过程中的重要一环。他还选有《古文关键》，其"总论"部分，评议唐宋古文十二家，有《看韩文法》《看欧文法》《看苏文法》等，揭示了他们的传承关系，指出各人在古文运动发展中的成就、地位和作用，首次清理了唐宋古文运动发展的轨迹。"文选"部分，则选录韩愈、柳宗元、欧阳修、三苏、曾巩和张耒的文章。明初朱右承其意，编《唐宋六家文衡》，以王安石替代张耒，以"蜀苏氏父子"三家为一，实即韩、柳、欧、曾、王和三苏八家（《唐宋六家文衡》今不传，参见明代贝琼《唐宋六家文衡序》）。其后"唐宋派"作家唐顺之有《文编》，唐宋部分专选八大家的文章。这无疑又强化了"八人"在唐宋古文创作中的地位。推崇唐顺之的茅坤编八家之文，

---

① 中国社会科学院文学研究所中国文学史编写组编《中国文学史》，人民文学出版社1998年版，第634页。

题名"唐宋八大家文钞",从名、实两个方面最终完成了"唐宋八大家"的概念。

八大家的散文各具特色。韩之雄奇,柳之峻洁,欧之婉曲,曾之醇厚,王之劲峭,老苏之纵肆,大苏之豪放,小苏之淡泊,面目各异。清人吴振乾《唐宋八大家类选序》归纳说:"奥若韩,峭若柳,宕逸若欧阳,醇厚若曾,峻洁若王,既已分流而别派矣。即如眉山苏氏父子相师友,而明允之豪横,子瞻之畅达,子由之纡折,亦有人树一帜,各不相袭者。"清人恽敬《大云山房文稿》对他们独特风格的形成原因进行探讨:"韩退之自儒家、法家、名家入,故其言峻而能达;曾子固、苏子由自儒家、杂家入,故其言温而定;柳子厚、欧阳永叔自儒家、杂家、词赋家入,故其言详雅有度;杜牧之、苏明允自兵家、纵横家入,故其言纵厉;苏子瞻自纵横家、道家、小说家入,故其言逍遥而震动。"

"唐宋八大家"在散文史上的地位固然应该充分肯定,但需要一提的是,红花还需绿叶扶。在唐宋散文苑囿中,如果仅仅矗立这八朵红花,绝不能真实体现那百花齐放的繁荣全貌。

首先,从创作时间和作品数量上看。韩、柳和宋六家的散文创作时间分别为四十年和九十年,共计一百三十年,约占唐宋两朝六百余年的五分之一。"八大家"的散文作品总量约为三百五十卷,而《全唐文》共一千卷,《全宋文》则是《全唐文》规模的五倍。

其次,从创作实践、发展阶段和成就上看。唐代散文除韩、柳外,李华(715—766)、萧颖士(717—759)等古文先驱的鼓吹,李翱(772—836)、皇甫湜(约777—约835)等韩门弟子的继武,皮日休(约838—约883)、陆龟蒙(?—约881)等的晚唐小品文,都是散文史上的重要环节。宋代散文作家,像政治家、史学家司马光(1019—1086)"固不以词章为重,然即以文论,其气象亦包括诸家,凌跨一代"(《四库全书总目提要》卷一五二）。"苏门六君子"之一的李廌（1059—1109）"才气横溢，其文章条畅曲折，辩而中理，大略与苏轼相近"（《四库全书总目提要》卷一五四）。南宋著名诗人陆游（1125—1210）的古文创作，"仅亚于诗，亦南宋一高手，足与叶适、陈傅良骖靳"①。朱东润《陆游选集序》甚至认为其成就"远在苏洵、苏辙之上"。而著名学者叶适（1150—1223）亦"文章雄赡，才气奔逸，在南渡卓然为一大家"（《四库全书总目提要》卷一六〇）。

抱着"尝一脔肉，而知一镬之味"（《淮南子·说林训》）的奢望，这部《唐宋散文选》以生年为序，甄选作家二十三位，作品三十九篇。所选篇章，既力求经典，同时也顾及其在文学史上的价值。"注释"部分，涉及语词、史实、人物、官制、地理等。"阐析"部分，主要从文章结构的角度阐释分析其立意和艺术表现等。"赏评"部分，则在前贤有关评点基础之上，循其文而申其意，阐其艺而畅其趣；作者介绍，亦置于此，以便知人论世。在撰写过程中，曾广泛参考时贤有关选本，受益匪浅。限于学力，如有不妥或错误，敬请读者赐教。

---

① 钱锺书《管锥编》，中华书局，1999年11月版，第四册，第1442页。

目 录

唐 代

王勃
秋日登洪府滕王阁饯别序 ………………………………… 3
韦嗣立
谏滥官疏 …………………………………………………… 16
张说
广州都督岭南按察五府经略使宋公遗爱碑颂 …………… 21
王维
山中与裴迪秀才书 ………………………………………… 32
李白
大鹏赋 ……………………………………………………… 36
苏源明
秋夜小洞庭离宴序 ………………………………………… 45
李华
吊古战场文 ………………………………………………… 49

韩愈

师说 …………………………………………………… 55

原道 …………………………………………………… 60

进学解 ………………………………………………… 72

与陈给事书 …………………………………………… 81

张中丞传后叙 ………………………………………… 87

柳子厚墓志铭 ………………………………………… 96

白居易

与元九书 ……………………………………………… 108

柳宗元

种树郭橐驼传 ………………………………………… 136

始得西山宴游记 ……………………………………… 141

捕蛇者说 ……………………………………………… 147

杜牧

阿房宫赋 ……………………………………………… 152

陆龟蒙

甫里先生传 …………………………………………… 159

皮日休

原谤 …………………………………………………… 167

宋　代

范仲淹

岳阳楼记 ……………………………………………… 173

欧阳修

五代史伶官传序 …………………………………… 182

醉翁亭记 …………………………………………… 189

秋声赋 ……………………………………………… 194

苏洵

六国论 ……………………………………………… 202

周敦颐

爱莲说 ……………………………………………… 209

曾巩

战国策目录序 ……………………………………… 212

墨池记 ……………………………………………… 218

王安石

读孟尝君传 ………………………………………… 223

答司马谏议书 ……………………………………… 226

游褒禅山记 ………………………………………… 231

苏轼

留侯论 ……………………………………………… 236

日喻 ………………………………………………… 244

文与可画筼筜谷偃竹记 …………………………… 249

赤壁赋 ……………………………………………… 257

后赤壁赋 …………………………………………… 265

苏辙

黄州快哉亭记 ……………………………………… 272

李清照

金石录后序 …………………………………………… 278

文天祥

指南录后序 …………………………………………… 294

唐代

王勃

秋日登洪府滕王阁饯别序

豫章故郡[1],洪都新府[2]。星分翼轸[3],地接衡庐[4]。襟三江而带五湖[5],控蛮荆而引瓯越[6]。物华天宝,龙光射牛斗之墟[7];人杰地灵,徐孺下陈蕃之榻[8]。雄州雾列,俊采星驰[9]。台隍枕夷夏之交,宾主尽东南之美[10]。都督阎公之雅望,棨戟遥临[11];宇文新州之懿范,襜帷暂驻[12]。十旬休假[13],胜友如云。千里逢迎[14],高朋满座。腾蛟起凤,孟学士之词宗[15];紫电青霜,王将军之武库[16]。家君作宰[17],路出名区。童子何知?躬逢胜饯。

时维九月,序属三秋[18]。潦水尽而寒潭清[19],烟光凝而暮山紫[20]。俨骖䯀于上路,访风景于崇阿[21]。临帝子之长洲,得天人之旧馆[22]。层峦耸翠[23],上出重霄;飞阁流丹,下临无地[24]。鹤汀凫渚,穷岛屿之萦回[25];桂殿兰宫,即冈峦之体势[26]。披绣闼[27],俯雕甍[28],山原旷其盈视,川泽纡其骇瞩。闾阎扑地,钟鸣鼎食之家[29];舸舰迷津,青雀黄龙之舳[30]。虹销雨霁,彩彻区明[31]。落霞与孤鹜齐飞,秋水共长天一色[32]。渔舟唱晚,响穷彭蠡之滨[33];雁阵惊寒[34],声断衡阳之浦[35]。

遥吟俯畅,逸兴遄飞[36]。爽籁发而清风生[37],纤歌凝而白云遏[38]。睢园绿竹[39],气凌彭泽之樽[40];邺水朱华[41],光照临川之笔[42]。四美具,二难并[43]。穷睇眄于中天[44],极娱游于暇日[45]。天高地迥,觉宇宙之无穷;兴尽悲来[46],识盈虚之有数。望长安于日下[47],指吴会于云间[48]。地势极而南溟深,天柱高而北辰远[49]。关山难越,谁悲失路之人[50];萍水相逢,尽是他乡之客。怀帝阍而不见[51],奉宣室以何年[52]?嗟乎!时运不齐,命途多舛。冯唐易老[53],李广难封[54]。屈贾谊于长沙,非无圣主;窜梁鸿于海曲[55],岂乏明时?所赖君子见机[56],达人知命[57]。老当益壮[58],宁移白首之心;穷且益坚[59],不坠青云之志[60]。酌贪泉而觉爽[61],处涸辙而犹欢[62]。北海虽赊,扶摇可接[63];东隅已逝,桑榆非晚[64]。孟尝高洁,空怀报国之情[65];阮籍猖狂,岂效穷途之哭[66]?

勃三尺微命[67],一介书生[68]。无路请缨,等终军之弱冠[69];有怀投笔,慕宗悫之长风[70]。舍簪笏于百龄[71],奉晨昏于万里[72]。非谢家之宝树[73],接孟氏之芳邻[74]。他日趋庭,叨陪鲤对[75];今晨捧袂,喜托龙门[76]。杨意不逢,抚凌云而自惜[77];钟期既遇,奏流水以何惭[78]?呜呼!胜地不常[79],盛筵难再[80]。兰亭已矣[81],梓泽丘墟[82]。临别赠言,幸承恩于伟饯;登高作赋,是所望于群公!敢竭鄙诚,恭疏短引。一言均赋,四韵俱成。请洒潘江,各倾陆海云尔[83]。

【注释】

[1]豫章:滕王阁在今江西南昌。汉置南昌县,为豫章郡治,唐初已无豫章郡,所以称为故郡。

[2]洪都:汉豫章郡,唐改为洪州,设都督府,故而称作"新府"。

［3］星分翼轸（zhěn）：古人习惯以天上星宿与地上区域对应，称为"某地在某星之分野"。翼、轸，星宿名，属二十八宿。《越绝书·内经九术》列豫章为翼、轸之分野。

［4］衡：衡山，此代指衡州（治所在今湖南衡阳）。庐：庐山，此代指江州（治所在今江西九江）。

［5］襟、带：名词用作动词，屏障、环绕的意思。三江：相传长江过彭蠡湖之后，分三道入海，故称三江，泛指长江中下游的江河。五湖：泛指长江流域的鄱阳湖等大湖泊。

［6］"控""引"本义都和拉弓有关，有控制之意，这里强调洪州所处位置的重要。蛮荆：古时称楚国为蛮荆，这里泛指湖北、湖南一带。瓯越：古东越王建都于东瓯（今浙江永嘉），故称瓯越，指今浙江地区。

［7］"物华"二句：据《晋书·张华传》，晋初，牛、斗二星之间常有紫气，据说是宝剑之精，上彻于天。张华命人寻找，果然在丰城（今属江西，古属豫章郡）牢狱的地下，掘出龙泉、太阿二剑，后来这对宝剑入水化为双龙。龙光，指剑光。墟，指区域。

［8］"徐孺"句：据《后汉书·徐稚传》，东汉名士陈蕃为豫章太守，在郡不接宾客，唯徐稚来访，特设一榻，徐稚去后就悬挂起来。徐孺，徐孺子之省称，因为骈文又称四六文，要求字句整齐。徐稚，字孺子，东汉末年豫章南昌人，隐士。家贫，自耕而食，德行为时人所景仰。

［9］雾、星：名词作状语，像雾一样、像星一样。采：通"寀"，官吏。

［10］台隍：城池。尽：全都是。美：俊杰。

［11］都督：掌管数州军事的地方长官，唐代分上、中、下三等。阎公：名未详。棨（qǐ）戟：外有赤黑色缯做套的木戟，古代大官出行时用，这里代指仪仗。

[12] 宇文新州：复姓宇文的新州刺史，名未详。新州，唐属岭南道，在今广东新兴一带。襜（chān）帷：车上的帷幕，这里代指车马。

[13] 十旬休假：唐时官吏每旬休息一天，称为"旬休"。十旬，即休息日。假，通"暇"，空闲。

[14] "千里逢迎"为动宾倒装，"逢迎"作迎接讲，"千里"代指千里之外来的朋友。

[15] 腾蛟起凤：《西京杂记》卷二："董仲舒梦蛟龙入怀，乃作《春秋繁露》。"又："扬雄著《太玄经》，梦吐凤凰集《玄》之上，顷而灭。"孟学士：孟利贞，华州华阴人，高宗时累转著作郎，加弘文馆学士。（见许嘉甫《〈滕王阁序〉小考》，《文学遗产》1994年第2期，第118页）

[16] 紫电青霜：古宝剑名。《古今注》卷上：吴大帝（孙权）有宝剑六，"二曰紫电"。《西京杂记》卷一：高祖（刘邦）斩白蛇剑，"刃上常若霜雪"。王将军：名未详。

[17] 家君：家父。作宰：任县令。时王勃之父为交趾令。

[18] 维：意思是"在"。序：时序，季节。三秋：古人称七、八、九月为孟秋、仲秋、季秋，此即指季秋。

[19] 尽：干涸。

[20] 烟光：山岚。凝：凝聚。

[21] 俨：整齐，使整齐。骖騑（cān fēi）：泛指驾车的马。阿：山岭。

[22] 帝子、天人：均指滕王李元婴。

[23] 层峦：层层叠叠的山峦。一作层台。

[24] 陈鸿墀纂《全唐文纪事》卷四七引《徐氏笔精》："王勃《滕王阁序》云：'层峦耸翠，上出重霄。飞阁流丹，下临无地。'乃袭王中《头陀寺碑》云：'层轩延袤，上出云霓。飞阁逶迤，下临无地。'又不独

'落霞秋水'袭庾信也。"

［25］汀：水中平地。凫：野鸭。渚：水中的小块陆地。萦（yíng）回：旋绕转折。

［26］即：就。体势：态势，形势。

［27］阆：门。

［28］甍（méng）：屋脊。

［29］闾阎：里门，这里代指房屋。扑地：遍地。钟鸣鼎食：古代贵族鸣钟列鼎而食。

［30］舸（gě）：《方言》："南楚江、湘，凡船大者谓之舸。"青雀黄龙：指雕有青雀黄龙头形。轴：通"舳"（zhú），船尾把舵处，这里代指船只。

［31］彻：通贯，普照。

［32］有人认为"落霞"乃飞蛾，非云霞之霞。"鹜"，野鸭。野鸭飞逐蛾虫而饮食，故曰"齐飞"。若谓云霞，则不能飞也。（见吴獬《事始》）此佳句有自来矣，萧绎《荡妇秋思赋》："天与水兮相逼，山与云兮共色。"释僧懿《平心露布》："旌旗共云汉齐高，锋锷同霜天比净。"庾信《马射赋》："落花与芝盖齐飞，杨柳共春旗一色。"唐《德州长寿寺舍利碑》："浮云共岭松张盖，明月与岩桂分丛。"

［33］彭蠡：古大泽名，即今鄱阳湖。

［34］惊：被……惊扰。

［35］衡阳：今属湖南，境内有回雁峰，相传秋雁到此就不再南飞，待春而返。

［36］甫：方才。遄（chuán）：迅速。

［37］爽籁：管子参差不齐的排箫。爽，参差。

［38］白云遏：形容音响优美，能驻行云。《列子·汤问》："薛谭学

讴于秦青，未穷青之技，自谓尽之，遂辞归。秦青弗止，饯于郊衢。抚节悲歌，声振林木，响遏行云。"

[39] 睢（suī）园绿竹：睢园，西汉梁孝王菟园，在睢阳（在今河南商丘南），他常与文人在此聚会。《水经注》卷二四："睢水又东南流，历于竹圃……世人言梁王竹园也。"

[40] 彭泽：县名，在今江西湖口县东。陶渊明曾官彭泽县令，世称陶彭泽。樽：酒器。陶渊明《归去来兮辞》有"有酒盈樽"之句。

[41] 邺：在今河北临漳，是曹魏的都城，曹魏兴起的地方。朱华：红艳的荷花，此处借指文采风流。曹植《公宴诗》："秋兰被长阪，朱华冒绿池。"

[42] "光照"句：临川，郡名，治所在今江西抚州，这里指代南朝刘宋谢灵运。谢曾任临川内史，《宋书》本传称他"文章之美，江左莫逮"。

[43] 四美：《文选》刘琨《答卢谌》文李善注："四美，音、味、文、言也。"一说指良辰、美景、赏心、乐事。具：具备。二难：指贤主、嘉宾难得。一说指学通古今的明哲之士。并：会聚一起。

[44] 穷：尽。中天：半空中。

[45] 极：尽情。娱游：欢乐。

[46] 兴：兴致。

[47] "望长安"句：《世说新语·夙惠》："晋明帝数岁，坐元帝膝上。有人从长安来，元帝因问明帝：'汝意谓长安何如日远？'答曰：'日远，不闻人从日边来，居然可知。'元帝异之。明日集群臣宴会，告以此意，更重问之，乃答曰：'日近。'元帝失色曰：'尔何故异昨日之言邪？'答曰：'举目见日，不见长安。'"

[48] 吴会（kuài）：在今江苏苏州。秦汉会稽郡治所在吴县（今苏

州），郡县连称为吴会。云间：上海市松江区（古华亭）的古称。陆云（字士龙），华亭人，未识荀隐，张华使其相互介绍而不作常语，"云因抗手曰：'云间陆士龙。'"（《世说新语·排调》）

[49] 南溟：南海。天柱：《神异经》："昆仑之山，有铜柱焉。其高入天，所谓天柱也。"北辰：北极星，借指君主。《论语·为政》："为政以德，譬如北辰，居其所而众星共（拱）之。"

[50] 悲：哀怜。失路：迷路，不得志。

[51] 帝阍（hūn）：原意为天帝的守门者，屈原《离骚》："吾令帝阍开关兮，倚阊阖而望予。"这里指皇帝的宫门。

[52] "奉宣室"句：贾谊迁谪长沙四年后，汉文帝又召他回长安，召见于宣室中问鬼神之事。宣室，汉未央宫殿名，为皇帝斋戒的地方。

[53] 冯唐易老：《史记·冯唐列传》："（冯）唐以孝著，为中郎署长，事文帝。……拜唐为车骑都尉，主中尉及郡国车士。七年，景帝立，以唐为楚相，免。武帝立，求贤良，举冯唐。唐时年九十余，不能复为官。"

[54] 李广难封：李广，汉武帝时名将，多次与匈奴作战，军功卓著，却始终不得封侯。

[55] "屈贾谊"句：贾谊，汉初名臣，受朝中权贵排斥，文帝时被贬为长沙王太傅，郁郁不得志。"窜梁鸿"句：梁鸿，字伯鸾，东汉右扶风平陵人，过京师，作《五噫歌》，讽刺朝廷奢侈，不体恤民生艰难。汉章帝读后甚为不满，派人寻找他。他更改姓名，与妻子孟光避居齐鲁，后移居吴地。窜，意为"使（梁鸿）逃窜"。海曲，即滨海之地。

[56] 君子见机：《周易·系辞下》："君子见几（机）而作。"

[57] 达人知命：《周易·系辞上》："乐天知命故不忧。"

[58] 老当益壮：《后汉书·马援传》："丈夫为志，穷当益坚，老当

益壮。"

[59] 穷：困厄，人生遇到重大的坎坷。且：反而。

[60] 坠：抛弃。青云之志：《续逸民传》："嵇康早有青云之志。"

[61] "酌贪泉"句：据《晋书·吴隐之传》，廉官吴隐之赴广州刺史任，来到离广州城二十里之处的贪泉，饮其水，并作诗说："古人云此水，一歃怀千金。试使（伯）夷（叔）齐饮，终当不易心。"贪泉，在广州附近的石门，传说饮此水会贪得无厌。

[62] 处涸辙：《庄子·外物》："（庄）周昨来，有中道而呼者，周顾视车辙中有鲋鱼焉……"后人即由这个寓言演化出"涸辙之鱼"一语，来比喻身处困境。

[63] "北海"二句：语本《庄子·逍遥游》：大鹏徙于南海，"抟扶摇而上者九万里"。扶摇，上行的暴风。

[64] "东隅"二句：语本《后汉书·冯异传》："失之东隅，收之桑榆。"东隅，日出处，表示早晨，引申为早年。桑榆，日落处，表示傍晚，引申为晚年。

[65] "孟尝"二句：孟尝，字伯周，东汉会稽上虞人。任合浦太守时，兴利除弊，以廉洁奉公著称，后因病隐居。桓帝时，虽尚书杨乔屡次荐举，称他"清行出俗，能干绝群"，终不见用。事见《后汉书·孟尝传》。

[66] "阮籍"二句：阮籍，字嗣宗，三国魏名士。《晋书·阮籍传》："时率意独驾，不由径路。车迹所穷，辄恸哭而反。"倡狂，即猖狂，放肆妄行。

[67] 三尺：指幼小。微命：卑微的生命。

[68] 一介：一个。

[69] "无路"二句：据《汉书·终军传》，终军，字子云，济南人，西汉著名的政治、外交人物。二十多岁为谏议大夫，武帝时出使南越，自

请"愿受长缨（绳），必羁南越王而致之阙下"，时仅二十余岁。等，等同。弱冠，指二十岁，古代以二十岁为弱年，行冠礼，为成年人。《礼记·曲礼》说："二十曰弱，冠。"

［70］怀：心思。投笔：用汉班超投笔从戎的故事，见《后汉书·班超传》。"慕宗悫（què）"句：宗悫，字元幹，南朝刘宋南阳人，年少时叔父问其志向，他说："愿乘长风破万里浪。"事见《宋书·宗悫传》。

［71］簪笏（hù）：代指官职地位。簪，冠簪，古人束发戴冠时所用的长针。笏，手版，古代官员上朝时用以记事。百龄：百年，犹"一生"。

［72］奉晨昏：《礼记·曲礼上》："凡为人子之礼……昏定而晨省。"奉，侍奉。

［73］"非谢家"句：《世说新语·言语》："谢太傅（安）问诸子侄：'子弟亦何预人事，而正欲使其佳？'诸人莫有言者。车骑（谢玄）答曰：'譬如芝兰玉树，欲使其生于庭阶耳。'"宝树，玉树，比喻好子弟。

［74］"接孟氏"句：据说孟轲的母亲为教育儿子而三迁择邻，最后定居于学宫附近。事见刘向《列女传·母仪传》。接，结交。芳邻，好邻居。

［75］"他日"二句：《论语·季氏》："陈亢问于伯鱼曰：'子亦有异闻乎？'对曰：'未也。（孔子）尝独立，（孔）鲤趋而过庭。（子）曰：学诗乎？对曰：未也。不学诗，无以言。（孔）鲤退而学诗。他日又独立，鲤趋而过庭。（子）曰：学礼乎？对曰：未也。不学礼，无以立。（孔）鲤退而学礼。闻斯二者。'陈亢退而喜曰：'问一得三，闻诗，闻礼，又闻君子之远其子也。'"鲤，孔鲤，孔子之子。趋庭鲤对二语，后人用为亲聆父训之意。

［76］捧袂（mèi）：举起双袖，表示恭敬的姿势。喜托龙门：《后汉

书·李膺传》:"膺以声名自高,士有被其容接者,名为登龙门。"

[77]"杨意"二句:据《史记·司马相如列传》,司马相如经同乡杨得意推荐,方得入朝见汉武帝。又云:"相如既奏《大人》之颂,天子大悦,飘飘有凌云之气。"杨意,杨得意的省称,蜀人,汉武帝的狗监。凌云,指司马相如作《大人赋》。

[78]"钟期"二句:《列子·汤问》:"伯牙善鼓琴,钟子期善听。伯牙鼓琴……志在流水,钟子期曰:'善哉!洋洋兮若江河。'"钟期,钟子期的省称。

[79]胜:美好。

[80]再:第二次。

[81]兰亭:在会稽山阴县(今浙江绍兴)。晋穆帝永和九年(353)三月三日上巳节,王羲之与群贤宴集于此,行修禊礼,祓除不祥。王羲之写了《兰亭序》记叙这次盛会。已:消逝,过去。

[82]梓泽:即晋石崇的别墅金谷园,故址在今河南洛阳西北。石崇有《金谷诗序》传世。王勃《山亭序》云:"茂林修竹,王右军山阴之兰亭;流水长堤,石季伦河阳之梓泽。"

[83]"请洒"二句:钟嵘《诗品》:"陆(机)才如海,潘(岳)才如江。"

【阐析】

第一段,扣紧"洪府",由洪州地势雄伟、物产珍异、人才杰出引出宴会之宾主尊贵。"豫章故郡,洪都新府"写古今之变迁;"星分翼轸"四句写空间地势之雄;"物华天宝"四句写人物之盛。接着,"雄州雾列"应"星分翼轸"句,"俊采星驰"应"物华天宝"句;"台隍枕夷夏之交"再承"星分翼轸"句,"宾主尽东南之美"再承"物华天宝"句。多层次渲染，以壮文气，为后文详写做好铺垫。

第二段，扣紧"秋日登阁"，写滕王阁构筑之宏，登之眺望之广，三秋时节的景色之美。笔触转细，渐入佳境。"潦水尽"二句写秋景。"俨骖䯁"四句写自己来到滕王阁。"层峦"以下八句，写阁在山水之间。"披绣闼"以下数句，写于阁上眺览所及。其中"落霞与孤鹜齐飞"二句为描写秋景名句，展示了一幅流光溢彩、鲜明生动的秋之图景。

第三段，扣紧"饯"，写宴会盛况，及欢娱宴游引发的盛衰有时、人生无常的感慨。"遥吟俯畅"以下十句，写参与宴会诸人。"穷睇眄于中天"，引出"天高地迥"二句；"极娱游于暇日"引出"兴尽悲来"二句，于是紧紧相承，抒发身世之感。遂引用"冯唐"等四人怀才不遇而失志之典，借古喻今，以他人酒杯，浇自家块垒。"所赖君子见机"以下，笔调再次峰回路转，言自己虽遭时命之穷，但正该因之自励，不以处境困窘而改变志节。

第四段，扣紧"序"，自叙遭际，谢主引宾。"无路请缨"四句感叹遭遇，表明志向。"舍簪笏"以下八句，说自己路过滕王阁，把当时的宾主合在一起说。"杨意不逢"等四句，以谦恭的笔调，表明自己对知音的渴望和仰慕。"呜呼"以下各句，述作序的旨意，以谦辞作结，收束全文。

【赏评】

王勃（649或650—676），字子安，绛州龙门（今山西河津）人。与杨炯、卢照邻、骆宾王以文辞齐名，合称"初唐四杰"。少年时即显露才华，六岁就能写文章，而且写得又快又好，十四岁已能即席赋诗，十七岁应举及第。曾经担任虢州参军（州刺史佐吏），因罪免官。后往交趾探父，因溺水受惊而卒（一说随父赴任交趾令，返回时溺死），年仅二十七岁。原有集，已散佚，明人辑有《王子安集》。

这篇骈文又简称《滕王阁序》。滕王阁旧址在江西南昌城西章江门、广润门外的赣江之滨。由唐高祖之子滕王李元婴任洪州都督时，于永徽四年（653）修建。它背城临江，面对西山，与黄鹤楼、岳阳楼并称江南三大名楼，并素有"西江第一楼"之誉。韩愈《新修滕王阁记》云："江南多临观之美，而滕王阁独为第一，有瑰伟绝特之称。"明人曹学佺则说"百里豫章城，千里滕王阁"，清人吕宫在《重修滕王阁序》中写道："洪都为江右名区，其山川之瑰丽甲于天下，而帝子阁尤揽其胜。"

关于本文的写作时间，有四种说法，（一）龙朔三年（663）王勃十四岁时。据唐末王定保《唐摭言》卷五记载："王勃著《滕王阁序》，时年十四（《太平广记》引作'十三'）。都督阎公不之信。勃虽在座，而阎公意属子婿孟学士者为之，已宿构矣。及以纸笔巡让宾客，勃不辞让。公大怒，拂衣而去，专会人伺其下笔。第一报云：'南昌故郡，洪都新府。'公曰：'亦是老生常谈。'又报云：'星分翼轸，地接衡庐。'公闻之，沉吟不言。又云：'落霞与孤鹜齐飞，秋水共长天一色。'公矍然而起曰：'此真天才，当垂不朽矣！'遂亟请宴所，极欢而罢。"持此说者还有清蒋清翊《王子安集注》、今人骆祥发《初唐四杰研究》、王气中《王勃传》及《王勃年谱订补》。（二）上元二年（675）王勃二十六岁时。见于《新唐书》和《唐才子传》之王勃传，持此说者还有清姚大荣《书王勃〈秋日登洪府滕王阁饯别序〉》《王子安年谱》、今人刘汝霖《王子安年谱》、高步瀛《唐宋文举要》、马茂元《读两〈唐书·文艺（苑）传〉札记》、周本淳《童子·弱冠·他日——试论王勃作〈滕王阁序〉之时间》、熊美杰《王勃十三岁作〈滕王阁序〉吗？》、蔡德予《也谈王勃作〈滕王阁序〉时的年龄问题》、张志烈《王勃杂考》《初唐四杰年谱》等。（三）总章元年（668）秋。见于任国绪《王勃滕王阁序作于何年》。

（四）龙朔二年（662）九月九日王勃十四岁时。见于王天海《〈滕王阁序〉写于何时》。其中第二种较为合理。

《滕王阁序》是一篇天才少年的才华横溢之作，千载之下读来，还是那么动人。它意境高远，词珍句秀，既一气呵成，首尾连贯，又不乏抑扬跌宕，起伏顿挫。其句式错落有致，节奏有张有弛，结构工整，安排得当，由略到详，由粗到细，由远到近，由外到内，由地及人，由人及景，由景及情。借代、通感、夸张、婉曲等修辞手法和遥远的历史典故，随文纷沓，与眼前的美景良辰相映成趣，与内心的深思逸怀相得益彰。典故有正有反，有明有暗；变化多端，而又贴切自然。如"孟尝高洁，空怀报国之情"是正用，"阮籍猖狂，岂效穷途之哭"是反用，"冯唐易老，李广难封。屈贾谊于长沙，非无圣主；窜梁鸿于海曲，岂乏明时"是明用，"老当益壮，宁移白首之心；穷且益坚，不坠青云之志"是暗用。

《滕王阁序》无疑是一篇美文，它还兼有色彩变化之美，远近变化之美，上下浑成之美，虚实相衬之美，节律协调之美，丽藻纷披之美。全篇诗与画统一，景与情统一，神与形统一，自然与社会统一，环境与气氛统一，理想与现实统一，山水与人文统一，欢快与凝重统一，悲怆与奋进统一，低沉与昂扬统一，充分表达了作者内心的失望与希望、痛苦与追求、失意与奋进相互交融的复杂感情。

作为建筑的滕王阁已旧貌不存，而王勃的这篇文章却常诵常新，与时共进。

韦嗣立

谏滥官疏

臣闻设官分职，量才择吏，此本于理人而务安之也[1]。故《书》曰"在知人，在安民"，"知人则哲，能官人；安民则惠，黎氓怀之。能哲而惠，何忧乎骧兜，何畏乎有苗"者是也[2]！则是明官得其人，而天下自理矣。古者取人，必先采乡曲之誉[3]，然后辟于州郡[4]；州郡有声，然后辟之于五府[5]；才著五府，然后升之于天朝[6]。此则用一人所择者甚悉[7]，擢一士所历者甚深。孔子曰："譬有美锦，不可使人学制。"[8] 此明用人不可不审择也。用得其才则理，非其才则乱，理乱所系，焉可不深择之哉！

今之取人，有异此道，多未甚试效[9]，即顿至迁擢[10]。夫趋竞者人之常情[11]，侥幸者人之所趣[12]，而今务进不避侥幸者，接踵比肩，布于文武之列。有文者用理内外，则有回邪赃污、上下败乱之忧[13]；有武者用将军戎[14]，则有庸懦怯弱师旅丧亡之患。补授无限，员阙不供[15]，遂至员外置官，数倍正阙[16]。曹署典吏，困于祗承[17]；府库仓储，竭于资奉[18]。国家大事，岂甚于此！古者悬爵待士[19]，惟有才者得之，若任以无才，则有才之路塞，贤人君子，所以遁迹销声，常怀叹恨者也。且贤人君子，守于正直之道，远于侥幸之门，若侥幸开，则贤者不可复出矣。贤者遂退，若欲求人安俗化，复不可得也。人若不安，国将危矣，陛下安可不深虑之！

又刺史县令，理人之首，近年以来，不存简择[20]，京官有犯及声望下者，方遣牧州[21]，吏部选人暮年无手笔者[22]，方拟县令。此风久扇，上下同知，将此理人，何以率化[23]？今岁非丰稔[24]，户口流亡，国用空虚，租调减削[25]，陛下不以此留念，将何以理国乎？臣望下明制，具论前事，使有司改换简择[26]，天下刺史、县令，皆取才能有称望者充[27]。自今以往，应有迁除诸曹侍郎、两省、两台及五品以上清望官[28]，先于刺史内取，刺史无人，然后余官中求。其御史、员外郎等诸清要六品以上官[29]，先于县令中取。制中明言如是，则人争就刺史、县令矣。得令天下大理，万姓欣然，岂非太平乐事哉！唯陛下详择。

【注释】

[1] 理人：治民。唐人避高宗李治讳，用"理"代"治"；避太宗李世民讳，用"人"代"民"。

[2] 以上引文见《尚书·皋陶谟》，唯《尚书》"氓"字作"民"，"畏"字作"迁"。哲，大智，无所不知。官人，指任用称职的人为官。黎氓（méng），黎民。怀，归向。驩（huān）兜，古代传说中的恶人，被舜放逐到崇山，事见《尚书·舜典》。有苗，即三苗，古代部族名，此指三苗之君，即传说中的饕餮，因贪财贪食，被舜放逐到三危，见《尚书·舜典》。

[3] 乡曲：乡里。

[4] 辟：征召，任用。

[5] 五府：后汉指太傅、太尉、司徒、司空、大将军，因其皆开府置官属，故合称五府。

[6] 天朝：朝廷。

[7] 所择者甚悉：所择取的方面很全。

[8] "譬有"二句：郑子皮想让尹何治理封邑，子产说"不知道他有没有这个能力"。子皮认为可以让他去学习一下，子产说："不可……子有美锦，不使人学制焉（是不会让人用它来学习裁制衣服的）。"事见《左传·襄公三十一年》。作者称这两句话为孔子所说，非是。

[9] 试效：考察效果。

[10] 顿至迁擢：忽然提拔。

[11] 趋竞：奔跑竞争，指追逐名利。

[12] 侥幸：谓求利不止，欲意外获得成功或免于不幸。趣：同"趋"。

[13] 回邪：邪僻，不正。

[14] 将军戎：统率军队。

[15] 补授：委任官职。员阙：唐时各种官职皆有定员，员阙指定员内的缺额。不供：不能供给，不够用。

[16] 员外置官：在定员之外另设官位。正阙：正员（定员内的官位）的缺额。

[17] 曹署典吏：官府各部门的吏员（负责操办各种杂务的小吏，即流外官）。因于祗承：指官员超编，数量过多，吏人为恭奉侍候他们的事务所困。祗承，敬承，恭奉。

[18] 资奉：财物的供给。

[19] 悬爵：空出官职爵位。

[20] 简择：选择。

［21］犯：指触犯法令。牧州：任州刺史。

［22］吏部选人：每年赴京参加吏部流内文官铨选的人员。唐制，六品以下文官的铨选，由吏部负责。手笔：指写作技能。

［23］率化：奉行教化。

［24］岁：一年的收成。丰稔（rěn）：丰收。景龙三年，"关中饥，米斗百钱"（《通鉴》卷二〇九）。

［25］租调：唐行租、庸、调法，租指每岁缴纳的田赋（每丁纳粟或稻若干）；调指随乡土所产，每丁每年缴纳绫、绢、布等物若干；庸指服力役。如遇水旱等灾害，可减交或免交租调。

［26］有司：有关的官员。

［27］称望：才能与声望相称。

［28］迁除：迁任。诸曹侍郎：指尚书省六部之侍郎（各部的副长官）。两省：中书省、门下省。两台：《通鉴》卷二〇九胡三省注："两台，左、右御史台。"清望官：《唐六典》卷二"清望官"下注："谓内外三品已上官及中书、黄门侍郎，尚书左、右丞，诸司侍郎，并太常少卿，秘书少监，太子少詹事，左、右庶子，左、右率及国子司业。"按，以上所列各官皆在四品以上。

［29］御史：御史台属官侍御史、殿中侍御史、监察御史，其中只有侍御史为六品官。员外郎：尚书省左、右司及六部诸司副长官，皆为六品。清要：谓职位清贵，掌握枢要。

【阐析】

第一段，从正面论述用人是关系到国家治乱安危的大事，不可不审慎。第二段，直接批评当时存在的官员冗滥、所任非人的弊端，指出其对国家将要造成大的危害。第三段，专论刺史县令直接治民，对他们的选用未可轻视，并提出在这方面消除积弊的具体建议。

【赏评】

韦嗣立（654—719），字延构，郑州阳武（今河南原阳）人，祖籍京兆杜陵（今陕西西安东南）。少举进士。武则天时任凤阁舍人，上疏请使王公以下子弟皆入国学，杜绝其他途径入仕；又请昭雪垂拱以来酷吏罗织冤案，则天不听。累迁凤阁侍郎、同凤阁鸾台平章事。中宗神龙中，加修文馆大学士。景龙三年（709），任中书侍郎、同中书门下三品。睿宗时，拜中书令。开元初，出为岳州别驾，徙为陈州刺史，卒。

唐中宗景龙三年三月，韦嗣立拜相后，针对当时官员冗滥、国用空虚的情况上此奏章。武则天为收揽人心，放手招官，当时已出现官员冗杂的现象。到中宗时，政出多门，这种现象更加严重。那时韦皇后专权而贪暴，安乐、长宁公主及皇后妹郕国夫人、上官婕妤等，皆依势用事，大肆卖官，不论什么人，只要出钱三十万，"则别降墨敕除官，斜封付中书，时人谓之'斜封官'"（《通鉴》卷二〇九），有员外同正、试、摄、检校、判、知官等名目（皆属员外置官），人数多至数千。出钱较少的人则到吏部候选，一年有数万人。当时同平章事兼吏部侍郎崔湜、郑愔掌管吏部铨选，也倾附势要，公然纳贿，官员定员内的缺额不够支配，竟至预先借用三年的缺额，于是"选法大坏"。这篇奏疏即针对上述腐败现象而发。奏疏呈进后，昏庸的中宗未加采纳。次年六月，中宗被安乐公主等毒死，睿宗即位。八月，其听从姚崇、宋璟的建议，悉废"斜封官"，但后来又因怕"生非常之变"，下令对这些人"并量材叙用"，足见拨乱反正之不易。此文现实性强，说理透辟，切中时弊；又，初唐文章，仍沿六朝以来的骈俪之习，而此文却采用散体，流畅、朴实，值得各级党政干部认真学习。

张说

广州都督岭南按察五府经略使宋公遗爱碑颂

维唐御天下九十有八载[1]，苍生赍乎海隅，玄泽漫乎荒外[2]。天子念穷乡之僻陋，徼道之修阻[3]，吏或不率不驯，人或不康不若[4]，乃命旧相广平公宋璟[5]，镇兹裔壤，式是南州[6]，笃五府之政教，总三军之旗鼓[7]，幅员万里，驯致九译[8]。

诏书下日，靡然顺风[9]。曷由臻斯？威名之先路也[10]。公曩时执白简，登琐闼[11]，推诚謇谔，不私形骸[12]。忤英主之龙鳞，蹹奸臣之虎尾[13]。挫二张之锐，则声怛寰域[14]；折三思之角，则气盖风云[15]。由是极有四星，维帝之辅[16]；地有五岳，维天之柱[17]。其入宰也，君之股肱[18]；其出守也，人之父母。

至于此邦之长人也[19]，饮食有节，衣服有常，清心而庶务简，正色而群下一[20]。瑟兮僩兮，赫兮喧兮[21]，固以不怒而威，不言而信。虽有文身凿齿，被发儋耳，衣卉面木，巢山馆水[22]，种落异俗而化齐，言语不通而心喻矣[23]。其率人版筑，教人陶瓦[24]，室皆致塈，昼游则华风可观[25]；家撤茅茨，夜作而灾火不发[26]。栋宇之利也自今始[27]。祖国之舶车，海琛之云萃[28]，物无二价，路有遗金，殊裔胥易其回途，远人咸内我边郡[29]。交易之坦也有如此[30]。故能言之士，举为美谈。盖微子去殷，以后王者[31]；襄公伐楚,将得诸侯[32]。尚书东汉之雅望[33];黄门北齐之令德[34]。宋氏世名,公其济美[35]。《诗》所谓"无念尔祖,聿修厥德[36]",广平有焉。

若夫往者屈也,来者伸也,往来相召,而哀乐继之[37]。鸿飞遵渚,于汝信处;龙章衮衣,以我公归[38]。郁陶乎人思,嗟叹之不足[39]。广府司马谭璟、番禺耆老某乙等[40],相与刻石,传徽斯文[41]。予《春秋》之徒也,岂将苟其辞哉[42]?雅敬宋公王臣之重,次嘉谭子赞德之义,遥感耆旧去思之勤[43]。越裳变风,知周公之才之美[44];吉甫作颂,见申伯于藩于宣[45]。观政将来,恶可废也[46]?颂曰:

降王宰兮远国灵,歌北户兮舞南溟[47],酌七德兮考六经,政画一兮言不再[48],草木育兮鱼鳖宁。变蓬屋兮改篱墙,鱼鳞瓦兮鸟翼堂[49],洞日华兮皎夜光,火莫炖兮风莫扬[50],事有近兮惠无疆。昆仑宝兮西海财,几万里兮岁一来,舟如岛兮货为台[51]。市无欺兮路无盗,旅忘家兮扃夜开[52]。越井冈兮石门道,金鼓愁兮旌旆好[53],来何暮兮去何早[54]!犙牛牲兮菌鸡卜,神降福兮公寿考[55]。

【注释】

[1] 维:句首助词。御:统治。九十有八载:唐高祖李渊武德元年(618)五月即帝位,到唐玄宗开元四年(716),正好九十八年。宋璟于开元三年五月自御史大夫贬睦州刺史,四年,徙广州都督。(参见郁贤皓《唐刺史考》)

[2] 贲(fèn):通"偾",兴奋。玄泽:指天子的恩泽。漫:遍及。

荒外：八荒之外，指荒远地区。

[3] 徼（jiào）道：边境的道路。修阻：长而阻塞。

[4] 率：服从。驯：善良。人：民。若：顺从。

[5] 旧相：宋璟睿宗时曾为相，故云。广平公：对宋璟的尊称。唐时常以郡望（或籍贯）加"公"尊称他人。《旧唐书·宋璟传》："宋璟，邢州南和人，其先自广平徙焉。"广平，郡名。又，宋璟尝封广平郡开国公，但时在开元八年（见颜真卿《宋璟神道碑铭》），故此处当非以爵位相称。

[6] 裔壤：边地。式：榜样，做榜样。南州：泛指南方地区。

[7] 笃：理，与"督"通。总三军之旗鼓：谓统管军队的指挥。唐广州都督府"有经略军，管镇兵五千四百人"（《旧唐书·地理志四》）。

[8] 驯致：逐渐达到。九译：多次辗转翻译，常用以指殊方远国。

[9] 靡然：倒伏的样子。句谓草木随风倒伏，喻指人民归服。《论语·颜渊》："君子之德风，小人之德草，草上之风，必偃。"

[10] 曷：何。斯：此。先路：前驱，为前驱。

[11] 曩时：从前。执白简：指为御史。古御史有所弹奏，用白简。璟武后时尝官监察御史、左台御史中丞，玄宗时曾官御史大夫。琐闼：指朝廷。

[12] 推诚：以诚意相待。謇（jiǎn）谔：正直。私：爱惜。

[13] 忤：抵触，触犯。英主：指武则天、唐中宗，事详见下注。龙鳞：喻指皇帝或皇帝的威严。躐：同"踏"。奸臣：指下文之"二张""三思"等。

[14] "挫二张"二句：二张，张易之、昌宗兄弟，皆武则天之内宠。宋璟为左台御史中丞时，"张易之、昌宗兄弟，席宠胁权，天下侧目。公危冠入奏，奋不顾身，天后失色，苍黄欲起，公叩头流血，誓以死

争。……词气慷慨，左右震悚。遂俱摄诣台（御史台），庭立切责，二竖（二张）股栗气索，不敢仰视，自朝至于日昃，敕使驰救之，公不得已而罢。（天后）又令（二张）诣公谢罪，公拒之"（颜真卿《宋璟神道碑铭》）。怛（dá），惊愕。寰域，全国。

[15] "折三思"二句：三思，武则天之侄，封梁王。中宗神龙时与韦皇后私通，恃宠专权。时璟"迁黄门侍郎，尝遇梁王武三思于朝，三思方欲言事，公正色谓之曰：'当今（天后）复子明辟，王宜以侯就第，何得尚干朝政！'三思惭惧而退，请急累月。……属年谷不登，国租罢入，三思食邑，公悉蠲之。既屡挫其锋，亦处之自若"（《宋璟神道碑铭》）。《新唐书·宋璟传》载：韦月将上书控告武三思在宫中淫乱，三思示意有关官员给月将定了一个大逆不道的罪，中宗下令将月将斩首，宋璟请求把月将关进狱中审查罪状，中宗发怒，来不及整理头巾，露着前额走出皇宫侧门，对宋璟说："朕还以为已杀掉月将了，你还请求什么呢？"宋璟说："人家说皇后与三思私通，陛下不审问就将他斩首，臣恐怕有人会私下议论，臣请求先审查罪状而后行刑。"中宗更加生气，宋璟说："请先杀死臣，不然，臣终不接受诏令。"中宗于是把月将流放到岭南。折角，折断其角，即挫其锋芒锐气之意。《汉书·朱云传》："五鹿岳岳，朱云折其角。"

[16] 极：北极星，古以为帝王的象征。四星：即四辅。《晋书·天文志上》："抱（环绕）北极四星曰四辅，所以辅佐北极而出度授政也。"此喻辅佐帝王的大臣。

[17] 天之柱：支撑上天的柱子，喻朝廷的栋梁之臣。

[18] 入宰：入朝为宰辅大臣。股肱（gōng）：大腿和胳膊，比喻辅佐君主的大臣。

[19] 此邦：指广州。长人：做百姓的长官。

[20] 正色：表情端庄严肃。《尚书·毕命》："正色率下。"

[21] "瑟兮"二句：《诗经·卫风·淇奥》："瑟兮僩兮，赫兮咺兮，有匪君子，终不可谖兮。"孔颖达疏："瑟兮，颜色矜庄。僩兮，容裕宽大。赫兮，明德外见。咺（xuǎn）兮，威仪宣著。"咺，《礼记·大学》引作"喧"，与本篇同。

[22] 文身：在身体上刺画花纹或图案。《礼记·王制》孔疏："越俗断发文身，以辟蛟龙之害，故刻其肌，以丹青涅（染）文。"凿齿：《山海经·海外南经》郭注："凿齿亦人也，齿如凿，长五六尺。"此指南海之野人。被（pī）发：散发。《礼记·王制》："东方曰夷，被发文身。"儋（dān）耳：西汉置儋耳郡，其俗雕刻颊皮，上连耳郭，故以为郡名。唐改为儋州，在今海南儋州。参见《太平寰宇记》卷一六九。衣卉：穿用草织成的衣服。《尚书·禹贡》："岛夷卉服。"面木：用木磨成面而食之。《文选》左思《蜀都赋》："面有桄榔。"刘渊林注："桄榔，树名也，木中有屑如面，可食。"按，此木之茎髓可制淀粉。巢山：在山上筑巢而居。

[23] 种落：种族部落。化齐：推行教化一样。喻：明白。

[24] 率人：率领百姓。版筑：筑土墙之法，以两版相夹，置泥其中，用杵舂实。陶瓦：以黏土为原料烧制瓦片。

[25] 敷：通"涂"，指以泥涂屋。墍（jì）：以泥涂屋。华风：华夏之风。

[26] 茅茨：茅草屋顶。"夜作"句：《后汉书·廉范传》："成都民物丰盛，邑宇逼侧，旧制禁民夜作，以防火灾。"此处反用其意。

[27] 栋宇：泛指房屋。《新唐书·宋璟传》："广（州）人以竹茅茨屋，多火。璟教之陶瓦筑堵，列邸肆，越俗始知栋宇利而无患灾。"

[28] 祖国：祖籍所在之国，指唐。海琛（chēn）：海中的珍宝。云

萃：如云之聚集。

[29]殊裔：异域，远方。胥：皆。易其回途：不以赴广州的曲折道路为难。内我边郡：视我国边郡（广州）为内地。

[30]坦：宽广。

[31]微子去殷：微子名启，殷王帝乙长子，纣王庶兄。纣王无道，微子数谏，不听，遂去国。周武王伐纣，微子称臣于周。武王克商后，封纣子武庚以续殷祀。成王时，武庚作乱，周公诛之，"乃命微子开（启）代殷后，奉其先祀"，国于宋。事见《史记·宋微子世家》。后王者：为王者（指殷王）之后，即续殷祀之意。按，宋氏之先出于微子启。《新唐书·宰相世系表五上》："宋氏出自子姓。殷王帝乙长子启，周武王封之于宋，三十六世至君偃，为楚所灭，子孙以国为氏。"

[32]"襄公"二句：襄公，宋襄公，名兹父，继齐桓公为诸侯盟主。公元前638年，襄公伐郑，与救郑的楚兵战于泓水。楚兵强大，他却自称为"仁义之师"，要待楚兵渡完河列成阵后再战，结果大败受伤，次年不治而亡。事见《左传·僖公二十二年》《史记·宋微子世家》。《宋微子世家》太史公曰："襄公既败于泓，而君子或以为多，伤中国阙礼义，褒之也。宋襄之有礼让也。"

[33]尚书：指宋弁。《宋璟神道碑铭》："其先出于殷王元子，七代祖弁，魏吏部尚书，袭列人子；祖钦道，北齐黄门侍郎，并事迹崇高。"弁官北魏吏部尚书，《魏书》《北史》有传。璟在东汉之先祖，《元和姓纂》《新唐书·宰相世系表》等均未记载，本句之"东汉"二字疑有误。雅望：美好的声望。

[34]黄门：指宋钦道，璟之五代祖，北齐黄门侍郎，见《宰相世系表五上》。《魏书》《北齐书》《北史》均有《宋钦道传》。令德：美德。

[35]济美：继承祖先或前人的业绩。《左传·文公十八年》："世济

其美,不陨其名。"

[36]《诗》所谓"无念尔祖,聿修厥德":谓念汝之祖而修其德。"无""聿"皆句首助词。

[37]"若夫"四句:语本《周易·系辞下》:"往者屈也,来者信也,屈信相感而利生焉。"孔疏:"往是去藏,故为屈也;来是施用,故为信也。一屈一信递相感动而利生。"信,伸。召,引导。此处"往"指到地方任职,"来"指入朝任职。

[38]"鸿飞"四句:变用《诗经·豳风·九罭》语:"鸿飞遵渚,公归无所,于女信处。……是以有衮衣兮,无以我公归兮,无使我心悲兮。"旧说《九罭》是赞美周公的诗,此借以写宋璟被召回朝。遵,沿着。渚,水中的小块陆地。于女(汝)信处,言汝再宿两夜。于,助词。信处,信宿。龙章,古帝王、诸侯礼服上的龙形图纹。衮衣,即卷龙衣,古帝王及上公所穿绣龙的礼服,此指宋璟所服。我公,指宋璟。

[39]郁陶:忧思积聚貌。《孟子·万章上》:"郁陶思君尔。"嗟叹之不足:《毛诗序》:"言之不足,故嗟叹之;嗟叹之不足,故永歌之;永歌之不足,不知手之舞之足之蹈之也。"

[40]司马:唐都督府属官。谭瓘:曾任殿中侍御史,参见《唐御史台精舍题名考》卷二。番禺:唐广州治所,今广东广州。耆老:受人敬重的老人。

[41]传徽斯文:在儒者中传扬宋璟的美行。徽,美。斯文,指儒者或文人。

[42]《春秋》:古编年体史书,相传为孔子据鲁史修订而成,其叙事简括,笔法谨严,多寓褒贬,汉以后被尊为经书。苟其辞:谓随便为文。

[43]赞德:称扬美德。去思:地方对离任长官的怀念。

[44]"越裳"二句:越裳,南方古国名。《后汉书·南蛮传》载:

"交趾之南有越裳国。周公居摄六年，制礼作乐，天下和平，越裳以三象重译而献白雉，曰：'道路悠远，山川岨深，音使不通，故重译而朝。'"又载越裳使者自述远道来朝之原因曰："吾受命吾国之黄耇（长寿老人）曰：'久矣，天之无烈风雷雨，意者中国有圣人乎？有则盍（何不）往朝之。'"变风，谓风发生变化，即久无烈风雷雨之意。周公，姓姬名旦，周文王之子，武王之弟。武王死，成王年幼继位，由周公摄政。周代的礼乐制度相传都是周公所制订，后儒家尊他为圣人。此以周公喻宋璟。

[45] "吉甫"二句：《诗经·大雅·烝民》："吉甫作诵，穆如清风。"吉甫，即尹吉甫。《诗经·大雅·崧高》："维岳降神，生甫及申。维申及甫，维周之翰。四国于蕃，四方于宣。"小序："《崧高》，尹吉甫美宣王也。天下复平，能建国亲诸侯，褒赏申伯焉。"申，即申伯。《崧高》郑笺："尹吉甫、申伯，皆周之卿士（王卿之执政者曰卿士）也。"孔疏："若四表之国有所患难，则往捍御之，为之蕃（藩）屏；四方之处恩泽不至，则往宣畅之，使沾王化。"此以申伯喻宋璟。

[46] 恶（wū）：怎么。

[47] 王宰：帝王的宰辅大臣，指宋璟。远国灵：谓国中特别杰出的人才（指宋璟）远至边郡。北户：《尔雅·释地》："觚竹、北户、西王母、日下，谓之四荒。"郭注："北户在南。"邢疏："北户者，即日南郡是也。"此指广州一带。南溟：南海。

[48] 酌：斟酌，吸取。七德：《左传·宣公十二年》："夫武，禁暴、戢兵、保大、定功、安民、和众、丰财者也……武有七德，我无一焉，何以示子孙。"六经：皆儒家经典，即《诗》《书》《礼》《乐》《易》《春秋》。画一：整齐，明白。《史记·萧相国世家》："萧何为法，顜若画一。"言不再：指发布政令清楚明确，不用说第二次。

[49] 篱墙：指草房的墙，因用竹、苇等物编成，故称。鱼鳞瓦：指

屋顶的瓦排列如鱼鳞。鸟翼堂：指正房（堂）的屋脊像鸟儿展开翅膀一般。

[50] 洞：穿，透进。日华：日光。皎：光明貌。夜光：指夜间的灯光。莫：无。炖：火炽盛貌。"火莫炖"指无火灾。

[51] 昆仑：古时泛称今中印度半岛南部及南洋诸岛为昆仑。西海：西方极远处的海，古书中或称今波斯湾、红海、地中海、阿拉伯海、印度洋西北部为西海。舟如岛：形容从昆仑、西海来广州互市的海船之大。《全唐文》"岛"作"鸟"，亦通。货为台：谓货物堆积如台。

[52] 扃（jiōng）：门。

[53] 越井冈：指越秀山，在今广州市北，高二十余丈。石门：山名，在今广州市西北。金鼓愁：指宋璟来广州任职以前的景象。旌旆好：指宋璟任职广州后的景象。

[54] 来何暮：东汉廉范（字叔度）为蜀郡太守，解禁便民，民歌之曰："廉叔度，来何暮（晚）？不禁火，民安作。平生无襦今五裤。"见《后汉书·廉范传》。

[55] 犦（bó）牛牲：用犦牛做祭祖的牺牲。犦牛，一种野牛，领肉隆起，状如骆驼。菌鸡卜：以菌山的鸡占卜。《山海经·海内经》："南海之内有衡山，有菌山。"古有鸡卜之法，《史记·孝武本纪》："乃令越巫立越祝祠……而以鸡卜。上信之，越祠鸡卜始用焉。"寿考：长寿。

【阐析】

第一段，概述宋璟受命到广州任职。第二段，写宋璟以往行事，歌颂他忠贞正直、不畏权奸的高贵品格。第三段，写宋璟在广州任上的政绩，并歌颂他能继承祖先的美德。第四段，写广州吏民对宋璟的思念及作者写此文的原因、目的。第五段，颂文，集中歌颂宋璟在广州的政绩，并对他表示美好的祝愿。

【赏评】

张说（667—731），字道济，一字说之，祖籍河东（今山西永济），十四岁丧父后迁居洛阳（今属河南），故又称洛阳人。永昌中考贤良方正科，应诏对策，得乙第，授太子校书。长安初擢凤阁舍人，后因得罪武后流配钦州。睿宗时进同中书门下平章事，知政事。玄宗即位，罢知政事，协助玄宗杀太平公主，拜为中书令，封燕国公。出刺相州，转岳州。召拜兵部尚书，知政事。后为集贤院学士，尚书左丞相。张说历仕四朝，长期在朝中掌握政柄，为文精壮，长于碑志，朝廷重要文诰多出其手。与许国公苏颋齐名，时称"燕许大手笔"。作为盛唐前期文学界的领袖，张说"喜延纳后进"（《旧唐书》本传），张九龄、王翰等著名文士均游其门下。有《张燕公集》。

本文是张说为广州都督宋璟写的一篇颂德碑文。宋璟（663—737）睿宗时曾任宰相，玄宗开元五年（717）至八年再次任宰相。他为人刚正不阿，敢于犯颜直谏；为相坚持正道，刑赏无私，致力于选贤授能，使官吏各称其职。史称"唐世贤相，前称房（玄龄）杜（如晦），后称姚（崇）宋（璟），他人莫得比焉"（《通鉴》卷二一一）。宋璟于开元四年任广州都督，兼岭南按察使及五府经略使。唐时置广州中都督府（治所在今广州），其正长官称都督。岭南，唐道名。唐太宗时分天下为十道，岭南道即十道之一。睿宗景云二年（711）置十道按察使，掌考察所部刺史以下官吏之善恶；玄宗开元元年（713）罢十道按察使，二年复置。岭南按察使治所即在广州。唐高宗永徽后分岭南道为广州、桂州、容州、邕州、交州五都督府（交州都督府后改为安南都护府），由广州都督统摄，合称岭南五府或五管，并置五府经略使，由广州都督兼任。宋璟任广州都督不到一年，即于开元四年十二月被玄宗征召入朝，同年闰十二月拜相。本碑文作于开元五年（717），当时作者张说任荆州大都督府长史。碑文系应广州吏民的请求而写，并拟在该地刻石建碑，所以着重地描述宋璟在广州任上的德政，但也自然地叙及宋璟以往的行事，歌颂他执法无所回避、谏争奋不顾身的高贵品格。全篇前"碑"后"颂"，相互呼应，叙事中兼有抒情，颇真切感人。

据宋璟《请停广州立遗爱碑奏》及《通鉴》卷二一二载，开元六年正月，宋璟由"韶州（隶属于广州都督府）奏事"得知广州吏民为自己立遗爱碑，上奏疏说："臣在州无他异迹，今以臣光宠（指任宰相），成彼谄谈；欲革此风，望自臣始。请敕下禁止。"结果"上从之。于是他州皆不敢立"。为了革除对在上位者阿谀奉承的恶劣风气，宋璟请求皇帝下令禁止地方为自己立颂德碑。这种严于律己、以身作则的品质是难能可贵的，千载传为美谈！

王维

山中与裴迪秀才书

近腊月下[1]，景气和畅[2]，故山殊可过[3]。足下方温经[4]，猥不敢相烦[5]，辄便独往山中[6]，憩感配寺[7]，与山僧饭讫而去。比涉玄灞[8]，清月映郭[9]。夜登华子冈[10]，辋水沦涟[11]，与月上下[12]。寒山远火，明灭林外。深巷寒犬，吠声如豹。村墟夜舂[13]，复与疏钟相间。此时独坐，僮仆静默，多思曩昔[14]，携手赋诗，步仄径[15]，临清流也。当待春中，草木蔓发[16]，春山可望，轻鯈出水[17]，白鸥矫翼[18]，露湿青皋[19]，麦陇朝雊[20]，斯之不远[21]，倘能从我游乎[22]？非子天机清妙者[23]，岂能以此不急之务相邀！然是中有深趣矣，无忽[24]。因驮黄檗人往[25]，不一[26]。山中人王维白。

【注释】

[1] 下：末。

[2] 景气：气候。和畅：温和舒适。

[3] 故山：旧居的山，指辋川山谷。过：访问。

[4] 足下：对人的敬称。温经：温习经书。

[5] 猥（wěi）：鄙。自称的谦辞。

[6] 辄：就。

［7］憩（qì）：休息。王维有《游感化寺》诗，宋蜀刻本、《文苑英华》作"化感寺"；又有《过感化寺昙兴上人山院》诗，宋蜀刻本作"感配寺"，《文苑英华》作"化感寺"。《旧唐书·方伎传》："义福……初止蓝田化感寺。"则原当作"化感寺"，误倒而为"感化寺"，"化""配"草书形近，因又误而为"感配寺"。此写作者自长安往蓝田辋川，途中在化感寺休息。

［8］比：等到。玄灞：潘岳《西征赋》："南有玄灞素浐。"玄，天青色。灞，水名，源出蓝田县蓝田谷，流经蓝田县城南，北入渭河，辋水在蓝田县城西南汇入灞水。

［9］郭：指蓝田县城。

［10］华子冈：辋川山谷二十处游止之一，见《辋川集》序。据明刻石本《辋川图》，华子冈是辋川山谷中段东侧的一座山峰。

［11］沦涟：谓水起微波。

［12］与月上下：指月下水波起伏，波光闪动。与，随。

［13］村墟：村落。

［14］曩（nǎng）昔：从前。

［15］仄径：小路。

［16］蔓：蔓延，滋长。

［17］鲦（tiáo）：一种银白色的小鱼。

［18］矫：举。

［19］青皋：长着青草的水边之地。

［20］陇：通"垄"，田埂。雊（gòu）：野鸡鸣。

［21］斯：此，指上面描写的春色。

［22］倘：或许。

［23］天机：天性。

[24]忽：忽略。

[25]黄檗（bò）：落叶乔木，俗作黄柏，茎可制黄色染料，皮与根入药。此句意谓，借助入山驮药的人送信去。

[26]不一：不详说，旧时书信结尾用语。

【阐析】

在这封信中，作者先叙自己思归辋川，由于好友正"温经"，不便相扰，只好孤身独往。这些话里包含着对友人的关怀体贴之情。接着写自己夜归辋川亲见的美景，从视、听两个方面，描画出一幅有声有色的寒夜山庄图。下面写在山庄静夜独坐，不禁想起昔日与好友共游辋川的情景，流露了作者对友人的一片深情。接下来用寥寥数笔，勾勒了一幅辋川春日的生机勃勃的图画，自然地引出写信的本意：邀约挚友来春共赏辋川佳景。

【赏评】

王维（701—761），字摩诘，蒲州猗氏（今山西临猗）人，开元九年擢进士第，解褐为太乐丞。累官至给事中。安禄山叛军陷长安，曾受伪职。乱平后，降为太子中允。后官至尚书右丞，故亦称王右丞。中年后居蓝田辋川，亦官亦隐，生活优游。王维是在盛唐时代文化全面高涨的历史条件下所产生的一个多才多艺的作家。他精通音乐，书法兼长草、隶各体，绘画才能尤为特出，擅绘人物、山水，曾自负地说"宿世谬词客，前身应画师"（《偶然作》其六）。后人甚至推许他为南宗画派之祖。苏轼称其"诗中有画，画中有诗"。他的文学创作就是建立在这样全面的艺术修养之上的，因而取得很高的成就。有《王右丞集》。

这封信写于唐天宝年间（742—756）作者居辋川期间。山中即指辋川。辋川在陕西蓝田县南辋谷内。辋谷是一条狭长的峡谷，呈西北—东南走向，长二十余里，最宽处近五百米。谷中有辋水（又称辋谷水）流贯。大概因其为沿辋水形成的一道山中平川，故称辋川。裴迪，关中人，唐代诗人，王维的好友。天宝初，王维在辋川营置别业后，常在那里"与道友裴迪浮舟往来，弹琴赋诗，啸咏终日"（《旧唐书·王维传》）。秀才，唐时进士（唐时凡参加进士科考试的人，都称为进士）的通称，参见《唐国史补》卷下。信里两处写景，是作者最用力的地方；抒发对挚友之情，则贯穿全篇，这两者水乳交融。全文以清丽淡雅的文字，刻画生动鲜明的自然景物形象，充满着诗情画意，与王维的《辋川集》绝句有异曲同工之妙。在句法上，以四字句为主，配以散句，整齐中又富于变化。

李白

大鹏赋

余昔于江陵，见天台司马子微[1]，谓余有仙风道骨，可与神游八极之表，因著《大鹏遇希有鸟赋》以自广[2]。此赋已传于世，往往人间见之。悔其少作[3]，未穷宏达之旨，中年弃之。及读《晋书》，睹阮宣子《大鹏赞》[4]，鄙心陋之。遂更记忆，多将旧本不同，今腹存手集[5]，岂敢传诸作者，庶可示之子弟而已。其辞曰：

南华老仙发天机于漆园[6]，吐峥嵘之高论，开浩荡之奇言[7]，征志怪于《齐谐》，谈北冥之有鱼。吾不知几千里，其名为鲲，化成大鹏[8]，质凝胚浑[9]。脱鬐鬣于海岛，张羽毛于天门[10]。刷渤澥之春流，晞扶桑之朝暾[11]。煊赫于宇宙，凭陵乎昆仑[12]。一鼓一舞，烟朦沙昏[13]。五岳为之震落，百川为之崩奔[14]。

尔乃蹶厚地，揭太清[15]，亘层霄，突重溟[16]。激三千以崛起，向九万而迅征[17]。背嶪大山之崔嵬[18]，翼举长云之纵横。左回右旋，倏阴忽明[19]。历汗漫以夭矫，羾阊阖之峥嵘[20]。簸鸿蒙[21]，扇雷霆，斗转而天动，山摇而海倾。怒无所抟[22]，雄无所争。固可想象其势，仿佛其形。

若乃足萦虹蜺[23]，目耀日月，连轩沓拖，挥霍翕忽[24]。喷气则六合生云[25]，洒毛则千里飞雪。邈彼北荒，将穷南图[26]。运逸翰以傍击，鼓奔飙而长驱[27]。烛龙衔光以照物，列缺施鞭而启途[28]。块视三山，杯观五湖[29]。其动也神应，其行也道俱[30]。任公见之而罢钓，有穷不敢以弯弧[31]，莫不投竿失镞，仰之长吁[32]。

尔其雄姿壮观，块轧河汉[33]。上摩苍苍，下覆漫漫[34]。盘古开天而直视，羲和倚日而傍叹[35]。缤纷乎八荒之间，掩映乎四海之半[36]。当胸臆之掩昼，若混茫之未判[37]。忽腾覆以回转，则霞廓而雾散。

然后六月一息，至于海湄[38]。欻翳景以横翥，逆高天而下垂[39]。憩乎泱漭之野，入乎汪湟之池[40]。猛势所射，余风所吹，溟涨沸渭，岩峦纷披[41]。天吴为之怵栗，海若为之躨跜[42]。巨鳌冠山而却走[43]，长鲸腾海而下驰，缩壳挫鬛[44]，莫之敢窥。吾亦不测其神怪之若此，盖乃造化之所为[45]。

岂比夫蓬莱之黄鹄，夸金衣与菊裳[46]？耻苍梧之玄凤，耀彩质与锦章[47]。既服御于灵仙，久驯扰于池隍[48]。精卫勤苦于衔木，䴔䴖悲愁乎荐觞[49]。天鸡警曙于蟠桃，踆乌晰耀于太阳[50]。不旷荡而纵适，何拘挛而守常[51]？未若兹鹏之逍遥，无厥类乎比方。不矜大而暴猛，每顺时而行藏[52]。参玄根以比寿，饮元气以允肠[53]。戏旸谷而徘徊，冯炎洲而抑扬[54]。

俄而希有鸟见而谓之曰："伟哉鹏乎，此之乐也。吾右翼掩乎西极，左翼蔽乎东荒[55]。跨蹑地络，周旋天纲[56]。以恍惚为巢，以虚无为场[57]。我呼尔游，尔同我翔。"于是乎大鹏许之，欣然相随。此二禽已登于寥廓，而尺鹦之辈空见笑于藩篱[58]。

【注释】

[1] 江陵：唐荆州，天宝元年改为江陵郡，治所在江陵县（今属湖北）。天台：山名，在今浙江天台县北。司马子微：唐道士司马承祯，字子微，河内温县（今属河南）人。从潘师正学道，传其辟谷导引之术。遍游名山，旋隐于天台山不出。开元九年（721），玄宗遣使迎入京，亲受道箓。开元十五年后居王屋山。二十三年卒，年八十九。事见两《唐书》本传。

[2] 八极：八方极远之地。表：外。希有鸟：神鸟名。《神异经·中荒经》："昆仑之山……有大鸟，名曰希有。……背上小处无羽一万九千里。西王母岁登翼上，会东王公也。"自广：自我宽慰。

[3] 悔其少作：语本杨修《答临淄侯笺》："修家子云（扬雄），老不晓事，强著一书，悔其少作。"

[4] 阮宣子：《晋书·阮修传》："阮修，字宣子。……尝作《大鹏赞》曰：'苍苍大鹏，诞自北溟。……'"

[5] 将：与。腹存：谓心想。

[6] 南华老仙：指庄子。名周，战国宋蒙人。唐天子崇奉道教，天宝元年（742）二月，诏以庄子为南华真人，其所著书（《庄子》）号《南华真经》。见《旧唐书·玄宗纪》。发：显现。天机：天赋的悟性。漆园：地名。《史记·老子韩非列传》："（庄）周尝为蒙漆园吏。"

[7] 峥嵘：比喻超越寻常。浩荡：形容恣肆放纵。

[8] "征志怪"五句：《庄子·逍遥游》："北冥有鱼，其名为鲲。鲲之大，不知其几千里也。化而为鸟，其名为鹏。鹏之背，不知其几千里也。怒而飞，其翼若垂天之云。是鸟也，海运则将徙于南冥。南冥者，天池也。《齐谐》者，志怪者也。《谐》之言曰：'鹏之徙于南冥也，水击三千里，抟扶摇而上者九万里，去以六月息者也。'"志怪，记载怪异。

《齐谐》，书名。北冥，即北溟，北海。鲲（kūn），传说中的一种大鱼。

[9] 质凝胚浑：《文选》郭璞《江赋》："类胚浑之未凝。"李善注："胚胎浑沌，尚未凝结。"此反用其意，谓已自胚胎混沌状态凝结成体。

[10] 鬐（qí）：鱼类脊背上的鳍棘。鬣（liè）：凡水族之鬐与须均称鬣。天门：天宫之门。

[11] 渤澥（xiè）：渤海，又作勃海。晞（xī）：干，晒干。扶桑：东方神木名。传说日出自旸谷，上"拂于扶桑"。参见《淮南子·天文训》《楚辞·九歌·东君》王逸注。朝暾（tūn）：朝阳。

[12] 烜（xuǎn）赫：声威盛大。凭陵：进逼。昆仑：山名，在今新疆、西藏之间，势极高峻，绵延四千余里，古以为神仙所居之地。

[13] 鼓：动。朦：模糊不清，昏暗。

[14] 崩奔：崩坏，奔腾。

[15] 蹶（jué）：踏。揭：高举。太清：指天空。

[16] 亘：贯、穿。层霄：犹言九霄。重（chóng）溟：海。

[17] "激三千"二句：即"水击三千里，抟扶摇而上者（谓乘飙风而上）九万里"之意。激，鼓动，指两翼击水。征，远行。

[18] 嶪（yè）：高大貌。崔嵬（wéi）：高貌。

[19] 倏（shū）：忽然。

[20] 汗漫：《淮南子·道应训》："吾与汗漫期于九垓之外，吾不可以久驻。"高诱注："汗漫，不可知之也。"夭矫：自得貌。肛（gòng）：至。扬雄《甘泉赋》："登椽栾而肛天门兮，驰阊阖而入凌兢。"阊阖（chāng hé）：天门。峥嵘：高峻。

[21] 簸：播扬。鸿（hóng）蒙：《庄子·在宥》："云将东游，过扶摇之枝而适遭鸿蒙。"《释文》："司马（彪）云：自然元气也，一云海上气也。"

［22］怒：奋发，奋起。所：可以。抟：凭借。

［23］萦：绕。虹蜺：相传虹有雄雌之别，色鲜艳者为雄，暗淡者为雌，雄者称虹，雌者曰蜺。

［24］连轩：飞貌。沓拖：同"渺澥"。木华《海赋》："长波渺澥，迤涎八裔。"李周翰注："渺澥，延长貌。"挥霍：轻捷迅疾貌。翕（xī）忽：意同"挥霍"。张协《七命》："翕忽挥霍，云回风烈。"

［25］六合：天地四方。

［26］邈：远。北荒：北方极远之地，指北溟。南图：南行之图谋。

［27］逸翰：健飞之羽。奔飙：疾风。

［28］烛龙：神名。传说西北方有幽冥地带，日光照不到，烛龙把那里照亮了。《楚辞·天问》："日安不到，烛龙何照？"列缺：闪电。扬雄《羽猎赋》："霹雳列缺，吐火施鞭。"启途：开路。

［29］"块视"二句：谓大鹏自九万里的高空下视三山细如土块，五湖小似水杯。三山，海中三神山，名曰蓬莱、方丈、瀛洲。五湖，说法不一，或以太湖为五湖。

［30］行也道俱：谓行动与道同在。

［31］任公：即任公子。《庄子·外物》载：任公子制一大钩，以五十头牛的肉做钓饵，坐于会稽山，投竿东海，日日垂钓，一年后获一巨鱼，浙江以东、苍梧以北的人都饱食了它的肉。有穷：指夏代有穷部落的君主羿，善射。事见《左传·襄公四年》。弯弧：弯弓。

［32］投：扔掉。镞：箭头，代指箭。仰：仰首而视。

［33］坱（yǎng）轧：同"軮轧"。《汉书·扬雄传》颜师古注："軮轧，远相映也。"

［34］苍苍：指天。《庄子·逍遥游》："天之苍苍，其正色邪？"漫漫：广远无际貌，指地。

[35] 盘古：我国神话中开天辟地的人。羲和：神话中为太阳驾车的人。

[36] 八荒：八方极远之地。四海：指中国以外的地方。《尔雅·释地》："九夷、八蛮、六戎、五狄，谓之四海。"

[37] 当：正值。胸臆：指大鹏的胸部。掩昼：指遮蔽白昼的阳光。混茫：同"混芒"，天地未分时的混沌状态。判：区分。

[38] 六月一息：谓大鹏一举飞去，半年后抵达南海，才得以休息。海湄：海边。

[39] 欻（xū）：忽然。翳（yì）景：遮蔽日月之光。耸：飞举。逆：自上而下。

[40] 浟㵳（mǎng）：广大貌。汪湟：同"汪洸"，水深广貌。

[41] 溟涨：溟、涨皆指海。沸渭：喧腾貌。纷披：散乱。

[42] 天吴：水神名。《山海经·海外东经》："朝阳之谷，神曰天吴，是为水伯。"怵栗：恐惧貌。海若：海神名。见《楚辞·远游》王逸注。躨跜（kuí ní）：动貌，指因惊恐而动。

[43] "巨鳌"句：《文选》左思《吴都赋》："巨鳌赑屃，首冠灵山。"吕向注："巨鳌，大龟也。灵山，海中蓬莱山，而大龟以首戴之。冠犹戴也。"

[44] 缩壳：指巨鳌而言。挫鬐：指长鲸而言。挫，折断。

[45] 造化：大自然。

[46] "岂比"二句：《西京杂记》卷一："始元元年，黄鹄下太液池。上为歌曰：'黄鹄飞兮下建章，羽肃肃兮行跄跄，金为衣兮菊为裳。……'"太液池在汉长安建章宫，池中起三山，以象蓬莱、方丈、瀛洲（见《三辅黄图》卷四），故称"蓬莱之黄鹄"。鹄，天鹅。

[47] 苍梧：山名，在今湖南宁远。玄凤：即凤。锦章：华美的色

彩、花纹。

[48] 服御：驾驭，谓鹄、凤为神仙所驾驭。驯扰：顺服。池隍：城池，有水称池，无水曰隍。

[49] 精卫：鸟名。传说炎帝之少女游于东海，溺而不返，遂化为精卫，"常衔西山之木石，以堙于东海"，见《山海经·北山经》。鹓鶋：海鸟名，亦作爰居。《庄子·至乐》："昔者海鸟止于鲁郊，鲁侯御而觞之于庙，奏九韶以为乐，具太牢以为膳。鸟乃眩视忧悲，不敢食一脔，不敢饮一杯，三日而死。"荐觞：献酒。

[50] 天鸡：《初学记》卷三〇引郭璞《玄中记》："桃都山有大树曰桃都，枝相去三千里，上有天鸡。日出照木，天鸡即鸣，天下鸡皆鸣。"蟠桃：仙桃名，传说其树屈蟠三千里，见《太平御览》卷九六七引《汉旧仪》。踆（cūn）乌：神话所称太阳中的乌鸦。《淮南子·精神训》："日中有踆乌。"高注："踆，犹蹲（《艺文类聚》卷一作趾），谓三足乌。"晰：明。

[51] 旷荡：性情旷达。拘挛（luán）：拘束。

[52] 矜大：骄傲自大。行藏：《论语·述而》："子谓颜渊曰：'用之则行，舍之则藏。'"此用其意。

[53] 玄根：道家指道之根本。《文选》卢谌《赠刘琨》："处其玄根，廓焉靡结。"李善注："《广雅》曰：玄，道也。"元气：指天地未分时的混沌之气。《论衡·言毒》："万物之生，皆禀元气。"

[54] 旸（yáng）谷：日所出处。《淮南子·天文训》："日出于旸谷，浴于咸池。"冯：依。炎洲：旧题东方朔《十洲记》："炎洲，在南海中，地方二千里，去北岸九万里。"抑扬：上下。

[55] "吾右翼"二句：《神异经·中荒经》谓希有鸟"南向，张左翼覆东王公，右翼覆西王母"。西王母居于西极，东王公居于东荒（东方极

远之地)。《神异经·东荒经》:"东荒山中有大石室,东王公居焉。"

[56] 地络:地之脉络,谓山川之属。天纲:王琦注:"天之纲维,谓南北二极不动之处。"

[57] 恍惚:指道。《老子》二十一章:"道之为物,惟恍惟惚。"虚无:《史记·老庄申韩列传》:"老子所贵道,虚无。"又《太史公自序》:"道家……其术以虚无为本。"

[58] 寥廓:天上宽广之处。尺鹬:同"斥鹬",泛指小雀。《庄子·逍遥游》里讲,大鹏乘风直上九万里高空,将往南溟,斥鹬嘲笑说:去南溟干吗?瞧我,翅膀一拍,双腿一跳;升到低空,随即往下掉;不去那九万里高空,活得照样挺好。庄子说,这就是小和大的区别。藩篱:篱笆。

【阐析】

此赋以《庄子·逍遥游》中的大鹏形象为基础而加以铺陈、发挥,开头先形容大鹏出世的宏大声威,接着从大鹏的鼓翼起飞、翔入高天、遨游八荒、远徙南溟等几个方面极力夸写它的雄姿、威力和气势。下面将大鹏同黄鹄、玄凤等相比,以见出它的自由与逍遥。最后写大鹏与希有鸟相遇,两者结为伴侣。

【赏评】

李白(701—762),字太白,号青莲居士。自称祖籍陇西成纪(今甘肃静宁西南),隋末其先人流寓西域的碎叶城(在今吉尔吉斯斯坦境内),白即生于该地。约五岁时,其家迁居绵州昌隆(今四川江油)青莲乡。少年即显露才华,吟诗作赋,博学广览,并好行侠。二十五岁离川,长期漫游各地,对社会生活多所体验。曾因吴筠等的推荐,于天宝初供奉翰林。在政治上未受重视,又受权贵谗毁,一年后即离开长安。政治抱负未能实现,使他对当时政治腐败,获得较深认识。天宝三载,在洛阳与诗人杜甫结交。安史乱中，怀着平乱的志愿，曾为永王李璘幕僚。璘败，受牵累流放夜郎。中途遇赦，东还。晚年漂泊困苦，卒于当涂。有《李太白集》。

开元十三年（725），李白离巴蜀，游洞庭，在江陵遇道士司马承祯，作《大鹏遇希有鸟赋》（参见詹锳《李白诗文系年》）；天宝元年（742）诏封庄子为南华真人之后，李白改订旧稿，遂成此篇《大鹏赋》。

赋中作者盖以大鹏自比，而以希有鸟比司马承祯。司马承祯虽然受到唐代最高统治者的赏识，屡被征召入都，但他并没有兴趣做官，而潜心于道教理论的研治。赋中李白引承祯为同调，由此可以看出他的志趣。值得注意的是，作者还在这篇赋里，着力地表现他那豪放不羁、热烈追求自由的精神。

此赋大笔挥洒，时作奇语，想象丰富，善用排比夸张手法，显示出浪漫主义个性。元祝尧《古赋辨体》卷七指出："此显出于《庄子》寓言，本自宏阔，而太白又以豪气雄文发之。事与辞称，俊迈飘逸，去骚颇近。"评议得当，足资参考。唐魏颢《李翰林集序》说："《大鹏赋》时家藏一本。"任华《杂言寄李白》说："《大鹏赋》，《鸿猷文》，嗤长卿，笑子云，班、张所作琐细不入耳，未知卿、云得在嗤笑限否？"可见此赋在当时流传甚广，引起人们的普遍注意。

苏源明

秋夜小洞庭离宴序

源明从东平太守征国子司业[1],须昌外尉袁广载酒于洄源亭[2],明日遂行,及夜留宴。会庄子若讷过归莒[3],相里子同祎过如魏[4],阳谷管城、青阳权衡二主簿在座[5],皆故人也。

彻馔新樽,移方舟中[6]。有宿鼓,有汶箦[7],济上嫣然能歌者五六人共载[8]。止洄源东柳门[9],入小洞庭,迟夷傍徨,眇缅旷漾[10];流商杂徵,与长言者啾焉合引[11]。潜鱼惊或跃,宿鸟飞复下,真嬉游之择耳[12]。源明歌曰:"浮涨湖兮莽迢遥,川后礼兮扈予桡[13]。横增沃兮蓬迁延,川后福兮翼予舷[14]。月澄凝兮明空波,星磊落兮耿秋河[15]。夜既良兮酒且多,乐方作兮奈别何[16]!"曲阕[17],袁子曰:"君公行当挥翰右垣,岂止典胄米廪邪[18]!广不敢受赐,独不念四三贤[19]!"源明醉,曰:"所不与吾子及四三贤同恐惧安乐,有如秋水[20]!"

晨前而归;及醒,或说向之陈事[21]。源明局局然笑曰[22]:"狂夫之言,不足罪也[23]。"乃志为序[24]。

【注释】

[1]东平:唐郡名,即郓州,天宝元年改为东平郡,治所在须昌(今山东东平西北)。国子司业:唐国子监副长官,从四品下。源明天宝

十二载（753）任东平太守（见令狐楚《刻苏公太守二文记》），十三载被征为国子司业。

[2] 外尉：唐县令属官有县尉，诸州上县置尉二人，从九品上。须昌为上县，有尉二人。宋吕本中《紫微诗话》载："开封县有两尉，一尉治内，一尉治外。（范）子夷，治外尉也。治内尉失囚被谴……"外尉，疑即指县尉之掌治外者。洄源亭：在小洞庭湖旁。苏源明有《小洞庭洄源亭宴四郡太守诗》。

[3] 会：正好。庄若讷：密州（高密郡）莒县人，天宝十载与钱起同登进士第，今存有《湘灵鼓瑟诗》一首（《全唐诗》卷二〇四）。莒：唐县名，在今山东曹县。

[4] 相里：复姓。如：往。魏：唐郡名，即魏州，天宝元年改为魏郡，治所在今河北大名东北。

[5] 阳谷：唐县名，本属济阳郡（济州），天宝十三载六月一日郡废，改属东平郡，在今山东阳谷东北。青阳：唐县名，时属宣城郡（宣州），在今安徽青阳。主簿：指县主簿，县令属官。

[6] 彻馔：指撤除洄源亭席上的菜肴。彻，通"撤"。新樽：更换酒杯。新，动词，更新。方舟：两条相并连的船。

[7] 宿鼓：宿地制作的鼓。宿，春秋国名，在今山东东平东南。汶簧：汶水一带制作的笙。汶，汶水，即今山东大汶河，流经今东平。簧，笙中用来振动发声的薄片。

[8] 济：济水，古四渎之一，流经唐东平郡须昌县西，见《元和郡县图志》卷一〇。嫣然：美好貌。

[9] 止：至。

[10] 迟夷：即迟疑，徘徊。傍徨：即彷徨，指船在湖中游荡，无一定方向。眇缅：辽阔。旷漾：宽广。

［11］流：流播。商、徵（zhǐ）：都是五声音阶（宫商角徵羽）之一。商相当于现代音阶的D调，徵相当于现代音阶的G调。长言：歌唱。啾（jiū）：象声词，此指歌唱之声。焉：语气助词。合引：曲调相合。二句指乐器奏出的各种曲调与人的歌唱声相和。

［12］择：好的选择。

［13］浮：泛舟。莽：广远无际。迢遥：遥远貌。川后：河神。礼：以礼相待。扈：随从。桡（ráo）：桨，这里指船。

［14］横：横越。增（céng）沃：指重叠的波浪。增，通"层"。沃，指大浪自上沃下。蓬迁延：蓬草在空中旋舞不进，喻船行遇浪徘徊不前的情状。福：赐福。翼：辅助，护卫。舷：船边，借指船。

［15］澄凝：清寒。明：使明亮。空波：透明的水波。磊落：光明。耿：明亮。秋河：银河。

［16］奈别何：谓无奈又要离别。

［17］阕（què）：终了。

［18］君公：对苏源明的敬称。行当：将要。挥翰：挥笔，指草诏。右垣：指中书省。唐中书省在大明宫宣政殿右、殿西，又称右省、右掖、西省、西掖垣。右省属官有中书舍人，掌草诏。典胄米廪：在学校里主管贵族子弟的教育。典，主管。胄，贵族后代。米廪，虞舜时的学校名。《礼记·明堂位》："米廪，有虞氏之庠也。"此指源明为国子司业。唐国子监下设国子学、太学、广文学、四门学等七学，其中有的学只招收贵族和高官子弟。如国子学只"掌教三品以上及国公子孙、从二品以上曾孙为生者"（《新唐书·百官志》）。

［19］独：难道。四三贤：指庄若讷、相里同祸、管城、权衡四人。

［20］所：若。吾子：对人的亲爱之称，指袁广。有如秋水：意谓秋水鉴之。"有如"为誓词中常用语。《左传·僖公二十四年》："所不与舅

氏同心者,有如白水!"

[21] 向:从前。陈事:旧事,指源明醉中所说的话。

[22] 局局然:俯身大笑貌。

[23] 罪:怪罪。

[24] 志:记述,记事。

【阐析】

文章先交代设宴的缘由及与宴的人,接着写在小洞庭湖上泛舟宴游的景象和作者的心情,最后写作者醉中失言与醒后自解。

【赏评】

苏源明(？—约759),初名预,字弱夫,京兆武功(今陕西武功西北)人。玄宗天宝初进士及第,历任东平太守、国子司业。安禄山陷京师,托病不受伪职。肃宗复两京,擢考功郎中。终秘书少监。与杜甫、郑虔、元结等友善。诗文集俱佚,散篇存于《全唐诗》及《全唐文》中。

《新唐书·苏源明传》载:"出为东平太守。是时,济阳郡太守李俊以郡濒河,请增领宿城、中都二县以纾民力。……于是源明议废济阳……既而卒废济阳,以县皆隶东平。召源明为国子司业。"本文即作者入朝为国子司业前在东平与友人宴别之作,时间当在天宝十三载(754)秋(《旧唐书·地理志》谓济阳郡废于十三载六月一日)。题中之"小洞庭"为湖名,在唐东平郡须昌县,今山东东平县北蚕尾山下(见《读史方舆纪要·山东·兖州府·东平州》)。

全文字数不多,却把夜宴时的湖光月色、离情别绪、朋友间的坦白真率、自己的浪漫豪情生动地再现了出来。文章叙事、写景、抒情结合,且夹入歌唱、对话,显得活泼而又自然;文字简洁精辟,少用偶对,解骈为散,在骈风甚盛的盛唐文坛上,给读者以新颖别致之感。

李华

吊古战场文

浩浩乎平沙无垠，敻不见人[1]；河水萦带，群山纠纷[2]；黯兮惨悴[3]，风悲日曛[4]；蓬断草枯，凛若霜晨；鸟飞不下，兽铤亡群[5]。亭长告余曰[6]："此古战场也。尝覆三军，往往鬼哭，天阴则闻。"伤心哉！秦欤汉欤？将近代欤？

吾闻夫齐魏徭戍，荆韩召募，万里奔走，连年暴露[7]。沙草晨牧，河冰夜渡；地阔天长，不知归路；寄身锋刃，腷臆谁诉[8]？秦汉而还，多事四夷，中州耗斁[9]，无世无之。古称戎夏，不抗王师；文教失宣[10]，武臣用奇[11]。奇兵有异于仁义，王道迂阔而莫为[12]。呜呼噫嘻！

吾想夫北风振漠，胡兵伺便[13]，主将骄敌，期门受战[14]。野竖旌旗，川回组练[15]；法重心骇，威尊命贱[16]；利镞穿骨，惊沙入面；主客相搏，山川震眩[17]；声折江河[18]，势崩雷电。至若穷阴凝闭[19]，凛冽海隅，积雪没胫，坚冰在须；鸷鸟休巢，征马踟蹰[20]；缯纩无温[21]，堕指裂肤。当此苦寒，天假强胡[22]，凭陵杀气[23]，以相剪屠。径截辎重，横攻士卒；都尉新降[24]，将军复没；尸填巨港之岸，血满长城之窟；无贵无贱，同为枯骨，可胜言哉！鼓衰兮力尽，矢竭兮弦绝，白刃交兮宝刀折，两军蹙兮生死决[25]。

降矣哉，终身夷狄；战矣哉，暴骨沙砾。鸟无声兮山寂寂，夜正长兮风淅淅[26]，魂魄结兮天沉沉[27]，鬼神聚兮云幂幂[28]。日光寒兮草短，月色苦兮霜白，伤心惨目，有如是耶！

吾闻之，牧用赵卒[29]，大破林胡，开地千里，遁逃匈奴。汉倾天下，财殚力痡[30]。任人而已，其在多乎？周逐猃狁，北至太原[31]，既城朔方[32]，全师而还。饮至策勋[33]，和乐且闲，穆穆棣棣[34]，君臣之间。秦起长城，竟海为关，荼毒生灵[35]，万里朱殷。汉击匈奴，虽得阴山[36]，枕骸遍野[37]，功不补患。

苍苍蒸民[38]，谁无父母？提携捧负[39]，畏其不寿。谁无兄弟？如足如手；谁无夫妇？如宾如友。生也何恩[40]？杀之何咎[41]？其存其没，家莫闻知；人或有言，将信将疑；悁悁心目[42]，寝寐见之。布奠倾觞[43]，哭望天涯。天地为愁，草木凄悲。吊祭不至，精魂何依？必有凶年[44]，人其流离。呜呼噫嘻！时耶命耶？从古如斯。为之奈何？守在四夷[45]。

【注释】

[1] 敻（xiòng）：远，辽阔。

[2] 萦带：指犹如旋绕的带子。纠纷：重叠交结。

[3] 黯：昏黑。惨悴：悲惨忧伤。

[4] 曛（xūn）：日落的余光。

[5] 铤（tǐng）：快跑。亡群：离群。

[6] 亭长：秦汉时每十里为一亭，设亭长一人，掌治安、诉讼等事。这里借指地方小吏。

[7] 暴（pù）露：露天而处，无处隐蔽。

[8] 腷(bì)臆：心情郁闷。谁诉：向谁倾诉。

[9] 中州：中原地区。耗斁(dù)：损耗，败坏。

[10] 文教：古时指礼乐法度等。失宣：没有宣扬、提倡。

[11] 用奇：指施用奇谋诡计。

[12] 王道：儒家称以仁义治天下。迂阔：不切实际。此言认为王道迂阔而不实行。

[13] 伺便：窥测有利时机。

[14] 期门：本汉官名，掌执兵器出入护卫。这里指仓促应战，与来偷袭的敌人相会于军营的大门。

[15] 组练：即组甲、被练，都是将士的衣甲服装，后因借指军队。这句说，战士在平川上来回飞奔。

[16] 法重：军法森严。威尊命贱：意谓将军的威严至高无上，但在战场上，生命却是不值钱的。

[17] 主客：指敌我双方。震眩：惊悸迷乱。

[18] 声折江河：谓厮杀声胜过江河怒吼。

[19] 穷阴：犹穷冬、季冬。凝闭：谓降霜结冰。

[20] 鸷(zhì)鸟：凶猛的鸟，如鹰、雕等。踟蹰(chí chú)：驻足不前。

[21] 缯纩(zēng kuàng)：指用丝织物和丝绵做成的衣服。

[22] 天假强胡：谓上天给强胡提供方便。

[23] 凭陵杀气：依凭严寒天气来犯。

[24] 都尉：这里泛指武官。

[25] 蹙：接近，迫近。

[26] 浙浙：风声。

[27] 结：集结。沉沉：昏暗无光。

[28] 幂（mì）幂：浓密的样子。

[29] 牧：战国时赵国名将李牧。守赵北境，曾大破匈奴，匈奴不敢近赵边城。事见《史记·李牧列传》。

[30] "汉倾"二句：指汉武帝时，竭尽天下之力，发动几次大规模抗击匈奴的战争，以致全国财尽力疲。殚（dān）：尽。痡（pū）：劳倦。

[31] 猃狁（xiǎn yǔn）：也作"玁狁"，我国古代北方的少数民族，即后来的匈奴。太原：也作"大原"，地名，约在今宁夏固原市原州区北界。《诗经·小雅·六月》："薄伐玁狁，至于大原。"谓周宣王命尹吉甫北伐，获胜而还。

[32] 城：筑城。朔方：地名，其地近猃狁。《诗经·小雅·出车》："天子命我，城彼朔方。"指天子命南仲筑城朔方以御猃狁。此处系合两事为一事而用之。

[33] 饮至：古时诸侯征伐、会盟既归，饮于宗庙，告祭先祖，谓之饮至。策勋：把功勋记在简策上。

[34] 穆穆：形容仪表端庄盛美，多用以颂扬帝王。棣棣：形容仪态文雅和顺。

[35] 竟：终，直至。荼毒：残害。

[36] "汉击"二句：指公元前119年，汉武帝令大将军卫青、骠骑将军霍去病率军深入漠北（蒙古高原大沙漠以北地区），大破匈奴，斩获八九万人，自此汉得漠南之地，匈奴不敢再在漠南立王庭。但这次战争，汉损失也很严重，死人数万，丧失马四十余万。阴山，今河套以北、大漠以南诸山的统称。

[37] 枕骸：尸骨相枕。

[38] 苍苍：形容盛多。蒸：通"烝"，众。

[39] 提携捧负：指尽心爱护、奉养。提携，牵扶。捧负，以手扶持

以背承负。

[40] 生也何恩：意谓，活着，帝王对他们有什么恩德。

[41] 杀之何咎：言他们在战场上被杀，又犯了什么罪过。

[42] 悁（yuān）悁：忧闷的样子。

[43] 布奠：设酒食以祭。倾觞：倾酒于地而祭。

[44] 必有凶年：《老子》第三十三章："大军之后，必有凶年。"凶年，灾荒年。

[45] 守在四夷：使四方各少数民族为天子守卫疆土。语本《左传·昭公二十三年》："古者，天子守在四夷。"《淮南子·泰族训》："天子得道，守在四夷。"

【阐析】

文章一开始，就展现了一幅古战场的荒凉、凄惨图画，接着转入描写古代的战争，从战国七雄的争斗，说到秦汉以来同四夷的纷争，概括地指明这些战争带来的恶果。下面，文章用浓墨重彩，渲染华夷之间战争的惊心动魄场面和令人目不忍睹的惨局，突出地表现战争给人民带来的深重灾难。接下来一段，探讨古代华夷之间战争得失成败的经验教训，认为使边疆得到安宁的关键问题在于"任人"。最后，着力抒写家人对死难将士的无尽哀思，并提出"守在四夷"的主张。

【赏评】

李华（715—766），字遐叔，赵州赞皇（今属河北）人。开元二十三年进士及第，官监察御史、右补阙。安禄山陷长安时，曾受伪职，安史之乱平定后，被贬官。后官至检校吏部员外郎。其文与萧颖士齐名。后人辑有《李遐叔文集》。

天宝十一载（752）或十二载（753），李华曾以监察御史奉使朔方，本文大约即作于这次朔方之行以后。玄宗晚年，轻启边衅，好大喜功，百姓深受其害，文中对战争灾难的描写，正是针对这一点而发的。如何消除这种华夷之间的战争灾难？作者主张"守在四夷"，即要求对四夷实行"和柔"政策，反对只讲武力。天宝后期，边地战争连绵不断的主要原因，恰在于唐统治者的穷兵黩武，所以，作者的上述主张，是有很强的现实性和针对性的，并非腐儒的迂阔之见。

这篇骈文的一个主要特色，是能以情动人，具有很强的艺术感染力。如"至若穷阴凝闭"句以下，写敌兵趁酷寒来犯，战士们在陷于困境的情况下苦战而死，充溢着低沉、愁惨、凄厉、幽抑、哀痛、悲怆之情，足以动人心魂。再如末段，"其存其没"六句，写家人对边地戍卒的思念牵挂，非常真切感人；"布奠倾觞"六句，写亲人对阵亡将士的哭祭，可谓催人泪下。善于以景衬情，融情入景，是此文的又一个特色。譬如首段前十句，尽写景而情在景中，令人读后"悲惨之意"油然而生，达到情景浑一的境界。全篇写得情文并茂，虽铺陈似赋，却无堆砌之弊。

传说李华写成此文后，特意将它弄得又脏又旧，杂于佛书中，让好友萧颖士看，萧读后称赞写得好，李问：当代文人，谁能达到这水平，萧答：你精心构思，就能达到。李愕然而服。从这则小故事中，可以看出萧颖士的眼力和对朋友的了解之深，同时也说明此文系李华所苦心经营并且带有他独具的个性色彩。

韩愈

师　说

古之学者必有师。师者，所以传道、受业、解惑也[1]。人非生而知之者，孰能无惑？惑而不从师，其为惑也，终不解矣[2]。生乎吾前，其闻道也[3]，固先乎吾，吾从而师之；生乎吾后，其闻道也，亦先乎吾，吾从而师之。吾师道也，夫庸知其年之先后生于吾乎[4]？是故无贵，无贱，无长，无少，道之所存，师之所存也。

嗟乎！师道之不传也久矣！欲人之无惑也难矣！古之圣人，其出人也远矣[5]，犹且从师而问焉；今之众人，其下圣人也亦远矣[6]，而耻学于师。是故圣益圣，愚益愚，圣人之所以为圣，愚人之所以为愚，其皆出于此乎[7]？爱其子，择师而教之，于其身也，则耻师焉，惑矣！彼童子之师，授之书而习其句读者也[8]，非吾所谓传其道，解其惑者也。句读之不知，惑之不解，或师焉，或不焉[9]，小学而大遗[10]，吾未见其明也。巫、医、乐师、百工之人[11]，不耻相师；士大夫之族[12]，曰师、曰弟子云者，则群聚而笑之。问之，则曰："彼与彼年相若也[13]，道相似也。"位卑则足羞，官盛则近谀[14]。呜呼！师道之不复可知矣。巫、医、乐师、百工之人，君子不齿[15]，今其智乃反不能及，其可怪也欤！

圣人无常师[16]，孔子师郯子、苌弘、师襄、老聃[17]。郯子之徒，其贤不及孔子。孔子曰："三人行，必有我师。"[18] 是故弟子不必不如师，师不必贤于弟子，闻道有先后，术业有专攻，如是而已。

李氏子蟠[19]，年十七，好古文，六艺经传[20]，皆通习之；不拘于时[21]，学于余，余嘉其能行古道，作《师说》以贻之。

【注释】

[1] 道：指儒家之道。受：坊间选本多释为义同"授"，非也。此盖承首句"古之学者必有师"言之，言学者求师，所以承先哲之道，受古人之业，而解己之惑也。非谓传道与人，授业与人，解人之惑也。说见吴小如《读书丛札》（北京大学出版社，1987年8月，第223页）。业：指儒家的经典，即下文"六艺经传"。惑：兼指道和业两方面的疑难问题。

[2]"人非"五句：《论语·季氏》："生而知之者，上也；学而知之者，次也；困而学之，又其次也；困而不学，民斯为下矣。"这里化用其意。

[3] 闻道：懂得道。《论语·里仁》："子曰：朝闻道，夕死可矣。"

[4] 庸知：岂知。

[5] 出人：超出于一般人。

[6] 下圣人：低于圣人。

[7] 出于此：由于此。此，指"从师而问"和"耻学于师"的两种态度。

[8] 句读（dòu）：指文字诵读。语意尽处，谓之"句"。语意未尽而诵时须略作停顿处，谓之"读"，通作"逗"。

[9] 不：同"否"。

[10] 小学而大遗：学了小的而丢了大的。小，指"句读之不知"。大，指"惑之不解"。

[11] 巫：从事降神弄鬼的迷信职业者。百工之人：泛指各种手工业者。

[12] 士大夫之族：犹言士大夫之类，指当时社会上层人士。

[13] 相若：相近。

[14] "位卑"二句：意谓以位卑于己的人为师，则有失身份，感到耻辱；以大官为师，又有近于谄谀的嫌疑。

[15] 不齿：是不屑与之同列的意思。

[16] 圣人无常师：《论语·子张》："夫子焉不学，而亦何常师之有？"常师，固定的老师。

[17] 郯（tán）子：春秋时郯国国君，传为古帝少昊之后，郯子朝鲁，谈及少皞氏时代以鸟名官的文献，孔子从学，见《左传·昭公十七年》。苌弘：周敬王时大夫，孔子至周，访乐于苌弘，见《孔子家语·观周》。师襄：鲁太师（乐官），孔子曾从他学琴，见《史记·孔子世家》《淮南子·主术训》。老聃：即老子李耳。聃，是其谥号。孔子曾问礼于老子，见《史记·老子韩非列传》及《孔子家语·观周》。

[18] "三人行"二句：《论语·述而》："子曰：三人行，必有我师焉，择其善者而从之，其不善者而改之。"

[19] 李蟠（pán）：韩愈的弟子，贞元十九年（803）进士。

[20] 六艺经传：六经的经文和传文。六艺，六经。

[21] 不拘于时：意指没有受到时代风气的影响，不以从师为耻。

【阐析】

第一段，开门见山提出论点：古之学者必有师。不言"须有师"而说"必有师"，一板一腔，毫不含糊。然后正面界定教师的职能：传道、受业、解惑。再反面论述无师不能解惑，从理论上阐明从师的必要性。接着提出择师的标准：凡先闻道者，都可以为师。最后归纳上文，提出从师的原则。无贵无贱，无长无少，道之所存，师之所存。第二段，批判当时士大夫耻于从师的不良风气。从三个角度进行正反对比，通过针砭时弊，来论证第一段所提出的观点，说明从师的必要。现列表说明于下：

	对比角度	对比双方	从师态度	结果
1	古今对比	古之圣人	从师而问	圣益圣
		今之众人	耻学于师	愚益愚
2	士大夫家庭内部对比	于其子	择师而教之	小学
		于其身	耻师	大遗
3	士大夫与其他阶层对比	巫、医、乐师、百工之人	不耻相师	士大夫之智不及巫、医、乐师、百工之人
		士大夫之族	曰师、曰弟子云者，则群聚而笑之	

第三段，以历史事例，进一步从正面论证第一段提出的观点。首先提出分论点：圣人无常师。然后用孔子的言和行两方面的事例，论证求师重道是自古已然的做法。最后还从孔子的事例中阐明谁可为师的道理。第四段，交代写作缘由，树立了一个"不拘于时""能行古道"的榜样，借以再次强调自己的观点。赞扬李蟠，既是对他不从流俗的肯定，也是对士大夫们"不从师"的有力批判和针砭。"不拘于时"照应第二段，"能行古道"照应第三段。

【赏评】

韩愈（768—824），字退之，河南河阳（今河南孟州南）人。自称郡望昌黎，故世称韩昌黎。他三岁而孤，由兄嫂抚养，刻苦自砺。贞元八年（792）中进士，历任汴州观察推官、四门博士、监察御史等官。在监察御史任时，他曾因关中旱饥，上疏请免徭役赋税，指斥朝政，被贬为阳山令。元和十二年，从裴度平淮西吴元济有功，升为刑部侍郎。后二年，又因上表谏迎佛骨，触怒宪宗，几乎被杀，得裴度等援救，改贬为潮州刺史。穆宗即位，他奉召回京，为兵部侍郎，又转吏部侍郎。卒年五十七，谥文公。有《昌黎先生集》。

本文作于贞元十八年（802）韩愈三十五岁时。当时他在文坛上已很有名望，不少青年人向他请教，他亦给予指导和帮助。这种做法，引起人们的议论，有人指责他好为人师。柳宗元《答韦中立论师道书》讲："今之世，不闻有师，有辄哗笑之，以为狂人。独韩愈奋不顾流俗，犯笑侮，收召后学，作《师说》，因抗颜而为师。世果群怪聚骂，指目牵引，而增与为言辞。愈以是得狂名。"文章的主旨是说明教师的重要作用，从师学习的必要性以及择师的原则，抨击当时士大夫之族耻于从师的错误观念，倡导从师而学的风气。同时，也对那些诽谤攻击者给予公开答复和严正驳斥。它文气浩瀚，亦庄亦谐，闳中肆外，缜密自然，具有不朽的思想和艺术魅力。

本篇的体裁是"说"，属论说文。其论证结构，宋黄震《黄氏日钞》卷五九总结说："前起后收，中排三节，皆以轻重相形。初以圣与愚相形，圣且从师，况愚乎？次以子与身相形，子且择师，况身乎？末以巫、医、乐师、百工与士大夫相形，巫、医、乐师、百工且从师，况士大夫乎？公以提诲后学，亦可谓深切著明矣，而文法则自然而成者。"所言极是。

韩愈在《送孟东野序》中说："大凡物不得其平则鸣。"《师说》也是

"不平则鸣"的产物。作者怀着对耻相师者的鄙视和嘲弄,对自己行师道、扶掖后生的欣慰和自得,或委婉而叹,或直抒胸臆。文中情与理交融,感叹句和问句巧妙穿插,都给人以情的流溢、理的昭明之感。

原　道

博爱之谓仁[1],行而宜之之谓义[2];由是而之焉之谓道[3],足乎己,无待于外之谓德[4]。仁与义为定名[5],道与德为虚位[6]。故道有君子小人[7],而德有凶有吉[8]。

老子之小仁义,非毁之也,其见者小也[9]。坐井而观天,曰"天小"者,非天小也[10]。彼以煦煦为仁,孑孑为义,其小之也则宜[11]。其所谓道,道其所道[12],非吾所谓道也;其所为德,德其所德[13],非吾所谓德也。凡吾所谓道德云者,合仁与义言之也,天下之公言也;老子之所谓道德云者,去仁与义言之也。一人之私言也。

周道衰[14],孔子没[15],火于秦[16],黄老于汉[17],佛于晋、魏、梁、隋之间[18]。其言道德仁义者,不入于杨,则入于墨[19];不入于老,则入于佛[20]。入于彼,必出于此[21]。入者主之,出者奴之[22];入者附之,出者污之[23]。噫!后之人其欲闻仁义道德之说,孰从而听之[24]?老者曰:"孔子,吾师之弟子也。"[25] 佛者曰:"孔子,吾师之弟子也。"[26] 为孔子者[27],习闻其说,乐其诞而自小也[28],亦曰:"吾师亦尝云尔。"[29] 不惟举之于其口,而又笔之于其书[30]。噫！后之人虽欲闻仁义道德之说，其孰从而求之？甚矣！人之好怪也。不求其端，不讯其末[31]，惟怪之欲闻。

古之为民者四，今之为民者六[32]；古之教者处其一[33]，今之教者处其三[34]。农之家一，而食粟之家六；工之家一，而用器之家六；贾之家一[35]，而资焉之家六[36]。奈之何民不穷且盗也！古之时，人之害多矣。有圣人者立，然后教之以相生养之道[37]。为之君，为之师，驱其虫蛇禽兽，而处之中土。寒，然后为之衣，饥，然后为之食；木处而颠[38]，土处而病也[39]，然后为之宫室。为之工以赡其器用[40]，为之贾以通其有无，为之医药以济其夭死，为之葬埋祭祀以长其恩爱，为之礼以次其先后[41]，为之乐以宣其壹郁[42]，为之政以率其怠倦[43]，为之刑以锄其强梗[44]。相欺也，为之符玺、斗斛、权衡以信之[45]；相夺也，为之城郭、甲兵以守之。害至而为之备，患生而为之防。今其言曰："圣人不死，大盗不止；剖斗折衡，而民不争。"[46]呜呼！其亦不思而已矣！如古之无圣人，人之类灭久矣。何也？无羽毛鳞介以居寒热也[47]，无爪牙以争食也[48]。

是故：君者，出令者也；臣者，行君之令而致之民者也；民者，出粟米麻丝，作器皿、通货财以事其上者也。君不出令，则失其所以为君；臣不行君之令而致之民，则失其所以为臣；民不出粟米麻丝，作器皿、通货财以事其上，则诛[49]。今其法曰[50]：必弃而君臣[51]，去而父子，禁而相生养之道，以求其所谓清净寂灭者[52]。呜呼！其亦幸而出于三代之后[53]，不见黜于禹、汤、文武、周公、孔子也[54]；其亦不幸而不出于三代之前，不见正于禹、汤、文武、周公、孔子也。

帝之与王，其号名殊，其所以为圣一也[55]。夏葛而冬裘，渴饮而饥食，其事殊[56]，其所以为智一也。今其言曰[57]："曷不为太古之无事?"[58] 是亦责冬之裘者曰："曷不为葛之之易也?"[59] 责饥之食者曰："曷不为饮之之易也?"《传》曰[60]："古之欲明明德于天下者，先治其国；欲治其国者，先齐其家；欲齐其家者，先修其身；欲修其身者，先正其心；欲正其心者，先诚其意。"[61] 然则古之所谓正心而诚意者，将以有为也[62]。今也欲治其心，而外天下国家，灭其天常[63]，子焉而不父其父[64]，臣焉而不君其君，民焉而不事其事。孔子之作《春秋》也，诸侯用夷礼则夷之，进于中国则中国之[65]。《经》曰："夷狄之有君，不如诸夏之亡。"[66]《诗》曰："戎狄是膺，荆舒是惩。"[67] 今也，举夷狄之法，而加之先王之教之上，几何其不胥而为夷也[68]？

夫所谓先王之教者，何也？博爱之谓仁，行而宜之之谓义；由是而之焉之谓道，足乎己，无待于外之谓德。其文《诗》《书》《易》《春秋》，其法礼、乐、刑、政，其民士、农、工、贾，其位君臣、父子、师友、宾主、昆弟、夫妇，其服麻丝，其居宫室，其食：粟、米、果、蔬、鱼、肉。其为道易明，而其为教易行也。是故以之为己[69]，则顺而祥；以之为人，则爱而公；以之为心，则和而平；以之为天下国家，无所处而不当。是故生则得其情，死则尽其常[70]；郊焉而天神假[71]，庙焉而人鬼享[72]。曰：斯道也，何道也？曰：斯吾所谓道也，非向所谓老与佛之道也。尧以是传之舜，舜以是传之禹，禹以是传之汤，汤以是传之文武、周公，文武、周公传之孔子，孔子传之孟轲，轲之死，不得其传焉。荀与扬也，择焉而不精，语焉而不详[73]。由周公而上[74]，上而为君，故其事行；由周公而下[75]，下而为臣，故其说长[76]。

然则如之何而可也？曰：不塞不流[77]，不止不行[78]。人其人[79]，火其书[80]，庐其居[81]，明先王之道以道之[82]，鳏寡孤独废疾者有养也[83]。其亦庶乎其可也[84]。

【注释】

[1]"博爱"句：博爱叫作仁。博爱，普遍的爱。儒家往往以爱释仁，《论语·颜渊》："樊迟问仁，子曰：'爱人'。"《孟子·离娄下》："仁者，爱人。"《国语·周语》韦昭注："博爱于人为仁。"儒家言仁政，在于修身、齐家、治国、平天下的社会作用。韩愈释仁为博爱，义本此。

[2]"行而"句：行动合宜叫作义。宜，合宜，适宜，指合于人情事理所当然，也就是仁的具体表现。《礼记·中庸》："义者，宜也。"

[3]"由是"句：由此而往叫作道。是，指上文所说的仁义。之，往，这里指进修。

[4]"足乎己"二句：自我完善而无须依靠外力的帮助叫作德。足乎己，指仁义发于内心，自我修养很充实。韩愈此处解释道德，以仁义为出发点，即下文所云："凡吾所谓道德云者，合仁与义言之也。"

[5]"仁与义"句：意谓儒家言仁义，有其确定的实质内容，故曰定名。定，固定，确定。

[6]"道与德"句：道与德是没有确定内容的名称，意即道与德比较抽象，容易作出不同的解释。黄震《黄氏日钞》卷五九："仁与义为道德，去仁与义亦自以为道德，故特指其位为虚。"虚位，没有确定内容的

位置。

[7]"故道有"句：所以道有君子之道、小人之道。《周易·泰卦》："君子道长，小人道消也。"《礼记·中庸》："君子之道暗然而日章，小人之道的然而日亡。"

[8]"而德"句：而德有恶德有美德。《左传·文公十八年》："孝敬、忠信为吉德，盗贼、藏奸为凶德。"

[9]"老子"三句：谓老子轻视仁义。《老子》第十八章："大道废，有仁义。"第九章："绝仁弃义，民复孝慈。"第三十八章："失道而后德，失德而后仁，失仁而后义，失义而后礼。"小，轻视，藐视。

[10]"坐井"三句：《太平御览》卷六引《尸子》："自井中视星，所见不过数星；自丘上以望，则见始出也。非明益也，势使然也。"此化用其意。非天小也，一作"非天罪也。"

[11]"彼以煦煦"三句：老子也说仁义，但却降低了仁义的意义。韩愈认为仁义的含义至为博大，不停留于某些言语行动的表现；而认为老子之所以弃仁义而言道德，是因为不懂得这个道理。煦煦，惠爱貌。孑孑，细小琐屑貌。

[12]道其所道：把他所认为的道当作道。老子主张"道法自然"，自然无为。

[13]德其所德：把他所认为的德当作德。老子将德归于无为自化。

[14]周道衰：指周朝自平王东迁洛邑（今河南洛阳）后，中央政权逐渐衰弱，诸侯各自为政。

[15]孔子没：孔子死后，诸子百家争鸣，儒家内部亦分为八派，各抒己见，莫衷一是。没，后作"殁"，死。

[16]火于秦：指秦始皇三十四年（前213）下令焚书，烧毁百家经典。《史记·秦始皇本纪》载丞相李斯曰："臣请史官非秦记皆烧之。非

博士官所职，天下敢有藏《诗》、《书》、百家语者，悉诣守、尉杂烧之。"制曰："可。"火，焚烧。

[17] 黄老于汉：黄老之学盛行于汉代。黄，黄帝。老，老子。黄帝传说为中原各族的共同祖先，战国、汉初时把他和老子共同尊为道家创始人，称其学说为黄老之学。汉初君臣信奉黄老之学，推行无为而治的主张。黄、老在此处作动词用。

[18] "佛于"句：谓佛教盛行于晋、北魏、梁、隋。佛教自东汉明帝时传入中国后，日益盛行。曹魏时，开始有人剃发为僧。晋武帝时大规模翻译佛经，北魏统治集团崇奉佛教，营造龙门石窟佛像等，梁武帝时大造佛寺，崇佛风气更盛，隋文帝开皇元年（581）即位初就普诏天下，听任人民出家，并大力建造佛像。"佛"在此处亦作动词用。

[19] "不入"二句：指战国时杨、墨学说盛行。杨，杨朱，战国初哲学家，主张"贵生""重己"。墨，墨子，名翟，墨家学派创始人，主张"兼爱"。此二句本于《孟子·滕文公下》："杨朱、墨翟之言盈天下，天下之言不归杨，则归墨。"

[20] "不入"二句：指两汉以来老、佛学说盛行。汉代尚黄老，魏、晋以后，佛教盛行；而清谈之士，则以老、庄为宗，流为玄学一派。

[21] "入于"二句：谓信奉杨、墨、老、佛之道，就必定背离儒家孔子之道。

[22] "入者"二句：谓信奉的就尊之为主人，背离的就视之为奴仆。

[23] "入者"二句：谓信奉的就附和之，背离的就诋毁之。污，诬蔑。

[24] 孰从：从孰，从谁。

[25] "老者曰"三句：《庄子·天运》："孔子行年五十有一而不闻道，乃南之沛见老聃。"《史记·老子韩非列传》："孔子适周，将问礼于

老子。"葛洪《神仙传》亦有孔子师于老子事。故道家信奉者说孔子是老子的弟子。老者，信奉老子学说的人。

[26]"佛者曰"三句：唐释法琳《破邪论》引《清净法行经》云："佛遣三弟子震旦（指中国）教化：儒童菩萨，彼称孔子；光净菩萨，彼称颜回；摩诃迦叶，彼称老子。"故佛教信奉者说孔子是佛的弟子。这种说法流传极广，故下文云："习闻其说。"佛者，佛教徒。

[27] 为孔子者：信奉孔子学说的人。

[28] 诞：荒唐欺诈的意思。自小：犹自卑。

[29]"吾师"句：《礼记·曾子问》记载孔子曾向老子问礼，并引用老子的话来教导其弟子曾子，可见儒家承认孔子曾问礼于老子之说。韩愈在此文之前所作的《师说》亦云："圣人无常师，孔子师郯子、苌弘、师襄、老聃。"吾师：指孔子。

[30] 举：称述。笔：书写。

[31]"不求其端"二句：犹言不考察其原委。下文论述礼乐刑政的由来，驳斥老子还淳返朴的主张和佛教清净寂灭的教义，即求端讯末之意。

[32]"古之为民者"二句：《春秋穀梁传·成公元年》："古者有四民：有士民、有商民、有农民、有工民。"今加上佛、老，即和尚、道士，遂成六民。

[33]"古之教者"句：谓古代进行教化的人居其中之一。古之教者处其一，在四民中居其中之一。

[34]"今之教者"句：谓现在进行教化的人居其中之三。今之教者，指士、和尚、道士。处其三，在六民中居其中之三。

[35] 贾（gǔ）：商人。

[36] 资焉：依靠他们。

[37] 相生养之道：共同维持生活和生存的方法。

[38] 木处而颠：在树上筑巢而居容易坠落。

[39] 土处而病：在地上挖洞而居容易生病。

[40] 赡其器用：供给他们器具。赡，使充足。

[41] 次其先后：确定尊卑长幼的次序。

[42] 壹郁：抑塞郁闷，心情不畅。

[43] 率其怠倦：督促其懈怠懒散。率，劝诫。

[44] 强梗：横行不法之人。

[45] 符：古代用作凭证的东西，分成两半，合以取信。玺：玉制的印信。斗：古代量器，十升为斗。权衡：秤锤和秤杆。信：树立信用。

[46] "圣人"四句：语见《庄子·胠箧》。《老子》第十九章中亦有类似的说法："绝圣弃智，民利百倍；绝仁弃义，民复孝慈；绝巧弃利，盗贼无有。"

[47] "无羽毛"句：谓因为人没有羽毛发甲来对付寒热。介，甲。居，处于，引申为对付。

[48] "无爪牙"句：谓人没有利爪坚牙来夺取食物。

[49] 诛：责罚。

[50] 其法：指佛法。

[51] 而：第二人称代词。下二句的"而"，意同。

[52] 清净：佛教以脱离一切罪恶烦恼为清净。《俱舍论》卷十六："诸身语意三种妙行，名身语意三种清净，暂永远离一切恶行烦恼垢，故名为清净。"寂灭：梵语涅槃的意译，意谓本体寂静，脱离诸相，为佛教修行的最高境界。《无量寿经》："超出世间，深乐寂灭。"

[53] 三代：指夏、商、周三个朝代。

[54] 见黜：被贬斥。汤：商朝的建立者。文：周文王，姬姓名昌，

商末周族领袖,周期的奠基者。武:周武王,姓姬名发,周朝的建立者。周公:姓姬名旦,周初著名的政治家,先辅助兄长武王伐纣灭商,建立周朝,后又辅佐年幼的侄子成王治理国家。他们都被儒家视为圣人。

[55]"帝之与王"三句:意谓称帝称王,时代不同,名号各异,而有功德于人民则相同。其所以有功德,在于能因时制宜,用以驳斥道家"太古无事"之说。《白虎通义·号》:"德合天地者称帝,仁义合者称王。"帝,指五帝,上古传说中的五位帝王,说法不一。一说指黄帝(轩辕)、颛顼(高阳)、帝喾(高辛)、唐尧、虞舜。一说指太昊(伏羲)、炎帝(神农)、黄帝、少昊(挚)、颛顼。一说指少昊、颛顼、高辛、唐尧、虞舜。一说指伏羲、神农、黄帝、唐尧、虞舜。王,指三王,即夏禹、商汤、周文王、武王(文、武合作一王看待)。

[56]其事殊:一本作"其事虽殊"。

[57]今其言:指老子之言。

[58]"曷不为"句:此句为概括老子回归太古原始时代的主张。《老子》第六十三章:"为无为,事无事。"第八十章:"小国寡民,……使人复结绳而用之,甘其食,美其服,安其居,乐其俗,邻国相望,鸡犬之声相闻,民至老死不相往来。"为,实行。无事,指无为而治。

[59]"曷不"句:意思是(责备冬天穿裘衣的人)为什么不换上葛衣呢?易,改换。

[60]《传》:解释经义,传示后人之书。此指《礼记·大学》。

[61]"古之欲明明德"十句:见《礼记·大学》。明明德,光大其美德。《礼记·大学》郑玄注:"明明德谓显明其至德也。"

[62]有为:有作为,指修身、齐家、治国、平天下。

[63]天常:天伦,伦常。指儒家提倡的君臣、父子、师友、兄弟、夫妇等伦理关系。

［64］不父其父：不应该像对待父亲那样对待其父亲。第一个"父"作动词用。以下"不君其君""不事其事"，句式同。

［65］"孔子之作《春秋》也"三句：《春秋》记载历史事实，都寓有深意。其中之一，即以中国（汉族）为本位，严华夷之辨：凡中国诸侯用夷礼的，孔子就把它看成夷，而夷人能知向慕中国风俗礼节的，则把它看成中国。夷，旧时汉族对他族的通称。"夷之"之"夷"，作动词用。中国，指当时的中原地区。"中国之"中的"中国"，作动词用。

［66］"《经》曰"三句：见《论语·八佾》。谓夷狄有君主，还不如华夏诸国没有君主。《经》，这里指《论语》。夷狄，对中原地区以外各族的泛称。狄，古代华夏族对北部各族的称呼。诸夏，华夏诸国，即春秋时代中原地区各诸侯国。亡，通"无"。

［67］"戎狄"二句：见《诗经·鲁颂·閟宫》，谓要打击戎狄，要惩治荆舒。戎狄，对中原地区以外各族的泛称。戎，古代华夏族对西部各族的称呼。膺，抵挡，抗御。荆，指楚国。舒，楚的属国，在今安徽舒城地区。春秋时代中原地区的人把荆、舒也视作"夷"。

［68］"今也"四句：现在推崇夷狄之法，把它放在先王之教的上面，这样岂不是大家都要去当夷人了！举，称举，推崇。夷狄之法，韩愈认为佛教是夷狄之法。先王之教，尧、舜、禹、汤、文、武等古代帝王时代的礼乐刑政教化。几何，相去几多，即相去不远的意思。其，句中语气词。胥，皆，都。

［69］以之为己：用它来修身。之，指先王之教。为，治。

［70］尽其常：（对死者）能尽到丧葬祭祀的常礼。

［71］"郊焉"句：谓祭天则天神降临。古代祭天在城外南郊，故称祭天神为"郊"。"郊"在此处作动词用。假（gé），至，这里是降临的意思。

［72］"庙焉"句：谓祭祖则祖先的灵魂来享用。庙，祖庙，此处作动词用，在祖庙里祭祖。人鬼，指祖先。

［73］荀：荀况，又称荀卿、孙卿，儒家学派代表人物之一，著有《荀子》一书。扬：扬雄，西汉哲学家、文学家。择焉而不精：对道有所择取但不精。此指荀。韩愈《读荀子》："孟氏醇乎醇者也，荀与扬大醇而小疵。""考其辞，时若不粹。""不粹"与"不精"意同。语焉而不详：对道有所论述但不周详。此指扬。

［74］由周公而上：指尧、舜、禹、汤、文、武。

［75］由周公而下：指孔子、孟子。

［76］长：这是说长久流传。

［77］不塞不流：不堵塞（佛、老）就不能流传（先王之道）。

［78］不止不行：不阻止（佛、老）就不能通行（先王之道）。

［79］人其人：使和尚、道士还俗为民，从事生产，负担人民所应尽的完粮、纳税、服役的义务。第一个"人"字作动词用。人，原作"民"，避唐太宗李世民讳而作"人"。

［80］火其书：烧毁佛教、道教的经籍。火，用作动词。

［81］庐其居：将佛寺、道观改为民房。庐，用作动词。

［82］"明先王"句：谓阐明先王之道以开导他们。道（dǎo）（之），后作"导"，引导，开导。

［83］"鳏寡"句：谓鳏夫、寡妇、孤儿、老人、残废者都得到赡养。《礼记·礼运》："矜（鳏）寡孤独废疾者皆有所养。"《孟子·梁惠王下》："老而无妻曰鳏，老而无夫曰寡，老而无子曰独，幼而无父曰孤：此四者，天下之穷民而无告者；文王发政施仁，必先斯四者。"

［84］"其亦"句：那就差不多可以了。

【阐析】

文章结构谨严,气势磅礴,最能表现韩文的特色。首先确定仁、义、道、德的社会命意及其价值。在标出老子的"道德"与韩愈主张的"仁与义""道与德"原则的区别之后,简述中国思想发展的历史。然后从经济入手,指出佛道两家的出现是社会的沉重负担,从社会发展的过程,说明君君臣臣社会结构的合理性。为了强调这个社会政治结构的正确性,韩愈既从正面提出结论"君者,出令者也……",又从反面加以论证"君不出令……",正反结合,不仅行文通畅,而且在气势上有坚不可摧之态。在完成思想史、经济、政治、伦理诸方面的论证、批驳之后,回应前文,重述仁、义、道、德的观念。最后以犀利的笔锋,怀着强烈的感情,摆出兴此必灭彼的誓不两立的态度。

【赏评】

原道,就是推求道的本原。原者,推原。道,是政治哲学概念。中国哲学史上各派都使用"道"这个概念,但内涵却各不相同。韩愈的"道",指儒家孔子之道。这里的原道,即探求儒道之原,用以排斥佛老之说。《原道》是韩愈论述社会政治伦理的代表作,约作于贞元二十一年(805)或此年之前。韩愈于贞元二十一年所作《上兵部李侍郎书》云:"谨献旧文一卷,扶树教道,有所明白。"所谓"旧文一卷"即包括此文在内。选文据《昌黎先生集》卷十一。"五原"(即《原道》《原性》《原毁》《原人》《原鬼》)是韩愈思想的集中体现,其中最重要的是《原道》和《原性》。

作为"五原"之首,《原道》创立的儒家道统学说,是想以此来与佛教的祖统相对抗,客观上也表述了韩愈对儒家思想发展的观点。《原道》中的基本理论是对传统的孔孟思想的继承和发展,在思想内涵上与孔孟学说并没有原则差异，只是现实针对性更强。唐代宗教极为兴盛，奉道教为国教；而对佛教的提倡，亦不遗余力。到了中唐，脱离生产的宗教徒大量增加，他们享有免租、免役等特权，占有大量土地，成为剥削阶级中的一部分。加之藩镇割据，宦官专权，朝臣党争，人民备受艰难，恢复仁、义、道、德的活力和调节功能，修补和强化"其文""其法""其民""其位""其服""其居""其食"的生活网络结构，达到封建社会秩序的安定、稳固，未尝不是一项可取的选择。

韩愈终生以辟佛老、恢复儒家传统为己任，在这方面他是很成功的。佛教从东汉末传入我国，到中唐以前的六百余年间，从总的发展趋势来看，一直是向上发展的。但在中唐以后，就开始走下坡路。在以后的历朝历代，再也没有与儒家争雄的势头，尤其是在汉族地区更是如此。这种情况，不能不说与韩愈极力辟佛有直接的关系。所以，陈寅恪《论韩愈》说："退之者，唐代文化学术史上承先启后、转旧为新关捩点之人物也。"

进学解

国子先生晨入太学[1]，召诸生立馆下[2]，诲之曰[3]："业精于勤，荒于嬉。行成于思[4]，毁于随[5]。方今圣贤相逢[6]，治具毕张[7]。拔去凶邪[8]，登崇俊良[9]。占小善者率以录[10]，名一艺者无不庸[11]。爬罗剔抉[12]，刮垢磨光[13]。盖有幸而获选，孰云多而不扬[14]？诸生业患不能精，无患有司之不明[15]；行患不能成，无患有司之不公。"

言未既。有笑于列者曰："先生欺余哉！弟子事先生[16]，于兹有年矣[17]。先生口不绝吟于六艺之文[18]，手不停披于百家之编[19]。记事者必提其要[20]，纂言者必钩其玄[21]。贪多务得[22]，细大不捐[23]。焚膏油以继晷[24]，恒兀兀以穷年[25]：先生之于业，可谓勤矣。抵排异端[26]，攘斥佛老[27]。补苴罅漏[28]，张皇幽眇[29]。寻坠绪之茫茫[30]，独旁搜而远绍[31]。障百川而东之[32]，回狂澜于既倒：先生之于儒，可谓有劳矣。沉浸醲郁[33]，含英咀华[34]。作为文章，其书满家。上规姚姒，浑浑无涯[35]；《周诰》《殷盘》，佶屈聱牙[36]；《春秋》谨严[37]，《左氏》浮夸[38]。《易》奇而法[39]，《诗》正而葩[40]；下逮《庄》《骚》[41]，太史所录[42]，子云、相如[43]，同工异曲[44]：先生之于文，可谓闳其中而肆其外矣[45]！少始知学，勇于敢为。长通于方[46]，左右具宜：先生之于为人，可谓成矣[47]。然而公不见信于人，私不见助于友。跋前踬后[48]，动辄得咎[49]。暂为御史，遂窜南夷[50]。三年博士，冗不见治[51]。命与仇谋[52]，取败几时[53]！冬暖而儿号寒，年丰而妻啼饥。头童齿豁[54]，竟死何裨[55]？不知虑此，而反教人为！"

先生曰："吁！子来前。夫大木为杗，细木为桷[56]，欂栌侏儒，椳闑扂楔[57]，各得其宜，施以成室者，匠氏之工也；玉札丹砂，赤箭青芝[58]，牛溲马勃，败鼓之皮[59]，俱收并蓄，待用无遗者，医师之良也；登明选公，杂进巧拙[60]，纡余为妍，卓荦为杰[61]，校短量长，惟器是适者[62]，宰相之方也[63]。昔者孟轲好辩[64]，孔道以明。辙环天下，卒老于行[65]。荀卿守正[66]，大论是弘[67]。逃谗于楚，废死兰陵[68]：是二儒者，吐辞为经[69]，举足为法[70]，绝类离伦[71]，优入圣域[72]，其遇于世何如也？今先生学虽勤而不繇其统[73]，言虽多而不要其中[74]。文虽奇而不济于用，行虽修而不显于众。犹且月费俸钱，岁靡廪粟[75]。子不知耕，妇不知织。乘马从徒，安坐而食。踵常途之促促，窥陈编以盗窃[76]。然而圣主不加诛，宰臣不见斥，兹非其幸欤？动而得谤，名亦随之。投闲置散，乃分之宜。若夫商财贿之有亡[77]，计班资之崇庳[78]，忘己量之所称[79]，指前人之瑕疵[80]：是所谓诘匠氏之不以杙为楹[81]，而訾医师以昌阳引年，欲进其豨苓也[82]。"

【注释】

［1］国子先生：对国子博士的尊称。元和七年（812）春，韩愈为国子博士。唐代主管国家教育的最高官署是国子监，内设国子学、太学、广文学、四门学、律学、书学、算学等七学，各学都设有博士。国子学设博士五人，正五品上。掌教三品以上及国公子孙、从二品以上曾孙为生者。太学：这里指国子学，唐代的国子学相当于汉代的太学。

［2］召：一本作"招"。诸生：儒生们，指在国子学的众弟子。馆：这里指学舍或课堂。

［3］诲：教导。

［4］行：德行。思：思考。

［5］随：因循随俗。

［6］圣贤：指圣君、贤臣。

［7］治具：指法令。毕张：全部得以设立。

［8］凶邪：凶恶邪曲之人。

［9］登崇俊良：提拔重用才德优良的人。

[10] 占：有。率：大都。录：录用。

[11] 名一艺：指能以治一种经书著称的人。庸：通"用"。

[12] 爬：爬梳。罗：搜罗。剔：剔除。抉（jué）：选择。以上四种都指选拔人才。

[13] 刮垢：刮去污垢。磨光：磨之使光洁。以上二者指精心培养造就人才。

[14] "盖有幸"二句：意谓只有才行有所不及而幸获选拔的人，而绝无才行优异而不蒙举荐的人。扬，推举。

[15] 有司：古代设官分职，各有专司，因称主管官吏或官府为有司。此指负责选拔人才的官吏。明：明察。

[16] 事：侍奉。

[17] 兹：此，今。有年：多年。

[18] 六艺：六经，即《诗》《书》《礼》《乐》《易》《春秋》。

[19] 披：翻阅。百家之编：指诸子百家的著作。

[20] 记事者：指史籍一类的著作。要：要点，纲领。

[21] 纂言者：指立论一类的著作。纂，编辑，纂集文辞，即著述，这里与上文的"记事"相对，指议论。钩其玄：探索其深奥的道理。钩，引取。

[22] 贪多务得：贪图多学，务求得到知识。

[23] 捐：抛弃。

[24] 焚膏油：指点燃灯烛。晷（guǐ）：日影。这句意谓夜以继日。

[25] 兀兀：劳苦貌。

[26] 抵排：抵制排斥。异端：指与儒家不相合的学说。

[27] 攘斥：排斥。佛老：指佛家和道家的学说。

[28] 补苴（jū）：填补，引申为弥缝。罅（xià）漏：裂缝、缺漏，

指前人学说未尽完善之处。

[29] 张皇：张大，引申为阐发。幽眇：指深奥隐微的道理。

[30] 坠绪：指已衰落不振的儒学。茫茫：远貌。

[31] 绍：继承。

[32] 障：防，堵。

[33] 醲郁：酒味浓厚，喻指内容厚重的儒经。

[34] 含英咀华：意谓对文章的精华细细咀嚼体味。张子韶曰："文字有眼目处，当涵泳之，使书味存于胸中，则益矣。韩子曰'沉浸醲郁，含英咀华'正谓此。"

[35] 规：取法。姚：虞舜姚姓。姒：夏禹姒姓，此指《尚书》中的《虞书》《夏书》。浑浑：深而大的样子。《法言·问神》："虞、夏之书，浑浑尔。"

[36]《周诰》：《尚书·周书》中有《大诰》等篇，此处指《周书》。《殷盘》：指《尚书·商书》中的《盘庚》篇。佶（jí）屈聱（áo）牙：指文辞艰涩拗口。

[37]《春秋》谨严：指《春秋》这部书用词慎重严密，常寓褒贬于一字之中。

[38]《左氏》浮夸：指《左传》的文辞铺张华美。

[39]《易》奇而法：意谓《周易》神奇而有法则。

[40]《诗》正而葩：意谓《诗经》的思想纯正，文采华美。葩，华美。

[41]《庄》《骚》：《庄子》《离骚》。

[42] 太史：史官，这里指太史公司马迁。所录：指所著《史记》。

[43] 子云、相如：指扬雄和司马相如。

[44] 同工异曲："异曲同工"的倒文。以音乐为喻说明众作各极其工妙。

[45] 闳其中：指内容精深博大。肆其外：指文辞波澜壮阔。

[46] 长：成年，与上句"少"相对。方：学术。

[47] 成：完备。

[48] 跋：踏。疐（zhì）：跌倒。《诗经·豳风·狼跋》："狼跋其胡，载疐（同'疐'）其尾。"谓老狼有胡（颔下垂肉），进则踩其胡，退则为尾所绊。即进退两难之意。

[49] 辄：就，总是。咎：罪。

[50] 遂窜南夷：指韩愈贞元十九年（803）由监察御史贬为阳山（今广东阳山县东）令。因阳山地处南方荒僻地区，故称南夷。

[51] 三年博士：指韩愈元和元年（806）六月召拜国子博士，元和四年六月迁为都官员外郎。冗：闲散。见（xiàn）：表现。治：治绩。

[52] 命与仇谋：命运和仇敌相合。谋，合。

[53] 取败几时：意谓屡次招致失败。

[54] 头童齿豁：《释名·释长幼》："山无草木者曰童。"人老秃发，如山无草木，故曰童。豁，破缺，这里指齿落。

[55] 竟死何裨（bì）：意谓直到死有何好处。裨，补益。

[56] 氓（máng）：栋梁。桷（jué）：屋椽。

[57] 欂栌（bó lú）：斗拱。《说文通训定声·豫部》："单言曰栌，累言曰欂栌……方木，似斗形，在短柱上，供承屋栋。"侏儒：梁上短木。椳（wēi）：承门枢的门臼。闑（niè）：门橛，门中央所竖的短木。扂（diàn）：门闩。楔（xiē）：门两旁的木柱。

[58] 玉札：药名，即地榆。丹砂：朱砂。赤箭：药名，即天麻。青芝：药名，又名龙芝。

[59] 牛溲：牛尿，旧说可治水肿。一说为车前草。马勃：药名，菌类，生于湿地及腐木上，主治诸疮。败鼓之皮：年久败坏的鼓皮，旧说可

治虫毒。

[60] 登明选公：指选拔人才既明察又公正。杂进巧拙：意谓聪敏的和拙笨的人都能得到合理录用。

[61] 纡余：形容才气从容。卓荦（luò）：超绝出众，和"纡余"分指人的不同才性。

[62] 惟器是适：意谓各种才器的人都能获得合理的使用。

[63] 方：治术。

[64] 孟轲好辩：孟轲曾力斥杨朱、墨翟等非儒家学派的主张。《孟子·滕文公下》："公都子曰：'外人皆称夫子好辩，敢问何也？'孟子曰：'予岂好辩哉，予不得已也。'"

[65] "辙（zhé）环天下"二句：谓孟轲车迹遍于天下，终于老死在游说途中。辙，车轮轧的痕迹。行，道路。

[66] 守正：遵循正道。

[67] 大论：博大精深的理论。弘：推广。

[68] "逃谗于楚"二句：《史记·荀卿列传》："田骈之属皆已死齐襄王时，而荀卿最为老师。齐尚修列大夫之缺，而荀卿三为祭酒焉。齐人或谗荀卿，荀卿乃适楚，而春申君以为兰陵令。春申君死而荀卿废，因家兰陵。……序列著数万言而卒。因葬兰陵。"兰陵，在今山东兰陵县西南。

[69] 吐辞：指言论。经：规范、经典。

[70] 举足：指行动。法：法则。

[71] 绝类离伦：意谓超越同类，无与伦比。

[72] 圣域：圣人的境界。

[73] 繇（yóu）：通"由"。其：指儒家学说。统：统系。

[74] 要（yāo）：求。中（zhòng）：说中要害。

[75] 靡：浪费、消耗。廪粟：仓库中的粮食。

[76]"踵常途"二句：谓小心谨慎地随俗行事，而无特殊表现，在旧籍中窃取前人陈言而无新异见解。踵，追随。促促，小心谨慎的样子。

[77] 商：谋算。财贿：财货、俸禄。亡：通"无"。

[78] 计：计较。班资：指品秩。庳：通"卑"，低下。

[79] 量：指器量、才识。称（chèn）：相符、相合。

[80] 前人：指职位在自己之上的贵显者。瑕疵：微小的缺点，这里指不公不明。

[81] 诘：责问。杙（yì）：小木桩。楹：柱子。

[82] 訾（zǐ）：毁谤，非议。昌阳：即菖蒲。《证类本草》卷六："昌蒲，久服轻身，聪耳明目，延年益心智。"引年：延年。豨（xī）苓：即猪苓。《证类本草》卷十三："猪苓利水道，一名豭猪屎。"

【阐析】

第一段，国子先生解析进学之义。根据当前形势，正面提出教诲："业患不能精，无患有司之不明；行患不能成，无患有司之不公。"为全篇议论张本。"业"和"行"是韩愈所执着的立身处世大端。

第二段，生徒对上述教诲加以驳难。将先生学、思、文、行四者与其自身遭遇相对照，尽管四者均很有成就，却遭际坎坷：进士考了四次才及第；三试于吏部而未能得官；只得投靠方镇为幕僚；三十五岁才被授以四门博士（低于国子博士）；次年为监察御史；同年冬即贬为连州阳山（今属广东）县令；三年后始召回长安，任国子博士。作《进学解》时已发秃力羸，生徒的这段话，其实正是韩愈自己的"不平而鸣"。

第三段，先生自我解嘲，回答生徒，表明随遇而安的态度，并暗中讥刺有司。先以工匠、医师为喻，说明"宰相之方"在于用人能兼收并蓄，量才录用。次说孟轲、荀卿乃圣人之徒，尚且不遇于世，则自己被投闲置散，也没有什么可抱怨的。最后说，若还不知足，岂不是要求宰相以小材充大用吗！但实际上，"学虽勤而不繇其统"云云，绝非由衷之言，而是反语泄愤。"动而得谤，名亦随之"，说自己动辄遭受诽谤，而同时却名声益彰，就更具有讽刺意味了。

全文"首段以进学发端，中段句句是驳，末段句句是解，前呼后应，最为绵密"（清林云铭《韩文起》卷二）。

【赏评】

本文作于元和七年（812）二月至次年三月韩愈在长安为国子博士期间。"进学"的意思是使学生的学业有所进益，"进学解"就是对于进学这个问题的解析。

文章假托向学生训话，总结自己进德修业的经验，论述学与行、文与道、学习与个人前途的关系。同时，寓谐于庄，反语正说，巧妙地批评当时执政者的不公不明，抒发自己怀才不遇的牢骚。《旧唐书》载："愈自以才高，累被摈黜，作《进学解》以自喻。……执政览其文而怜之，以其有史才，改比部郎中、史馆修撰。"可见这篇文章在当时的影响力。

本文骈散交错，辞采丰富，音节铿锵，对偶工切，虽未以赋名篇，却全篇用韵，有时多句一韵，有时两句一转，实际上是一篇气势雄伟、跳荡灵活的赋体杂感文章，为杜牧《阿房宫赋》、苏轼《赤壁赋》之前驱。在形式上，它借鉴东方朔《答客难》、扬雄《解嘲》的"以文为戏"，用主客问答的方式来写，表面自我解嘲，实际发泄牢骚不平。

韩愈之文，善于交错运用各种重复句、排比句、对仗句，来增加文章的变化与气势，发挥散文句子可长可短的优势，弥补散文缺乏音乐美和节奏感的缺陷，使文气舒放自然，显出奔腾恣肆的个性，本文即堪称这方面的代表。像第二段论先生的学业、儒道、文章、为人，四层叙述结尾分别是"先生之于业,可谓勤矣""先生之于儒,可谓有劳矣""先生之于文,可谓闳其中而肆其外矣""先生之于为人,可谓成矣",使四层意思的节奏显得整齐分明,语气在流畅中层层加码,为后面突然的大转折做了有力的铺垫。

造语精粹,也是本文能够脍炙人口的重要原因。唐时就有人评价此文说:"拔地倚天,句句欲活,读之如赤手捕长蛇,不施鞚勒骑生马,急不得暇,莫可捉搦,又似远人入太兴城,茫然自失。"(《孙樵集》卷二《与王霖秀才书》)作者不仅创造性地运用古代语言,熔古铸今,而且吸取当时的口语,自铸新词,使作品语言丰富生动,简约精辟,如"含英咀华""佶屈聱牙""同工异曲""动辄得咎""俱收并蓄",等等,都是极有表现力的语言,至今仍有生命力,成为人们熟知常用的成语。

与陈给事书

愈再拜:愈之获见于阁下有年矣[1],始者亦尝辱一言之誉。贫贱也,衣食于奔走[2],不得朝夕继见,其后阁下位益尊,伺候于门墙者日益进。夫位益尊,则贱者日隔;伺候于门墙者日益进,则爱博而情不专[3]。愈也道不加修,而文日益有名。夫道不加修,则贤者不与;文日益有名,则同进者忌[4]。始之以日隔之疏,加之以不专之望[5],以不与者之心[6],而听忌者之说,由是阁下之庭,无愈之迹矣[7]。

去年春,亦尝一进谒于左右矣[8],温乎其容,若加其新也[9];

属乎其言，若闵其穷也[10]。退而喜也，以告于人。其后如东京取妻子[11]，又不得朝夕继见，及其还也，亦尝一进谒于左右矣，邈乎其容，若不察其愚也[12]；悄乎其言，若不接其情也[13]。退而惧也，不敢复进。

今则释然悟[14]，翻然悔曰[15]：其邈也，乃所以怒其来之不继也；其悄也，乃所以示其意也。不敏之诛，无所逃避[16]，不敢遂进，辄自疏其所以[17]，并献近所为《复志赋》以下十首为一卷，卷有标轴[18]，《送孟郊序》一首，生纸写[19]，不加装饰，皆有揩字注字处[20]，急于自解而谢，不能俟更写[21]，阁下取其意而略其礼可也。愈恐惧再拜。

【注释】

[1] 阁下：古代本为对尊显者的敬称，后泛用作对人的敬称。此是对给事中陈京的敬称。

[2] "衣食"句：谓为了衣食而奔走忙碌。曾国藩《求阙斋读书录》云："'衣食于奔走'，造句奇。"

[3] "夫位"四句：这是就陈给事方面而言。日隔，日益有隔阂。爱博而情不专，垂爱的对象广泛，而感情不能专一于一人。

[4] "夫道"四句：这是就韩愈自己方面而言。与，这里是称誉的意思。忌，忌恨。

[5] 不专之望：指对方对自己的期望不能专一。

[6] 不与者之心：指贤者有着不赞许自己的心态。

[7] 宋秦观《与鲜于学士书》（《淮海集》卷三七）曾引用"始之以日隔之疏……无愈之迹矣"这几句话。

[8] 左右：对对方的敬称。不直称对方，而称其左右的执事者，以表尊敬。

[9] "温乎"二句：表情温和，好像接待新交的朋友。

[10] "属（zhǔ）乎"二句：说话连续不断，好像同情我的失意。属，连续不断，这里形容话很多，很热情。

[11] 如东京取妻子：去洛阳接妻子和儿女。

[12] "邈乎"二句：表情冷淡，好像不体察我的心思。邈，疏远，冷淡。愚，谦称自己之所虑。

[13] "悄乎"二句：谓您沉默无语，好像不领会我的情意。悄，无声，无语。

[14] 释然：领悟的样子。

[15] 翻然：迅速变动的样子。

[16] "不敏"二句：这是对我生性愚钝不明的责怪，我无处逃避。不敏，迟钝，不明达，不敏捷。《国语·晋语二》："寡智不敏，不能教导，以至于死。"韦昭注："敏，达也。"

[17] 自疏其所以：呈上此信说明情由。疏，通。

[18] 标轴：上面做有标记的卷轴。古代把用纸或帛写的书做成卷子，中心安轴，一卷即为一轴。

[19] 生纸：未经煮捶或涂蜡的纸。唐代书写纸有生纸、熟纸两种，生纸一般用于草稿或丧事中。宋邵博《邵氏闻见后录》卷二八："唐人有熟纸、有生纸。熟纸谓妍妙辉光者，其法不一；生纸，非有丧故不用。"

[20] 揩字：涂改字。揩，抹，擦拭。注字：添注字。

[21] "急于"二句：谓因为急于表白自己的心迹并向您谢罪，所以来不及重新誊写清楚。

【阐析】

这是一篇向老前辈道歉的书信,信中历叙几次进见陈给事的情形,陈述自己后来不再登门拜访、未能常与陈给事接近的苦衷,请求对方谅解。围绕一个"见"字,从"见"说到"不见";又从"不见"说到要"见",跌宕顿挫,姿态横生,希望陈给事能够顾念二人过去的交往,对自己加以赏识。措辞委婉,叙说曲折,以婉转之辞,发尽情之论;波澜层叠,姿态横生,行文串合数层,累累宛如贯珠。最后一段说到自己消除疑虑,故特以此信陈述心意。道出韩愈复杂的思想感情,从一个侧面也反映出当时官场鲜活的原生态,一面是等级森严的官场陋习,一面是奔竞成风的世态炎凉,一面是地位低微的小官几乎"无适而可"(钱基博《韩愈志》)的艰难处境,以及为了走出困境的韩愈,在极其委婉的措辞中,处处自贬自责,甚至有些自轻自贱、摇尾乞怜,但同时也微露出不甘低首乞怜的慷慨之情,一路顿挫,满篇波澜。

宋谢枋得《文章轨范》卷一将此文列为"放胆文",并解释说:"凡学文初要胆大,终要心小;由粗入细,由俗入雅,由繁入简,由豪荡入纯粹。此集皆粗枝大叶之文。本于礼义,老于世事,合于人情。初学熟之,开广其胸襟,发舒其志气,但见文之易,不见文之难,必能放言高论,笔端不窘束矣。"又引陈止斋作论:"双关文法,皆本于此。"清人储欣《唐宋十大家全集录》又引申说:"四句双环。谢叠山云:陈止斋作论:双关法,皆本于此。然公又从《孟子》《战国策》出。"按,陈止斋即陈傅良(1137—1203),字君举,号止斋,人称止斋先生。所谓"双关",是指兼涉韩愈自己和对方陈京,通篇以见与不见为关节,作两截叙述。

在结构上,前半截,自开篇到"由是阁下之庭,无愈之迹矣",从见说到不见,口中虽是说见,却反是不得见。过琪《古文评注》卷六评云:"通篇以见与不见为关目,作两截看:自'愈之获见于阁下'至'阁下之庭,无愈之迹矣'为一截,口中虽是说见,却反是不得见。自'去年春'至'其悄也,乃所以示其意也'为一截,口中虽是说不得见,却反是得见。波澜最阔,结构最严。"《古文观止》承继这一见解,也分析说:"通篇以'见'字作主,上半篇从'见'说到'不见',下半篇从'不见'说到'要见'。一路顿挫跌宕,波澜层叠,姿态横生,笔笔入妙也。"这些意见值得我们在写作中加以借鉴和学习。

【赏评】

选文据《昌黎先生集》卷十七,作于唐德宗贞元十九年(803)七月韩愈已罢国子监四门博士之后、闰十月授监察御史之前。今人韩集注本均以陈京贞元十九年(803)迁给事中,而定韩愈《与陈给事书》作于贞元十九年(803),恐不足为凭。实际上,贞元十五年(799)十二月,陈京已任给事中。(详见拙作《韩愈、白居易〈与陈给事书〉考辨》,载《文学遗产》2018年第4期)韩愈《与陈给事书》作于贞元十九年(803)不误,但并不是由陈京迁给事中的时间推出,而是从《与陈给事书》文中所言"去年春,亦尝一进谒于左右矣……其后如东京取妻子"推证而来,因为韩愈"如东京取妻子"事在贞元十八年(见方崧卿《韩文年表》)。

韩愈这篇《与陈给事书》因为曾入选宋人《文章轨范》(谢枋得)、《文章正宗》(真德秀)、《古文集成》(王霆震),明人《唐宋八大家文钞》(茅坤)、《文编》(唐顺之)、《吴兴艺文补》(董斯张),清人《天下才子必读书》(金圣叹)、《古文辞类纂》(姚鼐)、《古文观止》(吴楚材、吴调侯)等,故知名度颇高。陈给事,陈京(?—805),字庆复,京兆万年（今陕西西安）人。大历元年（766）进士，历任太子正字、咸阳尉、太常博士、左补阙、膳部员外郎、考功员外郎、司封郎中、给事中、秘书少监等职。给事，是给事中的省称，唐代的给事中一职，别称夕郎或夕拜，为门下省之要职，为正五品上，掌侍从左右，驳正政令之违失，凡诏敕不便于时者，则涂窜而奏还，谓之涂归。季终，奏驳正之目。凡大事复奏；小事，署而颁之。三司详决失中，则裁其轻重。发驿遣使，则与侍郎审其事宜。其位颇尊，其职显耀，往往由是拜相。若给事陈京没有突染狂疾，德宗当拜其为相矣。

　　在写法上，此文颇见匠心。叙相见只一笔带过，叙不相见则曲曲折折，逶迤婉转。为何不得见？一方面是陈给事做官"位益尊"，伺墙者日进；一方面是为衣食奔走的韩愈道不加修，而文益有名。两相冲撞，翻出四条不相见的理由：即日隔之疏、不专之望、不与者之心、忌者之说，"由是阁下之庭，无愈之迹矣"。写出千古不易的世态人情，后来宋代秦观《与鲜于学士书》即引用韩愈此文"始之以日隔之疏，加之以不专之望，以不与者之心，而听忌者之说，由是阁下之庭，无愈之迹矣"，可见其透彻精辟。第二段写两次相见的不同。一次是"温乎其容"，"属乎其言"，"退而喜也"；一次是"邈乎其容"，"悄乎其言"，"退而惧也"。两次相见，两样面孔，前后截然不同。从古今仕途上看，陈给事位高势大，韩愈尚是待售之晚生，交道本即不厚，升沉又相异路，第一次会晤，陈给事不过是为炫其置身之荣，温乎容、属乎言，装出一副故人之态罢了。随着官位增高，权势加大，地位益尊，"伺候于门墙者日益进"，为杜绝泛泛之交的干泽之望，见而邈乎容，悄乎言，预示陌路之情，此乃常态。文章至此，步入险境，把要干谒的对象陈给事推向了泥潭。但韩愈不愧文章圣手，总能出奇制胜。这里将笔一宕，落想天外，出一"悟"字，用一"悔"字，宕开险境，翻出另一洞天福地，处处给陈给事打圆场，处处又是在保护自己，"其邈也，乃所以怨其来之不继也；其悄也，乃所以示其意也"。峰回路转，豁然别见洞天。再添上"不敏之诛，无所逃避，不敢遂进，辄自疏其所以"的自首，回护对方，自为引咎，诚如金圣叹所评"只此四语特庄甚，上俱以文为如戏也"，道尽干谒之意，真诚无比，又狡狯异常；既左右逢源，又自嘲自解。

韩愈和陈京原有往来，后来疏远。本来疏远就疏远罢了，可硬说之所以疏远，是因为陈京对自己不常来的怪罪。而既然怪罪不常来，常来不就完了吗？可又"不敢遂进"，先寄自己的作品来探路。送的作品又恰是表明自己不得志和有怨言的《复志赋》和《送孟东野序》，拐弯抹角，用心良苦，无非求陈京谅解，一伸引援之手。但切望切求，又不亢不卑；给对方留有余地，又不忘回护自己，手眼不凡，妙笔生花，因此语意双关，故为狡狯。难怪明人茅坤《唐宋八大家文钞》卷三《昌黎文钞三》评云："洗刷工而调句佳，甚有益于初进者。"金圣叹《天下才子必读书》卷十评云："此等文字，何曾是有意必作？如此章法，只是起手一行。偶然写得见与不见，后遂因风带火，不自觉笔笔入妙也。作文，固以心空为第一矣。"浦起龙《古文眉诠》卷四十七评云："希阔见疏之由，多因忌者日进。前段抉透其因，后段证明其状，是形影互藏之格。此书之上，所谓疏其所以，自解而谢也。伧子平疏两番见不见，直不顾文理之通不通矣。公有《释言》一篇，与此同旨。"储欣《唐宋八大家类选》卷三评云："层次法度，昌黎本色。其串合数层，累累如贯珠，最得《国策》妙处。"皆为有见之评。

张中丞传后叙

元和二年四月十三日夜，愈与吴郡张籍阅家中旧书[1]，得李翰所为《张巡传》[2]。翰以文章自名，为此传颇详密[3]。然尚恨有阙者：不为许远立传[4]，又不载雷万春事首尾[5]。

远虽材若不及巡者[6]，开门纳巡，位本在巡上，授之柄而处其下[7]，无所疑忌，竟与巡俱守死，成功名，城陷而虏，与巡死先后异耳[8]。两家子弟材智下，不能通知二父志[9]，以为巡死而远就虏，疑畏死而辞服于贼[10]。远诚畏死，何苦守尺寸之地，食其所爱之肉[11]，以与贼抗而不降乎？当其围守时，外无蚍蜉蚁子之援[12]，所欲忠者，国与主耳，而贼语以国亡主灭[13]，远见救援不至，而贼来益众，必以其言为信。外无待而犹死守[14]，人相食且尽，虽愚人亦能数日而知死处矣[15]：远之不畏死亦明矣。乌有城坏，其徒俱死，独蒙愧耻求活？虽至愚者不忍为。呜呼！而谓远之贤而为之邪？

说者又谓远与巡分城而守[16]，城之陷自远所分始，以此诟远[17]，此又与儿童之见无异[18]。人之将死，其脏腑必有先受其病者；引绳而绝之，其绝必有处[19]。观者见其然，从而尤之[20]，其亦不达于理矣[21]。小人之好议论，不乐成人之美如是哉[22]！如巡、远之所成就，如此卓卓[23]，犹不得免，其他则又何说！

当二公之初守也，宁能知人之卒不救，弃城而逆遁[24]？苟此不能守，虽避之他处何益？及其无救而且穷也，将其创残饿羸之余[25]，虽欲去，必不达。二公之贤，其讲之精矣[26]。守一城，捍天下[27]，以千百就尽之卒[28]，战百万日滋之师，蔽遮江、淮，沮遏其势，天下之不亡，其谁之功也？当是时，弃城而图存者，不可一二数；擅强兵[29]，坐而观者，相环也。不追议此[30]，而责二公以死守，亦见其自比于逆乱[31]，设淫辞而助之攻也[32]。

愈尝从事于汴、徐二府，屡道于两府间[33]，亲祭于其所谓双庙者[34]。其老人往往说巡、远时事云。南霁云之乞救于贺兰也[35]，贺兰嫉巡、远之声威功绩出己上，不肯出师救。爱霁云之勇且壮，不听其语，强留之，具食与乐，延霁云坐。霁云慷慨语曰："云来时，睢阳之人不食月余日矣。云虽欲独食，义不忍；虽食，且不下咽。"因拔所佩刀断一指，血淋漓，以示贺兰。一座大惊，皆感激，为云泣下。云知贺兰终无为云出师意，即驰去。将出城，抽矢射佛寺浮图[36]，矢着其上砖半箭，曰："吾归破贼，必灭贺兰，此矢所以志也[37]。"愈贞元中过泗州[38]，船上人犹指以相语[39]："城陷，贼以刃胁降巡。巡不屈，即牵去，将斩之。又降霁云，云未应，巡呼云曰：'南八[40]，男儿死耳，不可为不义屈！'云笑曰：'欲将以有为也；公有言，云敢不死[41]！'即不屈。"

张籍曰：有于嵩者，少依于巡。及巡起事[42]，嵩常在围中[43]。籍大历中于和州乌江县见嵩[44]，嵩时年六十余矣。以巡初尝得临涣县尉[45]，好学，无所不读。籍时尚小，粗问巡、远事，不能细也。云巡长七尺余，须髯若神[46]。尝见嵩读《汉书》，谓嵩曰："何为久读此？"嵩曰："未熟也。"巡曰："吾于书读不过三遍，终身不忘也。"因诵嵩所读书，尽卷，不错一字。嵩惊，以为巡偶熟此卷，因乱抽他帙以试[47]，无不尽然。嵩又取架上诸书，试以问巡，巡应口诵无疑。嵩从巡久，亦不见巡常读书也。为文章，操纸笔立书，未尝起草。初守睢阳时，士卒仅万人[48]，城中居人户亦且数万，巡因一见问姓名，其后无不识者。巡怒，须髯辄张。及城陷，贼缚巡等数十人坐，且将戮。巡起旋[49]，其众见巡起，或起或泣。巡曰："汝勿怖，死，命也！"众泣不能仰视。巡就戮时，颜色不乱，阳阳如平常[50]。远宽厚长者，貌如其心[51]。与巡同年生，月日后于巡，呼巡为兄，死时年四十九。嵩，贞元初死于亳、宋间[52]。或传嵩有田在亳、宋间，武人夺而有之，嵩将诣州讼理[53]，为所杀。嵩无子。张籍云。

【注释】

[1] 吴郡：今江苏苏州。张籍：字文昌，原籍吴郡，少时侨寓和州乌江（今安徽和县东北），因韩愈推荐，举进士，擅长写乐府诗，与王建齐名，并称"张王"。

[2] 李翰：赵州赞皇（今属河北）人，他曾客居睢阳，亲见张巡坚守危城事迹，《新唐书·艺文志》著录其《张巡姚誾传》二卷，今佚。张巡（709—757）：邓州南阳（今属河南）人，安禄山反时，任真源县令，起兵抗击叛军，后与许远同守睢阳（今河南商丘南），诏拜御史中丞。

[3] "翰以"二句：《旧唐书·文苑传》："（翰）为文精密，用思苦涩。"自名，自成名。

[4] 许远（709—758）：字令威，杭州盐官（今浙江海宁西南）人，安史之乱时，官睢阳太守，事迹见两《唐书·许远传》。

[5] 雷万春：《新唐书》载，雷万春"将兵，方略不及（南）霁云，而强毅用命。每战，（张）巡任之与霁云均（均等）"。雷万春和南霁云是张巡两员得力部将，此文后面叙南霁云逸事，而不及雷万春，当是雷的事迹在当时已不可考，因而追恨李翰没有详载其始末，为后人留下足征的历史文献。一说，此处"雷万春"，当是"南霁云"之误；作南霁云，前

后文始相应。

[6] 材：才能。

[7] "开门"三句：肃宗至德二载（757）正月，安庆绪将尹子奇以兵十三万攻打睢阳。睢阳太守许远向张巡告急，巡自宁陵引兵来救。巡入睢阳后，督励将士，昼夜苦战。远谓巡曰："远懦，不习兵，公智勇兼济；远请为公守，公请为远战。"从此以后，许远只负责调军粮，修战具，居中接应。而张巡则专门负责战斗筹划。纳，接纳。柄，权柄。

[8] "城陷"二句：至德二载十月，睢阳城陷。张巡、许远等被虏。尹子奇斩张巡、南霁云、雷万春等三十六人，生致许远于洛阳以邀功。及安庆绪败，许远被害于偃师。（《资治通鉴》卷二二〇）

[9] "两家"二句：大历中，张巡之子去疾曾上书，说城陷时，张巡与将校三十余人皆割心剖肌，惨毒备至，而许远独生。张巡临死时，恨许远之心不可测，误国家事。所以请追夺许远的官爵，以刷冤耻。诏下尚书省，令张去疾与许远之子许岘及百官商议。其实，张巡死时，去疾尚幼，以上所说，皆传闻之辞。"不能通知二父志"即指此。通知，通晓。

[10] 就虏：受俘。辞服：请降。

[11] 食其所爱之肉：《资治通鉴》卷二二〇："尹子奇久围睢阳，城中食尽，……食马；马尽，罗雀掘鼠；雀鼠又尽，巡出爱妾，杀以食士，远亦杀其奴……人知必死，莫有叛者，所余才四百人。"

[12] 蚍蜉（pí fú）蚁子之援：形容极微小的援助。蚍蜉，黑色大蚁。

[13] 贼语以国亡主灭：安史之乱起，玄宗逃往蜀中，两京沦陷，当时叛军可能以"国亡主灭"为词，招降张巡、许远，唯历史记载缺略，现已无考。

[14] 外无待而犹死守：叛军围攻睢阳甚急，当时御史大夫、河南节

度使贺兰进明屯兵临淮,许叔冀、尚衡屯兵彭城,却都只是观望,不肯援救。见《新唐书·张巡传》。

[15] 亦能数日而知死处矣:也能够计算日期而知道自己的死所。意谓城破身死,已知必不可免。数,计算,读上声。

[16] 说者:指发议论的人。分城而守:当时张巡守城东北,许远守城西南。

[17] "城之陷"二句:当时张巡和许远各守睢阳城的一方,城破是先从许远所守部分打开缺口的,故云。诟(gòu),辱骂,诽谤。

[18] 见:见识。

[19] "人之将死"四句:用"人之将死"和"引绳而绝之"作比喻,说明城陷也必然会有一个地方先被攻破,不能单看表面现象,认为是防守上的疏忽。引,拉扯。绝,断。

[20] 尤之:意谓归咎于先受病的脏腑和绳断的地方。尤,责备。

[21] 不达于理:不明事理。

[22] 成人之美:《论语·颜渊》:"子曰:'君子成人之美,不成人之恶,小人反是。'"

[23] 卓卓:特异貌。

[24] 弃城而逆遁:当时原有弃城他去之议。《新唐书·张巡传》载,大家商议弃城东奔,张巡、许远则认为:睢阳是江淮的保障,如果放弃,叛军将乘胜而南,江淮必亡,而且率领着饥饿的民众,很难转移。逆遁,预先逃跑。

[25] 创残饿羸之余:指久经战斗、受伤残废、饥饿瘦弱的士兵。

[26] 讲之精:考虑得很精密周到。

[27] "守一城"二句:意谓守住睢阳一城,捍卫了国家。李翰《进张巡中丞传表》:"巡退军睢阳,扼其咽领,前后拒守。……贼所以不敢

越睢阳而取江淮,江淮所以保全者,巡之力也。"

[28] 就尽:渐趋覆没。就,接近,趋向。

[29] 擅强兵:拥有强大的军队。

[30] 追议:追究议论。

[31] 自比于逆乱:自列于逆乱者之中。比,并列。

[32] 设淫辞:制造夸大失实的言辞。

[33] 从事于汴、徐二府:董晋镇汴州(今河南开封),张建封镇徐州(今江苏徐州)时,韩愈曾先后为推官。从事,唐时通称幕僚为从事,这里作动词用,谓任幕职。府,幕府。道:经过,来往。

[34] 双庙:张巡、许远死后,肃宗追赠巡为扬州大都督,远为荆州大都督,立庙睢阳,岁时祭祀,号双庙。见《新唐书·张巡传》。

[35] 南霁云:魏州顿丘(今河南清丰县西南)人,少微贱,为人操舟。禄山反,巨野尉张沼起兵讨贼,拔以为将。后为尚衡前锋,至睢阳,与张巡计事。感巡厚恩,遂为张巡部将。《新唐书》有传。贺兰:指贺兰进明。

[36] 浮图:佛塔。

[37] 志:通"识"(zhì),作标记。

[38] 贞元:德宗李适的年号,785—805年。泗州:属河南道,州治在临淮(今江苏泗洪县东南),为贺兰进明驻节之处。

[39] 指以相语:指着佛塔告诉我。

[40] 南八:即南霁云。八,霁云在兄弟中的排行。

[41] 敢不死:犹言岂敢不死。

[42] 起事:指起兵讨伐安、史叛军。

[43] 常:尝。围中:围城之中,指睢阳。

[44] 大历:代宗李豫的年号,766—779年。和州乌江县:今安徽和

县东北乌江镇。

[45] 以巡初尝得临涣县尉：因为张巡的缘故，曾官临涣县尉。于嵩居张巡幕中，参加睢阳城守，巡死难后，叙功得官。临涣县故城在今安徽濉溪的临涣镇。

[46] 须髯（rán）：胡须的总称。在颐曰须，在颊曰髯。

[47] 帙（zhì）：书套，这里借指书。

[48] 仅万人：近万人。《说文》段玉裁注："唐人文字，仅，多训庶几之几。如杜诗：'山城仅百层'；韩文：'初守睢阳时，士卒仅万人'；又，'家仅三十口'。"

[49] 起旋：旧说为起来小便。《左传·定公三年》："夷射姑旋焉。"杜预注："旋，小便。"但揆之当时情境，应释为站立不稳，踉踉跄跄。

[50] 阳阳：安详貌。《诗经·王风·君子阳阳》毛传："阳阳，无所用其心也。"

[51] 貌如其心：意谓外貌也和他内心一样宽厚。

[52] 亳（bó）、宋间：亳州和宋州之间。亳州州治在谯县（今安徽亳州），宋州治所在睢阳。

[53] 诣：到，往。讼理：即诉讼。

【阐析】

第一段，引子，借评论李翰的《张巡传》，交代写作缘由。第二段，为许远辩诬之一：驳"畏死而辞服于贼"。用推论法得出"远之不畏死亦明矣"的结论。第三段，为许远辩诬之二：驳"城之陷自远所分始"。以常事作譬，用归谬法得出"其亦不达于理"的结论。第四段，力辩二公死守之可嘉，高度颂扬张巡、许远以寡敌众、捍卫天下之功。第五段，以己所闻见，补叙南霁云乞师和就义之事，而以"愈尝从事……巡、远时事云"数语结上递下。第六段,以张籍之言,补叙张巡的读书、就义,许远的性格、外貌、出生年月,以及于嵩的有关逸事。材料不像前面那些集中完整,但作者娓娓道来,挥洒自如,不拘谨,不局促,人物的风神笑貌及其遭遇,便很自然地从笔端呈现出来。最后以"张籍云"三字回应全文开头。

全篇文气变化多姿。第二、三段,因张、许蒙冤未白,乃层层申辩,故文气收敛,在阐明一层层事理之后,不免有悲慨深长的抒情插笔。第四段由于睢阳保卫战功勋卓著,有目共睹,所以由辩诬转入主动进攻和正面歌颂,话语蹈厉奋发,咄咄逼人,如"守一城……其谁之功也?"大气凛然,激情四射,"轩昂突起,如崇山峻岭,矗立天半"(吴闿生评语)。第五、六段则由高潮转入回旋和余波,悲剧感也化为悼念缅怀的情绪,文气随之显得委婉纡徐。

【赏评】

本文作于唐宪宗元和二年(807),韩愈时年四十岁,任国子博士。文章充满激情地高度评价张、许领导的睢阳战役的重大意义,并根据调查所得补叙他们的英雄壮烈事迹,有力地驳斥那些恶意中伤的谰言,反映了作者强烈的爱国精神。

徐师曾《文体明辨》:"《尔雅》:'序:绪也。'字亦作'叙',言其善叙事理,次第有序,若丝之绪也。……其为体有二,一曰议论,二曰叙事。"韩愈的这篇后叙,则是议论与叙事兼而有之。在结构上,本文前半(第一至四段)以议论为主,据理力驳小人的诽谤;后半(第五、六段)以叙事为主,通过补叙英雄的逸事,为前半的观点提供了有力的佐证。"截然五段,不用钩连,而神气流注,章法浑成,惟退之有此。前三段乃议论,不得曰'记张中丞逸事',后两段乃叙事,不得曰'读张中丞传',

故标以《张中丞传后叙》。"（方苞评语）在组织上，以纪张巡为中心，以许远、南霁云为陪衬，每个人物只选取几个细节加以描写，着力为人物传神。段落间侧接横出，变化莫测，又密切关合，相互补充，使全文形成一个主题集中的有机整体。

作为一篇出色的传记文学，本文不仅议论慷慨激烈，语言明晰流畅，气势奔放雄肆，而且还成功地塑造出张巡、许远、南霁云的忠勇形象，这些人物生动传神，形象鲜明，尤其是"南霁云乞师"一段，作者运用典型化的方法，对材料进行精心剪裁，将求援经过，以"不肯出师救"一语带过，而只选取宴请南霁云的一个场面加以记叙，通过对不忍独食的慷慨陈词，断指斥贺兰的细节描写，以及四座惊佩泣下的气氛烘托，栩栩如生地勾勒出一个忠义果敢的英雄的形象。

因为其笔力俊迈，所以许多评论者都认为，本篇已经可以和司马迁《史记》相媲美。如明茅坤《唐宋八大家文钞·韩文》卷十："《张中丞传后叙》通篇句、字、气，皆太史公髓。"清爱新觉罗·弘历《唐宋文醇》卷一："《张中丞传后叙》叙致曲折如画，真得龙门神髓，非徒形似也。"清吴闿生《古文范》卷三："此退之文之极似太史公者。韩文所以雄峙千古，赖有此数篇耳。"

柳子厚墓志铭

子厚讳宗元[1]。七世祖庆，为拓跋魏侍中，封济阴公[2]。曾伯祖奭为唐宰相[3]，与褚遂良、韩瑗俱得罪武后[4]，死高宗朝[5]。皇考讳镇[6]，以事母弃太常博士[7]，求为县令江南，其后以不能媚权贵[8]，失御史，权贵人死[9]，乃复拜侍御史[10]。号为刚直[11]，所与游皆当世名人[12]。

子厚少精敏[13]，无不通达，逮其父时[14]，虽少年，已自成人[15]，能取进士第[16]，崭然见头角[17]；众谓柳氏有子矣[18]。其后以博学宏词，授集贤殿正字[19]。俊杰廉悍[20]，议论证据今古[21]，出入经史百子[22]，踔厉风发[23]，率常屈其座人[24]；名声大振，一时皆慕与之交，诸公要人，争欲令出我门下[25]，交口荐誉之[26]。贞元十九年，由蓝田尉拜监察御史[27]。顺宗即位，拜礼部员外郎[28]。遇用事者得罪[29]，例出为刺史[30]；未至，又例贬永州司马[31]。居闲益自刻苦[32]，务记览[33]，为词章泛滥停蓄，为深博无涯涘[34]，一自肆于山水间[35]。元和中，尝例召至京师，又偕出为刺史，而子厚得柳州[36]。既至，叹曰："是岂不足为政耶[37]！"因其土俗[38]，为设教禁[39]，州人顺赖[40]。其俗以男女质钱[41]，约不时赎，子本相侔，则没为奴婢[42]。子厚与设方计[43]，悉令赎归[44]；其尤贫力不能者，令书其佣，足相当，则使归其质[45]。观察使下其法于他州[46]，比一岁[47]，免而归者且千人[48]。衡湘以南为进士者[49]，皆以子厚为师，其经承子厚口讲指画为文词者，悉有法度可观[50]。

其召至京师而复为刺史也，中山刘梦得禹锡亦在遣中[51]，当诣播州[52]。子厚泣曰："播州非人所居[53]，而梦得亲在堂[54]，吾不忍梦得之穷[55]，无辞以白其大人[56]；且万无母子俱往理。"请于朝，将拜疏[57]，愿以柳易播[58]，虽重得罪[59]，死不恨[60]。遇有以梦得事白上者，梦得于是改刺连州[61]。呜呼！士穷乃见节义。今夫平居里巷相慕悦，酒食游戏相征逐[62]，诩诩强笑语以相取下[63]，握手出肺肝相示[64]，指天日涕泣，誓生死不相背负[65]，真若可信；一旦临小利害，仅如毛发比[66]，反眼若不相识，落陷阱不一引手救[67]，反挤之[68]，又下石焉者，皆是也。此宜禽兽夷狄所不忍为，而其人自视以为得计。闻子厚之风，亦可以少愧矣[69]。子厚前时少年，勇于为人，不自贵重顾藉[70]，谓功业可立就[71]，故坐废退[72]。既退，又无相知有气力得位者推挽[73]，故卒死于穷裔[74]，材不为世用，道不行于时也。使子厚在台、省时[75]，自持其身[76]，已能如司马、刺史时，亦自不斥[77]；斥时有人力能举之，且必复用不穷[78]。然子厚斥不久，穷不极，虽有出于人，其文学辞章，必不能自力以致必传于后如今，无疑也[79]。虽使子厚得所愿，为将相于一时[80]，以彼易此，孰得孰失，必有能辨之者。

子厚以元和十四年十一月八日卒[81]，年四十七。以十五年七月十日，归葬万年先人墓侧[82]。子厚有子男二人：长曰周六，始四岁；季曰周七[83]，子厚卒乃生。女子二人，皆幼。其得归葬也，费皆出观察使河东裴君行立[84]。行立有节概[85]，重然诺[86]，与子厚结交，子厚亦为之尽[87]，竟赖其力。葬子厚于万年之墓者，舅弟卢遵[88]。遵，涿人[89]，性谨慎，学问不厌[90]。自子厚之斥，遵从而家焉[91]，逮其死不去。既往葬子厚，又将经纪其家，庶几有始终者[92]。铭曰：

是惟子厚之室[93]，既固既安，以利其嗣人[94]。

【注释】

[1] 讳：名。生者称名，死者称讳。古人尊敬死者，忌讳直呼其名，所以在其名前加一讳字。

[2] "七世祖"三句：言七世祖柳庆的官职、爵位。柳庆，字更兴，曾任北魏侍中，入北周后任宣州刺史，封平齐县公。子柳旦，任北周中书侍郎，封济阴公。拓跋魏，即北朝的北魏，因国君为鲜卑族拓跋氏（后改姓元），故称拓跋魏，拓跋是姓，用以区别于三国时的曹魏，又称元魏。侍中，门下省的长官，掌管传达皇帝的命令，北魏时位同宰相。济阴公，济阴为北魏时郡名，地在今山东菏泽一带，公是封建制度分五等封爵中的第一等。"济阴公"实为"平齐公"之误，封济阴公的是柳庆之子柳旦。见《北史·柳庆传》《隋书·柳旦传》及《柳河东集》卷十二《先侍御史府君神道表》。

[3] 曾伯祖奭（shì）：柳奭，字子燕，柳旦之孙，柳宗元高祖子夏之兄。当为"高伯祖"，此作"曾伯祖"，疑传写之误。柳奭贞观时为中书舍人，因外甥女王氏为皇太子（唐高宗）妃，擢升为兵部侍郎。王氏当了皇后后，又升为中书侍郎。高宗永徽三年（652）代褚遂良为中书令，位同宰相。后来高宗欲废王皇后，立武则天为皇后，韩瑷和褚遂良力争，武则天一党人诬说柳奭要和韩、褚等谋反，被杀。见柳宗元《先侍御史府君神道表》及两《唐书》本传。

[4] 褚（chǔ）遂良：字登善，钱塘（今浙江杭州）人。太宗时历任起居郎、谏议大夫、中书令。高宗时任吏部尚书、左仆射、知政事，封河南郡公。唐太宗临终时命他与长孙无忌一同辅助高宗。后因劝阻高宗改立武后，遭贬忧病而死。韩瑷（yuàn）：字伯玉，雍州三原（今属陕西）人。太宗时任吏部尚书。高宗时官侍中，因反对立武则天为后，为救褚遂良，获罪被贬而卒。武后：高宗皇后，后称帝，改国号为周，中宗复位，

上尊号为"则天大圣皇帝",故称武则天。

[5] 高宗:李治,唐太宗第九子,公元649至683年在位。

[6] 皇考:对亡父的尊称。镇:柳镇,肃宗时任左卫率府兵曹参军、朔方节度判官、掌书记、长安主簿等职。

[7] 太常博士:太常寺属官,掌宗庙礼仪等,从七品上。柳镇于肃宗朝授左卫率府兵曹参军,佐郭子仪守朔方。后调长安主簿,居母丧,服除,命为太常博士。镇以有尊老孤弱在吴(今江苏苏州),再三辞谢,愿为宣城(今属安徽)令。见柳宗元《先侍御史府君神道表》。此云"以事母弃太常博士",恐是记载之误。

[8] 权贵:此指窦参。柳镇曾迁殿中侍御史,因不肯与御史中丞卢佋、宰相窦参一同诬陷侍御史穆赞,后又为穆赞平反冤狱,得罪窦参,被窦参以他事陷害贬官。

[9] 权贵人死:其后窦参因罪被贬,第二年被德宗赐死。

[10] 侍御史:御史台的属官,职掌纠察百僚,审讯案件。

[11] 号为刚直:郭子仪曾表柳镇为晋州录事参军,晋州太守骄悍好杀戮,吏莫敢与争,而柳镇独能抗之以理,故云。

[12] 所与游皆当世名人:柳宗元有《先君石表阴先友记》,记载他父亲相与交游者有袁高、姜公辅、齐映、杜黄裳、梁肃、韩会、许孟容、郑余庆、李益等六十七人,书于墓碑之阴。并曰:"先君之所与友,凡天下善士举集焉。"

[13] 少:年少时。精敏:精明灵敏。

[14] 逮(dài)其父时:在他父亲在世的时候,宗元童年时代,其父柳镇去江南,他和母亲留在长安。至十二三岁时,柳镇在湖北、江西等地做官,他随父同去。柳镇卒于贞元九年(793),子厚年二十一岁。逮,及,到。

［15］已自成人：宗元十三岁即作《为崔中丞贺平李怀光表》，刘禹锡作集序云："子厚始以童子，有奇名于贞元初。"

［16］取进士第：贞元九年（793）二月，宗元进士及第，年二十一。（见文安礼《柳先生年谱》）其父柳镇卒于贞元九年五月。

［17］崭然：高峻突出的样子，形容少年时已显露出杰出的才华。见（xiàn）：后作"现"。头角：比喻少年才华出众。成语"崭露头角"即由此演化而成。

［18］有子：意谓有光耀门楣之子。

［19］博学宏词：柳宗元贞元十二年（796）中博学宏词科，年二十四。唐制，进士及第者可应博学宏词考选，取中后即授予官职。集贤殿：集贤殿书院，掌刊辑经籍，搜求佚书。正字：集贤殿置学士、正字等官，正字掌管编校典籍、刊正文字的工作，从九品上。宗元二十六岁授集贤殿正字。

［20］廉：方正，廉洁。悍：强硬，勇敢。

［21］证据今古：引据今古事例作证。

［22］出入：融会贯通，深入浅出。

［23］踔（chuō）厉风发：形容议论纵横，言辞奋发，见识高远。

［24］"率常"句：经常使同座的人为之折服。

［25］令出我门下：意谓都想叫他做自己的门生以沾光彩。

［26］交口：异口同声。

［27］蓝田：今属陕西。尉：县府管理治安，缉捕盗贼的官吏。监察御史：御史台的属官，掌监察百僚，巡按郡县，纠视刑狱，整肃朝仪诸事，正八品上。

［28］礼部员外郎：官名，掌管辨别和拟定礼制之事及学校贡举之法，从六品上。柳宗元得做此官是王叔文、韦执谊等所荐引。

[29] 用事者：掌权者，这里指王叔文等人。顺宗做太子时，王叔文任太子属官，顺宗登位后，王叔文任户部侍郎，深得顺宗信任。于是引用新进，施行改革。旧派世族和藩镇宦官拥立其子李纯为宪宗，将王叔文贬黜，后来又将其杀戮。和柳宗元同时贬作司马的共八人，称"八司马"。

[30] 例出：按规定遣出。永贞元年（805），宗元被贬为邵州（今湖南邵阳）刺史。

[31] 例贬：依照"条例"贬官。永州：唐属江南道，今属湖南。

[32] 居闲：指公事清闲。州司马本是刺史属下掌管军事的副职，但在唐时，已成为有职无权的冗员。

[33] 务记览：勉力记诵读书。此喻刻苦为学。

[34] "为词章"二句：谓所写的诗文像水泛滥一样，汪洋恣肆；又像水积蓄一样，深沉凝敛，达到深厚博大难以穷尽的境地。泛滥，文笔汪洋恣肆。停蓄，文笔雄厚凝练。无涯涘（sì），无边无际。涯、涘，均是水边。

[35] 肆：放情。

[36] "元和"四句：《资治通鉴》卷二三九载：元和十年（815），"王叔文之党坐谪官者，凡十年不量移，执政有怜其才欲进之者，悉召至京师，谏官争言其不可，上（宪宗）与武元衡亦恶之，三月乙酉，皆以为远州刺史。官虽进而地益远。永州司马柳宗元为柳州刺史"。例，按照旧例。偕，相偕，一同。柳州，唐置，属岭南道，治所在今广西柳州。

[37] 是岂不足为政耶：意谓柳州地虽僻远，仍然可以做出政绩。是，指柳州。

[38] 因：顺着，按照。土俗：当地的风俗。

[39] 教禁：教谕和禁令。

[40] 顺赖：顺从信赖。

[41] 男女：指子女。质钱：以典当抵押来借钱。

[42] "约不"三句：谓约定如不按时还钱取赎，到利息和本钱相等时，就没收子女为奴婢。子，子金，即利息。本，本金。相侔（móu），相等。没，没收。

[43] 与设方计：替债务人想方设法。

[44] 悉：全部。

[45] "令书其佣"三句：命令将被质押的人的工资数字记下，到了工资足以抵消借款本息的时候，就作为债务偿清，让债权人归还原质。佣，当雇工，这里指雇工劳动所值，即工资。质，人质，指被抵押的子女。

[46] 观察使：又称观察处置使，是中央派往地方掌管监察的官。下其法：推行赎回人质的办法。

[47] 比：及，等到。

[48] 免而归者且千人：免为奴婢而赎回的人质将近千人。

[49] 衡湘：衡山、湘水，泛指岭南地区。为：应试。

[50] 法度：规范。

[51] 中山：治今河北定州。刘梦得禹锡：即刘禹锡，字梦得，洛阳（今属河南）人，自言系出中山。其祖先汉景帝子刘胜曾封中山王。王叔文失败后，刘被贬为朗州司马，这次召还入京后又贬播州刺史。

[52] 诣：前往。播州：今贵州遵义。

[53] 非人所居：唐时播州属荒僻落后地区，故云。

[54] 亲在堂：指母亲健在。

[55] 穷：困窘。

[56] 无辞以白其大人：无言辞以宽慰他的母亲。古称父母为大人，此指刘母。

[57] 拜疏：向皇帝上疏。"拜"字表恭敬意。

[58] 以柳易播：意指柳宗元自愿到播州去，让刘禹锡去柳州。

[59] 重（chóng）得罪：再一次得罪。

[60] 死不恨：一本无"死"字。恨，遗憾。

[61] "遇有"二句：《新唐书·刘禹锡传》："御史中丞裴度为言：'播极远，猿狖所宅，禹锡母八十余，不能往，当与其子死诀，恐伤陛下孝治，请稍内迁。'……乃易连州，又徙夔州刺史。"刺，用作动词，任刺史。连州，唐属岭南道，州治在今广东连州。

[62] 征逐：形容往来密切频繁。征，约之来。逐，随之去。

[63] "诩诩"句：谓媚悦讨好，强作笑语来表示谦卑。诩诩，媚悦，讨好的样子。强（qiǎng），勉强，做作。取下，指采取谦下的态度。

[64] 出肺肝相示：譬喻做出非常诚恳和坦白的样子。

[65] 背负：背叛，变心。

[66] 如毛发比：譬喻事情之细微。比，类似。

[67] 陷阱：圈套，祸难。

[68] 挤：推挤。

[69] 少愧：稍稍有所惭愧。少，稍微。

[70] "勇于"二句：谓敢于助人，不珍爱顾惜自己。此指柳宗元参加王叔文集团事，韩愈对此有微词，认为是政治上的失慎之举，故云"不自贵重"。为人，助人。顾藉，顾惜。

[71] 立就：即刻成功。

[72] 坐：因他人获罪而受牵连。废退：指远谪边地，不用于朝廷。

[73] 有气力：有权势和力量的人。推挽：推举提携。

[74] 穷裔：穷困的边远地方，此指柳州。

[75] 在台、省时：此指柳宗元任监察御史和礼部员外郎时。台，御

史台,监察御史属御史台。省,尚书省,礼部员外郎属尚书省。

[76] 自持其身:自己保重自身,谨慎从事。

[77] 不斥:不被贬斥。

[78] "斥时"二句:谓被贬时如果有人能够援引他,一定会再被升用而不至于陷入那样的困窘。

[79] "然子厚斥不久"六句:意谓倘若柳宗元的遭遇不如此穷困,虽然在功名事业上能够出人头地,但在文学上就决不可能通过自己的努力,以取得像现在这样不朽的成就,这是毫无疑义的。出于人,指在功名事业上可能出人头地。自力,自我努力。

[80] 为将相于一时:被贬"八司马"中,只有程异后来得到李巽推荐,位至宰相,但不久便死,也没有什么政绩。此处暗借程异作比。

[81] 元和:唐宪宗年号。元和十四年,即公元819年。十一月八日:一本作"十月五日"。

[82] 万年:在今陕西西安市临潼区东北。先人墓:据柳宗元《先侍御史府君神道表》载,其父柳镇之墓在万年县的栖凤原。

[83] 周七:即柳告,字用益,柳宗元遗腹子。

[84] 河东:郡名,治所在今山西永济。裴君行立:裴行立,绛州稷山(今山西稷山)人,河东为其郡望,时任桂管观察使,是柳宗元的上司和朋友。

[85] 节概:节操度量。

[86] 重然诺:看重许下的诺言。

[87] 尽:尽心,尽力。

[88] 卢遵:柳宗元舅父之子,即其表弟。柳宗元《上桂州李中丞荐卢遵启》:"内弟卢遵,其行类诸父,静专温雅,好礼而信,饰以文墨,达于政事。"

[89] 涿（zhuō）：今河北涿州。

[90] 学问不厌：即"好学不倦"的意思。《论语·述而》："学而不厌，诲人不倦。"厌，厌弃。

[91] "自子厚"二句：柳宗元《送内弟卢遵游桂州序》："以余弃于南服，来从余居五年矣。"从而家焉，跟从柳宗元以为己家。

[92] 庶几：近似，差不多。

[93] 惟：就是。室：幽室，即墓穴。

[94] 嗣人：子孙后代。

【阐析】

选文据《昌黎先生集》卷三十二。柳子厚，即柳宗元，字子厚。作墓志铭例当称死者官衔，柳宗元在中央是"礼部员外郎"，在地方是"柳州刺史"，而韩愈和柳宗元是笃交，所以这篇文章根据"朋友相呼以字"的规矩，称《柳子厚墓志铭》。墓志铭是古代文体的一种，刻石纳入墓内或墓旁，表示对死者的纪念，以便后人稽考。文章通常分两部分，前一部分是序文，叙述死者的姓氏、爵里、世系、生平事迹、卒葬年月与子孙状况；后一部分是铭文，缀以韵语，表示对死者的悼念和颂赞。这一篇墓志铭的铭文极短，是一种变格。

【赏评】

这篇墓志铭写于柳宗元死后的次年，即元和十五年（820）韩愈任袁州刺史时。韩愈和柳宗元是中唐时期思想文化界的两位巨人，唐代古文运动中桴鼓相应的领袖，私交亦甚深。但他们在政治上和学术上的意见并不尽同，入仕后所走的道路也不一样，但早年建立的友谊却经得住时间考验。他们彼此尊重，有时也互相批评，然而更多的是互相支持。他们之间的友情始终是十分深厚的。正因如此，当柳宗元于元和十四年（819）十一月在柳州去世时，于前月由潮州贬所改刺袁州的韩愈，在赴任途中听到这个消息后，立即寄去悼念亡友的信和祭文。到袁州后，又写了这篇墓志铭。

作者除像其他墓志铭那样记述死者的世系、生平、交友之外，还特别赞扬柳宗元的才学、品德和政治才能，肯定其在柳州的政绩，称颂其勇于为人，急朋友之难的美德和刻苦自励的精神。在写到柳宗元对友人刘禹锡临危援手时，作者甚至宕开一笔，慨叹"士穷乃见节义"，接着发了一大通世风日薄的议论，夹议论于墓志铭的叙事之中，用它来映衬柳宗元品德的高尚。对于柳宗元长期被贬的坎坷遭遇，韩愈在文中既满掬同情之泪，同时又似乎持有保留的看法，极为之讳，措辞隐约。然而，他从文章穷而后工的观点，对柳宗元在文学辞章方面的成就给予高度的肯定，揭示出柳文愤世嫉俗之情及其现实意义，认为必将流传于后世，这里有关"孰得孰失，必有能辨之者"这一段议论，可谓千古不易之论。如此高度评价柳文，在柳宗元的同时代人里，韩愈是第一人。

一般墓志铭多以记事为主，容易板滞，此篇却神采飞动，酣姿淋漓，顿挫盘郁，实因韩愈至性至情之所发。文章在材料组织、语言提炼方面，显示了韩愈对史传文章写作的高超才能。文章写柳宗元的一生，并非凡事不分巨细，而是对材料精心剪裁，对结构合理安排，运用史传褒贬相兼之法，力求使文章言语与事相伴，着力写出人物鲜明的形象，显出独特的艺术风格。刘禹锡也以文豪自命，其《河东先生集序》说："凡子厚名氏与仕与年暨行己之大方，有退之之志若祭文在，今附于第一通之末云。"可见推重。清人储欣《唐宋八大家类选》曾誉之谓："昌黎墓志第一，亦古今墓志第一。以韩志柳，如太史公传李将军，为之不遗余力矣。"

白居易

与元九书

月日,居易白。微之足下[1]:

自足下谪江陵至于今[2],凡枉赠答诗仅百篇[3]。每诗来,或辱序[4],或辱书,冠于卷首,皆所以陈古今歌诗之义,且自叙为文因缘[5],与年月之远近也。仆既受足下诗,又谕足下此意,常欲承答来旨,粗论歌诗大端[6],并自述为文之意,总为一书[7],致足下前。累岁已来,牵故少暇,间有容隙[8],或欲为之;又自思所陈,亦无出足下之见,临纸复罢者数四,卒不能成就其志[9],以至于今。今俟罪浔阳[10],除盥栉食寝外无余事[11],因览足下去通州日所留新旧文二十六轴[12],开卷得意,忽如会面,心所蓄者,便欲快言,往往自疑,不知相去万里也。既而愤悱之气,思有所泄,遂追就前志,勉为此书。足下幸试为仆留意一省[13]。

夫文尚矣[14]!三才各有文[15],天之文三光首之[16];地之文五材首之[17];人之文六经首之[18]。就六经言,《诗》又首之[19]。何者?圣人感人心而天下和平。感人心者,莫先乎情,莫始乎言,莫切乎声,莫深乎义[20]。诗者,根情苗言,华声实义[21]。上自贤圣,下至愚骏,微及豚鱼[22],幽及鬼神[23],群分而气同,形异而情一[24],未有声入而不应,情交而不感者[25]。圣人知其然,因其言,经之以六义[26]；缘其声，纬之以五音[27]。音有韵，义有类[28]。韵协则言顺，言顺则声易入[29]；类举则情见，情见则感易交[30]。于是乎孕大含深，贯微洞密，上下通而一气泰，忧乐合而百志熙[31]。五帝三皇所以直道而行、垂拱而理者[32]，揭此以为大柄，决此以为大窦也[33]。故闻"元首明、股肱良"之歌，则知虞道昌矣[34]；闻五子洛汭之歌，则知夏政荒矣[35]。言者无罪，闻者作戒[36]。言者闻者，莫不两尽其心焉。

洎周衰秦兴[37]，采诗官废[38]，上不以诗补察时政，下不以歌泄导人情[39]，乃至于谄成之风动[40]，救失之道缺[41]，于时，六义始刓矣[42]。

国风变为骚辞[43]，五言始于苏、李[44]。苏、李，骚人，皆不遇者[45]，各系其志，发而为文[46]。故"河梁"之句[47]，止于伤别；泽畔之吟[48]，归于怨思。仿徨抑郁，不暇及他耳。然去《诗》未远，梗概尚存：故兴离别，则引"双凫""一雁"为喻[49]；讽君子小人，则引香草恶鸟为比[50]。虽义类不具，犹得风人之什二三焉[51]。于时六义始缺矣。

晋、宋已还，得者盖寡[52]。以康乐之奥博，多溺于山水[53]；以渊明之高古，偏放于田园[54]。江、鲍之流[55]，又狭于此。如梁鸿《五噫》之例者[56]，百无一二焉。于时六义浸微矣[57]。

陵夷至于梁陈间[58]，率不过嘲风雪、弄花草而已[59]。噫！风雪花草之物，《三百篇》中[60]，岂舍之乎？顾所用何如耳[61]。设如"北风其凉"，假风以刺威虐也；"雨雪霏霏"，因雪以愍征役也；"棠棣之华"，感华以讽兄弟也；"采采芣苢"，美草以乐有子也[62]：皆兴发于此，而义归于彼，反是者可乎哉？然则"余霞散成绮，澄江净如练""离花先委露，别叶乍辞风"之什[63]，丽则丽矣，吾不知其所讽焉。故仆所谓嘲风雪、弄花草而已。于时六义尽去矣。

唐兴二百年，其间诗人不可胜数[64]。所可举者，陈子昂有《感遇》诗二十首[65]，鲍防有《感兴》诗十五首[66]。又诗之豪者，世称李、杜[67]。李之作，才矣奇矣，人不逮矣！索其风雅比兴，十无一焉[68]。杜诗最多，可传者千余首，至于贯穿今古，觏缕格律[69]，尽工尽善，又过于李。然撮其《新安》《石壕》《潼关吏》《芦子关》《花门》之章[70]，"朱门酒肉臭，路有冻死骨"之句[71]，亦不过三四十。杜尚如此，况不逮杜者乎？

仆常痛诗道崩坏[72]，忽忽愤发，或食辍哺[73]，夜辍寝，不量才力，欲扶起之。嗟乎！事有大谬者，又不可一二而言，然亦不能不粗陈于左右[74]。

仆始生六七月时，乳母抱弄于书屏下，有指"无"字、"之"字示仆者，仆虽口未能言，心已默识；后有问此二字者，虽百十其试，而指之不差。则仆宿习之缘[75]，已在文字中矣。及五六岁，便学为诗。九岁，谙识声韵[76]。十五六，始知有进士，苦节读书[77]。二十已来，昼课赋，夜课书，间又课诗，不遑寝息矣[78]。以至于口舌成疮，手肘成胝，既壮而肤革不丰盈，未老而齿发早衰白，瞥瞥然如飞蝇垂珠在眸子中也，动以万数[79]。盖以苦学力文所致，又自悲矣！

家贫多故，二十七方从乡赋[80]；既第之后，虽专于科试[81]，亦不废诗。及授校书郎时[82]，已盈三四百首。或出示交友如足下辈，见皆谓之工；其实未窥作者之域耳[83]。

自登朝来[84]，年齿渐长[85]，阅事渐多，每与人言，多询时务，每读书史，多求理道[86]，始知文章合为时而著，歌诗合为事而作[87]。是时皇帝初即位，宰府有正人[88]，屡降玺书，访人急病[89]。仆当此日，擢在翰林，身是谏官[90]，月请谏纸[91]，启奏之外，有可以救济人病、裨补时阙、而难于指言者[92]，辄咏歌之，欲稍稍递进闻于上。上以广宸聪、副忧勤[93]；次以酬恩奖、塞言责[94]，下以复吾平生之志[95]。岂图志未就而悔已生[96]，言未闻而谤已成矣！

又请为左右终言之[97]。凡闻仆《贺雨》诗，而众口籍籍[98]，已谓非宜矣；闻仆《哭孔戡》诗，众面脉脉[99]，尽不悦矣；闻《秦中吟》，则权豪贵近者相目而变色矣[100]；闻《乐游园》寄足下诗，则执政柄者扼腕矣[101]；闻《宿紫阁村》诗，则握军要者切齿矣[102]。大率如此，不可偏举。不相与者，号为沽名，号为诋讦，号为讪谤[103]；苟相与者，则如牛僧孺之戒焉[104]。乃至骨肉妻孥[105]，皆以我为非也。其不我非者，举不过三两人[106]。有邓鲂者[107]，见仆诗而喜，无何而鲂死。有唐衢者[108]，见仆诗而泣，未几而衢死。其余则足下。足下又十年来，困踬若此[109]。呜呼！岂六义四始之风[110]，天将破坏，不可支持耶？抑又不知天之意，不欲使下人之病苦闻于上耶？不然，何有志于诗者，不利若此之甚也！

然仆又自思：关东一男子耳[111]，除读书属文外，其他懵然无知[112]。乃至书、画、棋、博，可以接群居之欢者[113]，一无通晓，即其愚拙可知矣。初应进士时，中朝无缌麻之亲[114]，达官无半面之旧[115]，策蹇步于利足之途[116]，张空弮于战文之场[117]。十年之间，三登科第[118]；名入众耳，迹升清贯[119]，出交贤俊，入侍冕旒[120]，始得名于文章，终得罪于文章，亦其宜也。

日者又闻亲友间说：礼、吏部举选人，多以仆私试赋判，传为准的[121]；其余诗句，亦往往在人口中。仆恧然自愧[122]，不之信也。及再来长安，又闻有军使高霞寓者[123]，欲娉倡妓[124]。妓大夸曰："我诵得白学士《长恨歌》[125]，岂同他妓哉？"由是增价。又足下书云：到通州日，见江馆柱间有题仆诗者，复何人哉[126]？又昨过汉南日[127]，适遇主人集众乐，娱他宾。诸妓见仆来，指而相顾曰：此是《秦中吟》《长恨歌》主耳[128]。自长安抵江西三四千里[129]，凡乡校、佛寺、逆旅、行舟之中[130]，往往有题仆诗者。士庶、僧徒、孀妇、处女之口，每每有咏仆诗者。此诚雕虫之戏，不足为多[131]。然今时俗所重，正在此耳。虽前贤如渊、云者[132]，前辈如李、杜者，亦未能忘情于其间哉[133]。

古人云："名者公器，不可以多取[134]。"仆是何者？窃时之名已多。既窃时名，又欲窃时之富贵，使已为造物者，肯兼与之乎[135]？今之迍穷，理固然也。况诗人多蹇[136]，如陈子昂、杜甫，各授一拾遗，而迍剥至死[137]。李白、孟浩然辈，不及一命，穷悴终身[138]。近日孟郊六十，终试协律[139]。张籍五十，未离一太祝[140]。彼何人哉？彼何人哉？况仆之才，又不逮彼。今虽谪佐远郡，而官品至第五，月俸四五万[141]；寒有衣，饥有食，给身之外，施及家人，亦可谓不负白氏之子矣。微之微之！勿念我哉！

仆数月来，检讨囊帙中[142]，得新旧诗，各以类分，分为卷目。自拾遗来，凡所适所感，关于美刺兴比者，又自武德讫元和，因事立题[143]，题为新乐府者[144]，共一百五十首，谓之"讽谕诗"[145]。又或退公独处，或移病闲居[146]，知足保和，吟玩情性者一百首[147]，谓之"闲适诗"。又有事物牵于外，情理动于内，随感遇而形于叹咏者一百首，谓之"感伤诗"。又有五言、七言长句，绝句[148]，自一百韵至两韵者四百余首，谓之"杂律诗"。凡为十五卷，约八百首。异时相见，当尽致于执事。

微之，古人云："穷则独善其身，达则兼济天下[149]。"仆虽不肖，常师此语。大丈夫所守者道，所待者时[150]。时之来也，为云龙为风鹏[151]，勃然突然，陈力以出[152]；时之不来也，为雾豹为冥鸿[153]，寂兮寥兮，奉身而退[154]。进退出处[155]，何往而不自得哉[156]？故仆志在兼济，行在独善[157]，奉而始终之则为道，言而发明之则为诗[158]。谓之"讽谕诗"，兼济之志也；谓之"闲适诗"，独善之义也。故览仆诗，知仆之道焉。其余"杂律诗"，或诱于一时一物，发于一笑一吟，率然成章，非平生所尚者[159]，但以亲朋合散之际，取其释恨佐欢。今铨次之间[160]，未能删去；他时有为我编集斯文者，略之可也。

微之！夫贵耳贱目，荣古陋今，人之大情也[161]。仆不能远征古旧，如近岁韦苏州歌行[162]，才丽之外[163]，颇近兴讽。其五言诗，又高雅闲淡，自成一家之体，今之秉笔者[164]，谁能及之？然当苏州在时，人亦未甚爱重；必待身后，然后人贵之。今仆之诗，人所爱者，悉不过"杂律诗"与《长恨歌》已下耳。时之所重，仆之所轻。至于"讽谕"者，意激而言质[165]；"闲适"者，思淡而词迂[166]：以质合迂，宜人之不爱也。

今所爱者，并世而生[167]，独足下耳。然千百年后，安知复无如足下者出，而知爱我诗哉？故自八九年来，与足下小通则以诗相戒，小穷则以诗相勉，索居则以诗相慰[168]，同处则以诗相娱，知吾罪吾，率以诗也。如今年春游城南时[169]，与足下马上相戏，因各诵新艳小律，不杂他篇。自皇子陂归昭国里[170]，迭吟递唱[171]，不绝声者二十里余。樊、李在傍，无所措口[172]。知我者以为诗仙，不知我者以为诗魔。何则？劳心灵，役声气[173]，连朝接夕，不自知其苦，非魔而何？偶同人当美景，或花时宴罢，或月夜酒酣，一咏一吟，不知老之将至[174]，虽骖鸾鹤、游蓬瀛者之适[175]，无以加于此焉，又非仙而何？微之微之！此吾所以与足下外形骸[176]，脱踪迹[177]，傲轩鼎[178]，轻人寰者[179]，又以此也。

当此之时，足下兴有余力，且欲与仆悉索还往中诗[180]，取其尤长者，如张十八古乐府，李二十新歌行，卢、杨二秘书律诗，窦七、元八绝句[181]，博搜精掇[182]，编而次之，号《元白往还诗集》。众君子得拟议于此者，莫不踊跃欣喜，以为盛事。嗟乎！言未终而足下左转[183]，不数月而仆又继行[184]。心期索然[185]，何日成就？又可为之叹息矣！

又仆尝语足下：凡人为文，私于自是[186]，不忍于割截，或失于繁多，其间妍媸[187]，益又自惑；必待交友有公鉴无姑息者[188]，讨论而削夺之，然后繁简当否，得其中矣。况仆与足下为文，尤患其多。己尚病之,况他人乎?今且各纂诗笔[189],粗为卷第,待与足下相见日,各出所有,终前志焉。又不知相遇是何年,相见在何地,溘然而至[190],则如之何?微之微之!知我心哉!

浔阳腊月,江风苦寒,岁暮鲜欢,夜长无睡,引笔铺纸,悄然灯前[191],有念则书,言无次第,勿以繁杂为倦,且以代一夕之话也。微之微之!知我心哉!乐天再拜。

【注释】

[1] 月日:当为十二月某日。白:意思是有事奉告。微之:白居易的好友元稹(779—831)的字。题目中的元九即元稹,唐人习惯称呼熟人在弟兄中的排行。白与元同在贞元十九年(803)登科(白书判拔萃,元平判入等),又同授秘书省校书郎,在相识订交之后,志同道合,感情深厚,交往密切,唱酬之作甚多。足下:古人给朋友写信时对对方的敬称。

[2] 自足下谪江陵至于今:指元稹从元和五年(810)由监察御史贬为江陵(今属湖北)士曹参军到元和十年这段时间。

[3] 凡:总计。枉:屈尊就卑,对人之敬辞。仅百篇:百篇之多。按:唐代"仅"字的用法,有时恰与现在相反,是"多"的意思,而不是"少"的意思。至宋人始用"少"义。《说文》段玉裁注:"唐人文字,仅,多训庶几之几。如杜诗:'山城仅百层';韩文:'初守睢阳时,士卒仅万人';又,'家仅三十口'。"

[4] 辱:义同上"枉"字,谦辞,犹言"承蒙"。

[5] 因缘:本为佛家用语。因,指导致结果的直接内在原因(内因)。缘,指由外来相助的间接原因(外因)。此处则用同今语,即原因。

[6] 受:意思是接到。谕:领会。承答来旨:就你的论点有所回答。

粗论：粗疏地论述。粗，略。大端：重要问题。

[7] 总为一书：合写一信。

[8] 累岁：连年。牵故少暇：被事务牵绊得很少有空闲。间有容隙：间或有些空闲的时间。

[9] 亦无出足下之见：也没有什么超出您的高见之处。临纸复罢者数四：有好几次铺开纸要写信而又作罢。卒不能成就其志：终于没有了却这个心愿。

[10] 俟（sì）罪浔阳：指元和十年（815）白居易被贬到浔阳（今江西九江）任江州司马。江州在元和前曾称浔阳郡。

[11] 盥（guàn）栉（zhì）：洗脸和梳头。

[12] 通州：今四川达州。元和十年三月元稹调任通州司马。此时白居易正在江州司马任上。轴：卷。唐人书多手写，卷端有轴，以便舒卷。一轴即一卷。

[13] "开卷"二句：意谓打开元稹的诗卷就能领会他的意见，如同当面谈话一样。忽，恍惚，仿佛。畜：一作"蓄"，存留。相去：相隔。愤悱之气：《论语·述而》："不愤不启，不悱不发。"此处则谓作者无辜遭贬，怀有愤慨不平之气。追就前志：补偿过去的心愿。省：省察，考虑。

[14] 尚矣：谓由来久远。

[15] 三才：下面所说的天、地、人。文：文章。

[16] 三光：日、月、星。

[17] 五材：即五行，金、木、水、火、土。

[18] 六经：儒家以《诗》《书》《礼》《乐》《易》《春秋》为六经，其中《乐经》在汉代以前就亡失了，流传下来的只有"五经"。

[19] "就六经"二句：言六经的排列次序以《诗》为首，《礼记·经

解》及《庄子·天运》均列《诗》为六经之首。

[20]"感人心者"五句：意谓感动人心之物，没有比情感更首要的，没有比言语更原始的，没有比声韵更亲切的，没有比义理更深刻的。《毛诗序》："诗者，志之所之也，在心为志，发言为诗。情动于中而形于言，言之不足，故嗟叹之，嗟叹之不足，故永（咏）歌之，永歌之不足，不知手之舞之、足之蹈之也。情发于声，声成文谓之音。治世之音，安以乐，其政和。乱世之音，怨以怒，其政乖（政教乖戾）。亡国之音，哀以思，其民困。故正得失，动天地，感鬼神，莫近于诗。先王以是经夫妇，成孝敬，厚人伦，美教化，移风俗。"为此五句命意所本。"情动于中而形于言"故"莫先乎情"，"发言为诗"故"莫始乎言"，"情发于声"故"莫切乎声"，"正得失……移风俗"故"莫深乎义"。白居易《策林》六九："大凡人之感于事，则必动于情，然后兴于嗟叹，发于吟咏，而形于歌诗矣。"《策林》六四又说："乐者本于声，声者发于情，情者系于政。"

[21]根情苗言，华声实义：谓诗应以情感为根本，语言为苗叶，声韵为花朵，意义为果实。"义"主要指《诗经》之"六义"，"实义"即下文所说"经之以六义"。

[22]愚騃（ái）：痴呆之人。微：渺小。豚：小猪。《周易·中孚卦》："'豚鱼吉'，信及豚鱼也。"注："鱼者，虫之隐者也。豚者，兽之微贱者也。争竞之道不兴，中信之德淳著，则虽微隐之物，信皆及之。"正义："释所以得吉，由信及豚鱼故也。"白居易《策林》二六："盖古之圣王，使信及豚鱼，仁及草木。"又，《贺上尊号后大赦天下表》："伏惟元和圣文神武法天应道皇帝陛下，纂承大业，子育群生。信及豚鱼，威殚枭獍。"

[23]幽及鬼神：渺茫以至于所谓的"鬼神"。

[24]"群分"二句：上句就人说，指上文的圣贤和愚騃，意谓种类

不同而精神相似，同有视听言动。下句就物说，指上文的豚鱼和鬼神，意谓形状有异而情感相通，同有喜怒爱憎。

[25]"未有"二句：未有闻声而不起反应，感受激情而无动于衷的。

[26] 经之：贯穿之，使之纲要化。六义：《诗经》有《风》《雅》《颂》三种体裁及赋、比、兴三种表现手法，合称六义。（见《毛诗序》）白居易《读张籍古乐府》："为诗意如何？六义互铺陈。风雅比兴外，未尝著空文。"

[27] 纬之：组合之。五音：也称五声。指古代音乐上的宫、商、角、徵（zhǐ）、羽。又指音韵学上区别声韵的喉、舌、齿、唇、牙。

[28] 音有韵，义有类：五音有不同的韵律，六义有不同的体裁和表现手法。

[29]"韵协"二句：诗歌的声韵协调，则诵读起来顺口；诵读起来顺口，则容易被人接受。

[30]"类举"二句：意谓触类旁通，则能充分表达感情，情感表达充分的作品容易唤起共鸣。类举，谓触类旁通，由此及彼，如以小喻大，以浅喻深，以古喻今等，亦即比兴法。情见，谓感情充分呈现。见，同"现"。

[31]"于是乎"四句：意谓诗歌可包含广阔深远的内容，揭露生活的底蕴，洞察心灵的奥秘，表达精微曲折的思想，使天地二气上下贯通，彼此感情相互交融，最终令众心和悦。孕大含深，孕，同"蕴"。"孕"与"含"，互文见义。大，指思想的广度。深，指思想的深度。一气，《旧唐书》及《唐文粹》作"二气"，指天地之气。泰，通顺，是《周易》卦名。

[32] 五帝：指黄帝、颛顼、帝喾、尧、舜。三皇：指燧人、伏羲、神农。古人认为五帝三皇时期是历史的黄金时代。直道：谓人君无偏私。

垂拱而理：意谓不费气力而治理天下。垂拱，垂衣拱手，无为而治。

[33] 揭：高举。柄：武器。决此以为大窦：意谓能够依靠诗歌打通群众的心窍。决，打开。窦，孔穴。

[34] "故闻"二句：相传虞舜在位时，天下大治，他和臣子皋陶作歌唱和，其中三句说："元首明哉！股肱良哉！庶事康哉！"（见《尚书·皋陶谟》）元首，君主。股肱（gōng），喻辅佐君主的大臣。昌，昌明，兴盛。

[35] "闻五子"二句：相传夏王太康荒淫无道，失去权位，他的五个兄弟在洛水边等候他不来，作了五首歌表示怨恨和讽刺。后人相沿用《五子之歌》作臣子劝诫之辞。（见伪古文《尚书·五子之歌》）洛，洛水。汭，水流隈曲之处。

[36] "言者无罪"二句：语出《毛诗序》："言之者无罪，闻之者足以戒。"

[37] 洎（jì）：及。

[38] 采诗官废：按，《汉书·艺文志》："故古有采诗之官，王者所以观风俗，知得失，自考正也。"《汉书·食货志》："孟春之月，群居者将散，行人振木铎徇于路以采诗，献之大师，比其音律，以闻于天子。"

[39] "上不"二句：意谓在上者不用采诗来补救和检查自己的施政得失，在下者也不吟咏诗歌来传达民情。

[40] 谄（chǎn）成之风动：阿谀上级、虚报成绩的风气流行起来。

[41] 救失之道缺：纠正错误的方法消失。缺，残缺。

[42] 六义始刓（wán）：诗之六义被削弱了。刓，磨削平。

[43] 国风：《诗经》有十五《国风》，是《诗经》的主要部分，因而以《国风》代指《诗经》。骚辞：《楚辞》第一篇为屈原《离骚》，因而以"骚辞"代指《楚辞》。

[44] 五言始于苏、李：《文选》有苏武、李陵赠答诗，相传是五言诗之始，实为后人伪托。

[45] 骚人：《楚辞》作者。不遇：命运不济，不逢明时，不遇明主。苏武出使匈奴，被扣留十九年，守节不屈，归国后亦未受重用。李陵战败，投降匈奴。

[46] "各系"二句：每人都依据自己的切身感受，抒为诗篇。

[47] "河梁"之句：指苏、李赠答之诗，李陵《与苏武》诗第三首："携手上河梁，游子暮何之？徘徊蹊路侧，悢悢不得辞。行人难久留，各言长相思。安知非日月，弦望自有时。努力崇明德，皓首以为期。"

[48] 泽畔之吟：指屈原的作品。《楚辞·渔父》："屈原既放，游于江潭，行吟泽畔，颜色憔悴，形容枯槁。"

[49] "双凫""一雁"：《文选》有托名苏武归国别李陵诗："二凫俱北飞，一雁独南翔。"（《古文苑》"二凫"作"双凫"）上句喻苏、李二人，下句苏自喻。

[50] 香草恶鸟：意谓用香草比喻君子，用恶鸟比喻小人。王逸《离骚序》："《离骚》之文，依《诗》取兴，引类譬喻。故善鸟香草以配忠贞，恶禽臭物以比谗佞。"

[51] 虽义类不具：虽六义原则不复完备。风人：犹言诗人，取古太史陈诗以观民风意。什二三：十分之二三。

[52] 得者盖寡：意谓一般说来，能掌握六义的更少了。盖，传疑之词，有"大概如此"意。

[53] "以康乐"二句：晋、宋之交的诗人谢灵运，因袭他祖父封爵康乐公，故世称谢康乐。他精研玄理，著述丰富，故称"奥博"，所作诗歌偏重描写山水景物。

[54] "以渊明"二句：晋、宋之交的诗人陶潜，字渊明，所作诗歌

多写田园生活，风格超逸典雅。放，有自由放浪之意。

［55］江、鲍：指南朝梁诗人江淹（444—505）和南朝宋诗人鲍照（约414—466）。

［56］梁鸿《五噫》：东汉诗人梁鸿路过京城洛阳，愤慨朝廷大兴土木，老百姓疲劳不堪，作《五噫歌》："陟彼北芒兮，噫！顾览帝京兮，噫！宫室崔巍兮，噫！民之劬劳兮，噫！辽辽未央兮，噫！"

［57］浸微：渐渐衰微。

［58］"陵夷"句：谓衰败到了梁陈时代。陵夷，陵与夷皆渐平之意，引申为衰颓。

［59］"率不过"句：大都不过是嘲风弄月、吟花咏草、流连光景的无聊作品。晋代王嘉《拾遗记》："免学他嘲风咏月，污人行止。""嘲风雪"有两层含义，一指描写风雪月露等景物而思想内容贫乏的作品，一指吟诗作赋，吟咏清风，玩赏月色。泛指写抒情诗。宋魏庆之《诗人玉屑·知道》："摘章绘句，嘲风弄月，虽工何补。"清褚人获《坚瓠四集》卷三《桑犬等诗》："诸作皆非嘲风弄月之比，可献之采风者。"清方薰《山静居诗话·十二》："诗发乎情，故能感人之情……非若嘲风弄月可以装点而成也。"

［60］《三百篇》：指《诗经》，共计三百零五篇，后世以整数三百篇代称。

［61］"岂舍"二句：难道说就摒弃不要吗？不过看怎样应用就是了。

［62］上引分别为《诗经》之《邶风·北风》《小雅·采薇》《小雅·棠棣》《周南·芣苢》。棠棣（dì）：落叶灌木。花黄色，可供观赏。芣苢（fú yǐ）：车前草。

［63］前者为谢朓《晚登三山还望京邑》诗句，后者为鲍照《玩月城西门廨中》诗句。

[64] 不可胜数：多得数不过来。

[65] 陈子昂：字伯玉，初唐著名诗人，今本《陈伯玉集》有《感遇》诗三十八首。

[66] 鲍防：字子慎，襄阳人，天宝十二载进士。代宗时官太原尹兼河东节度使，是当时有名的诗人。本文所说的《感兴》诗十五首已失传。

[67] 李、杜：指唐代大诗人李白、杜甫。

[68] "索其"二句：意谓如果按照"风雅比兴"的标准衡量李白的作品，恐怕十分之一都没有。

[69] 骫（luó）缕：委曲详尽，此处言细密推敲。格律：体制和音律。

[70] 撮（cuō）：聚集。《新安》《石壕》《潼关吏》《芦子关》《花门》之章：指杜甫"三吏"和《塞芦子》《留花门》。

[71] "朱门酒肉臭"二句：杜甫《自京赴奉先县咏怀五百字》诗中名句。

[72] 痛诗道崩坏：痛惜诗歌正确创作原则的破坏。

[73] 辍（chuò）：停止。哺（bǔ）：吃饭。

[74] "事有"二句：意谓事实与愿望大相违反的，又不可能都一一详细说明。粗陈：略述。左右：言侍奉于左右之人。写信人对对方的敬称，表示不敢直指其人。

[75] 宿习之缘：佛经讲的前生的缘法，谓"前生"喜好熟习什么，"转世"后亦然。

[76] 谙识：熟悉，通晓。

[77] 始知有进士：才知道读书人可以通过进士考试求取功名一事。苦节：刻苦自励。唐代朝廷取士，有明经、进士诸科。

[78] 昼课赋：把学习作赋定为日课。不遑：无暇。

[79] 胝（zhī）：身体因摩擦而起的厚皮，俗称老茧。肤革：皮肤。"瞥瞥"句：意谓因苦读而导致眼花，常感到有无数黑点乱飞。瞥瞥然，眼花貌。眸（móu）子，即黑眼球。动：同俗语说"动不动"。

[80] 家贫多故：家境贫穷而又遭到很多变故。乡赋：乡试，地方上选拔人才的乡贡考试。贞元十五年（799）秋，白居易在宣州（今安徽宣城）参加乡试，考取后被送到京城长安参加进士考试。

[81] "既第"二句：贞元十六年（800），白居易于中书侍郎高郢主试下，以第四人进士及第，但还要经过吏部的铨选考试，才能正式授官，所以仍须继续准备应考。

[82] 授校书郎：贞元十九年（803），白居易应吏部试登科，授秘书省校书郎。校书郎，掌管校理内府藏书之官。

[83] 未窥作者之域：没有窥见诗人的门径。域，"阈"的借字，意为门径。

[84] 自登朝来：指元和二年（807）十一月为集贤校理、翰林学士至现在。

[85] 年齿：年纪。

[86] 理道：治理天下的道理。唐人避高宗李治讳，用"理"代"治"。

[87] "始知文章合为时而著"二句：文章应该为反映时代而写，诗歌应该为反映现实而作。这是那时白居易文学主张的核心观点。其《新乐府序》说的"总而言之，为君、为臣、为民、为物、为事而作，不为文而作也"，《读张籍古乐府》说的"未尝著空文"，都是这个意思。

[88] "是时皇帝初即位"二句：指唐宪宗李纯即位初期，杜黄裳、裴垍、武元衡等任宰相，为官都比较正派。

[89] 玺书：诏书。玺，皇帝的印章。访人急病：指察访民间疾苦。

唐人避太宗李世民讳，用"人"代"民"。

[90]"仆当"三句：元和二年（807）十一月白居易被任为集贤校理、翰林学士，次年四月又被任为左拾遗，仍充翰林学士。唐代翰林学士是带有本身官职的一种兼差，原来只是以文学备顾问或草拟特别诏命，到了唐德宗以后，因参与机密事务，地位日趋重要，可参加商议军国大事，起草诏书，宰相多半由此升任，所以翰林学士号称"内相"。拾遗是谏官（向皇帝进行劝谏的官）的一种。唐门下省设左拾遗二人，从八品上阶。其主要职务是讽谏皇帝的施政得失。（见《旧唐书·职官志》）擢，提拔。

[91]月请谏纸：唐制，谏官每月请领谏纸（谏官誊写谏书的纸张）二百张。白居易《论制科人状》："臣今职为学士，官是拾遗，日草诏书，月请谏纸。"又《醉后走笔酬刘五主簿长句之赠，兼简张大、贾二十四先辈昆季》诗："月惭谏纸二百张，岁愧俸钱三十万。"

[92]裨：补益。时阙：时政的阙失。指言：指事直言。按，白居易《寄唐生》："唯歌生民病，愿得天子知。"

[93]"欲稍稍"句：希望有一部分能辗转传达到皇帝的耳朵里。广宸聪：扩大皇帝的听闻。副忧勤：帮助皇帝操劳国事。

[94]酬恩奖、塞言责：报答皇帝的恩情，略尽谏官的职责。

[95]复：实现。

[96]岂图：哪里料到。就：实现。悔：指罪咎。

[97]终言之：彻底地说下去。

[98]《贺雨》诗：白居易元和四年（809）写《贺雨》诗，讽劝皇帝改善人民生活。籍籍：议论纷纷。

[99]《哭孔戡》诗：孔戡正直不畏权势，有才不得重用，只做了闲官，含冤病死，白居易于元和五年（810）写《哭孔戡》诗悼念他。脉

脉：相视貌，此处犹怒形于色而口不言。

[100]《秦中吟》：白居易创作的组诗，共十首，与《新乐府》五十首同为"讽谕诗"重要组成部分，其中有些篇章揭露了当时的社会矛盾。相目：面面相觑。

[101]《乐游园》：即《登乐游园望》。元和五年（810）元稹被贬为江陵士曹参军，白居易作此诗相赠。扼腕：扼紧手腕，表示愤怒痛恨。

[102]《宿紫阁村》：即《宿紫阁山北村》，白居易以自己亲身经历揭露当时太监所掌握的神策军闯入民家砍伐"奇树"之事，结语是"主人慎勿语，中尉正承恩"。握军要者：掌军事大权的，指做神策军中尉的大宦官。切齿：咬牙痛恨的表情。

[103] 不相与者：没有交情的人。沽名：骗取虚名。诋讦（dǐ jié）：攻击（朝廷的缺点）。讪（shàn）谤：讥刺毁谤。

[104] 牛僧孺之戒：元和三年（808），唐宪宗策试贤良方正直言极谏举人，牛僧孺等应制举贤良方正科，在对策中指陈时政，言辞激烈，得罪了权贵和宦官，僧孺等并出为关外官，考官韦贯之等皆坐贬。白居易有《论制科人状》，所论奏者即此事。

[105] 妻孥：妻子。

[106] 举不过三两人：总共不过两三个人。

[107] 邓鲂：白居易同时代的诗人，白居易有《邓鲂、张彻落第》《读邓鲂诗》，说他的诗很像陶渊明，但是连个进士也考不上，妻子离了婚，无病而死在道路上。

[108] 唐衢：白居易同时代的诗人，荥阳（今属河南）人。应进士试，久而不第。"能为歌诗，意多感发。见人文章有所伤叹者，读讫必哭，涕泗不能已。……故谓唐衢善哭。"（《旧唐书·唐衢传》）五十多岁时穷愁而死，诗有千篇之多，惜未留存。他是最早欣赏白诗的人之一，贞元二

十年（804）白居易在滑州（今属河南）李翱家与他相识，白氏诗集中有《寄唐生》《伤唐衢》。

[109] 困踬若此：元稹自元和元年因屡次上书言事，为执政所忌，出为河南尉开始，屡次受到打击，再贬为江陵士曹参军，到元和十年出为通州司马，前后达十年之久。困踬，艰难坎坷。

[110] 四始：《诗经》中四个首篇为《国风·关雎》《小雅·鹿鸣》《大雅·文王》《周颂·清庙》。四始实际上指《诗经》反映现实的传统。

[111] 关东一男子：函谷关以东均称关东，白居易是太原人，出生于河南新郑，少年时寄家符离，后迁居洛阳，都是关东地区，故自称"关东一男子"。

[112] 懵（měng）然：不明白的样子。

[113] 书、画、棋、博：书法、绘画、下棋、赌博。接群居之欢者：和人们在一起联欢的活动。

[114] "中朝"句：是说在朝廷中连最疏远的亲族都没有。缌麻，本义是细麻布，用作古代"五服"中最轻的丧服。

[115] "达官"句：意谓达官贵人中连一面之交的人都没有。

[116] "策蹇步"句：意谓赶着跛脚驴和马骑得快的人赛跑。蹇，跛脚。

[117] 弮（quān）：弩弓。《汉书·司马迁传》："张空弮，冒白刃，北首争死敌。"战文之场：竞赛文章的场所，指科举考场。以上四句是白居易自述科举登第，完全是凭自己真实本领，不像旁人那样攀亲靠友，依附权贵。

[118] 三登科第：指白居易贞元十六年（800）登进士第（第四名），贞元十九年（803）登"书判拔萃科"（第三等），元和元年（806）登制举"才识兼茂明于体用科"（第四等）。

[119] 清贯：接近皇帝、地位清高的侍从文翰之官。此指白居易被召为翰林学士而言。

[120] 冕旒：皇冠叫冕，皇冠上的垂珠叫旒，代指皇帝。

[121] 礼、吏部举选人：唐代制度，由礼部主持进士考试（试诗赋及策），考取后，还要通过吏部考试（试判），才授官职。"多以仆"二句：以我应试时做的《策林》《性习相近远赋》等为评判标准。私试，进士将试前，"群居而赋谓之私试"（唐李肇《唐国史补》）。准的，规范。

[122] 恧（nǜ）然：惭愧貌。

[123] 军使：节度使的异称。高霞寓：范阳人，随高崇文讨伐西川叛将刘辟有功，元和十年（815）为唐、邓、隋三州节度使。

[124] 娉：以财礼娶妻妾。

[125] 白学士：白居易曾任翰林学士，故称。

[126] 复何人哉：这又是谁呢。

[127] 汉南：山南东道治所襄阳（今属湖北）。白氏贬江州，路经此地。其《送冯舍人阁老往襄阳》："莫恋汉南风景好，岘山花尽早归来。"

[128] 《秦中吟》《长恨歌》主：《秦中吟》和《长恨歌》的作者。

[129] 江西：唐朝江南西道的简称，这里实指江州。

[130] 乡校：州县以下的学校。逆旅：旅馆。

[131] 雕虫之戏：指作诗是雕虫篆刻小技。汉代扬雄晚年悔作辞赋，认为是"童子雕虫篆刻，壮夫不为"（见《法言》）。不足为多：不值得称道。

[132] 渊：指王褒，字子渊。云：指扬雄（前53—后18），字子云。

[133] "亦未能"句：意谓虽然是雕虫小技，可是这些大作家还是丢不掉它。

[134] "名者"二句：名誉是大家共有的东西，个人不应占有的太

多。出自《庄子·天运》："名，公器也，不可多取。"白居易《感兴二首》其一亦云："名为公器无多取，利是身灾合少求。"

[135]"使己"二句：意谓即使我是造物者，肯将名和利都赋予一个人吗？造物者，指主宰命运者，见《庄子·大宗师》。

[136] 迍（zhūn）穷：艰困。蹇：困顿，不得志。

[137] 拾遗：唐代设左右拾遗各六人，分属门下、中书两省，都是从八品上阶，虽然接近皇帝，担任讽谏皇帝的任务，但地位很低。陈子昂曾任右拾遗，杜甫曾任左拾遗，最终都潦倒和被迫害以死。迍剥：艰困和被迫害。迍，同"屯"。"屯"和"剥"都是《周易》里的卦名。两卦表示艰困和受损。

[138]"李白"三句：李白生平只作过翰林供奉，无正式品级。孟浩然一生只在荆州张九龄幕府任过职，亦无正式品级。白居易《读李杜诗集因题卷后》："不得高官职，仍逢苦乱离。"一命，最低一级的官。

[139] 孟郊六十，终试协律：孟郊和白居易为同时期诗人，五十四岁登进士第，六十岁还只是正八品上阶的协律郎（乐官）。

[140] 太祝：掌管祭祀的正九品上的小官。

[141] 佐：即佐贰，是府、州、县长官的辅助官。郡：州的通称，当时白居易被贬为江州司马，辅助刺史处理政务。官品至第五：江州是上州，上州司马从五品下阶。月俸四五万：《唐会要》载，大历十二年（777）规定上州司马月俸五十贯，一贯千文。

[142] 帙（zhì）：书套。唐人藏书一般以十卷为一帙。

[143] 武德：唐高祖年号，618—626年。元和：唐宪宗年号，806—820年。因事立题：白居易《新乐府》立题选材自唐高祖时之"七德舞"始，至元和四年《采诗官》止，时间跨度为九十年。

[144] 新乐府：白居易的《新乐府》是从古乐府演变革新而来，它

的用意是讽谏皇帝、批评时政,共五十首。每首均有小序,概括该诗大意。前面又有总序,介绍总的用意,是对《诗经》传统有意识的继承。

[145] 讽谕诗:白居易"讽谕诗"分古调和新乐府两种,内容有美有刺,而刺多于美。

[146] 退公独处:下班回家。移病闲居:因病请假闲处。古代官僚退休,也常以此为托词。

[147] 知足保和:《老子》:"知足不辱。"《周易·乾卦》:"保合大和。"吟玩情性:《毛诗序》:"吟咏情性,以风其上。"

[148] 长句:指篇幅较长超过绝句之诗,包括近体律诗、排律及古体诗。

[149] "穷则"二句:仕途不得意时,要保持个人品格气节;有了地位后,应该使天下人都受益。《孟子·尽心上》:"穷则独善其身,达则兼善天下。"

[150] "大丈夫"二句:意谓大丈夫所坚持的是"道",所等待的是时机。

[151] 为云龙:《周易·乾卦》:"云从龙,风从虎,圣人作而万物睹。"为风鹏:本于《庄子·逍遥游》"(大鹏)抟扶摇(旋风)而上者九万里"等语。云龙风鹏,俱用以比喻大丈夫遇到施展抱负的大好时机。

[152] 勃然:兴盛的样子。陈力:贡献出才力。《论语·季氏》:"陈力就列,不能者止。"

[153] 雾豹:豹藏雾中,喻退隐的贤人。《列女传》卷二《贤明传》"陶答子妻":"陶答子治陶三年,名誉不兴,家富三倍。其妻曰:妾闻南山有玄豹,雾雨七日而不下食,何也?欲以泽其毛而成文章也,故藏而远害。"冥鸿:高飞的鸿,喻避世的人。扬雄《法言·问明》:"治则见,乱则隐,鸿飞冥冥,弋人何篡焉!"以此二者与上文云中之龙,御大风而展

翅的鲲鹏对比。

[154] 寂兮寥兮：清虚寂静，广阔无边，没有形象声色可寻，永远看不到、摸不着。语出《老子》，河上公注："寂者无音声，寥者空无形。"奉身而退：全身归隐。奉，恭持之意。

[155] 出：出仕。处：退居。

[156] 何往而不自得：怎么做都没有不心安理得的地方。

[157] "故仆"二句：意谓立志原在兼济天下，但迫于形势，实践上只能独善其身。按，这是牢骚，也是遁词。

[158] "奉而"二句：意谓一生始终奉行"志在兼济，行在独善"，这就是处世之道，用语言文字表达这种志行，便是诗。发明，表述阐扬。

[159] 率然成章：随意成篇。非平生所尚者：不是生平所重视的。

[160] 铨次：选择编次。

[161] "贵耳"三句：谓重视耳闻，轻视目见，厚古薄今，尊古卑今，为人情所不免。典出张衡《东京赋》："若客所谓，末学肤受，贵耳而贱目者也！苟有胸而无心，不能节之以礼，宜其陋今而荣古矣！"

[162] 韦苏州：指韦应物，唐代著名诗人。贞元二年（786）出任苏州刺史。

[163] 才丽：才情美好。

[164] 秉笔：持笔，指作诗。

[165] 意激而言质：思想激烈，语言朴素。

[166] 思淡而词迂：情思恬淡（不热衷于功名利禄），言辞迂阔（不合时宜）。区别于"意激而言质"。

[167] 并世：同时。

[168] 小通：稍稍得意。小穷：稍受挫折。索居：独居。

[169] 今年春：指元和十年春。

［170］皇子陂：长安城南名胜。《长安志》卷十一引《十道志》："秦葬皇子，起冢陂北原上，因名皇子陂。"昭国里：在长安城朱雀门街东第三街永崇里南。白居易于元和九年（814）冬居昭国坊。见《唐两京城坊考》卷三。

［171］迭吟递唱：反复唱和。

［172］樊、李：樊宗师与李绅。无所措口：没法插嘴。

［173］"劳心灵"二句：意谓劳苦精神及花费气力。

［174］不知老之将至：《论语·述而》中语。

［175］骖（cān）鸾鹤：以鸾鹤为坐骑，意即成仙。蓬瀛：蓬莱和瀛洲，传说中的两座海上仙山。适：乐趣。

［176］外形骸（hái）：将肉体置之度外，即不拘形迹之意。

［177］脱踪迹：摆脱世俗礼法的拘束。

［178］傲轩鼎：蔑视权贵之意。轩鼎，代指权贵。轩，贵族所乘的高车。鼎，贵族所用的食器。

［179］轻人寰：轻视世俗社会，实际上专指官场生活。

［180］兴有余力：兴致未尽。还往：指交往之人。

［181］张十八：即张籍。李二十：即李绅。卢、杨：卢拱、杨巨源，二人皆做过秘书郎的官。窦七：窦巩。元八：元宗简。以上这些诗人都是元稹和白居易共同的好友。

［182］博搜精掇：博采精选。

［183］足下左转：指元和十年（815）三月元稹出为通州司马。古时尊右卑左，称贬谪降职为左迁或左转。

［184］仆又继行：指元和十年八月白居易贬江州司马。

［185］心期索然：谓心中的期望（指编集《元白往还诗集》）落空，情绪消沉。

唐宋散文选 | 131

[186] 私于自是：偏向于自以为是。

[187] 妍媸：美丑。

[188] 公鉴：公允的鉴别。姑息：迁就。

[189] 诗笔：诗歌和散文。有韵为诗，无韵为笔。

[190] 溘然而至：恐怕有一天二人未重逢即溘然而逝。溘然，忽然，指生命完结。

[191] 悄然：冷清貌。

【阐析】

　　这篇四千余字的书信看上去内容有些"繁杂"，不过在结构上绝非"言无次第"。总体上讲，"仆常痛"之前为前半部分，"粗论歌诗大端"；"仆常痛"以下是后半部分，"自述为文之意"。

　　第一段是开场白，简要地交代写作目的和背景。第二段和第三段，从诗歌的发生学谈起，对什么是诗歌的本质提出自己的见解。作者认为诗歌在内容上应"根情""实义"，就是说诗歌所体现的感情和意义，正像植物的根和果实一样；而在形式上应"苗言""华声"，就是说诗歌的语言和声韵只是苗和花。只有根深，才能叶茂，开出鲜艳的花朵，结出丰硕的果实。这个比喻形象地说明了诗歌四个要素之间的关系。第四段至第七段列举文学史上的作家和作品，用十分简洁的语句，叙述历代诗歌发展变化的概况，阐明《诗经》以来反映现实的优良传统。他从六义着眼，强调"风雅比兴"是六义的精髓，并从六义的兴起、削弱，以至逐渐衰微、消失，态度明确、褒贬鲜明地评价了历代的诗人或诗作。按照诗歌应该反映现实的观点，他在《诗经》之后，特别推崇杜甫"三吏"等名篇和"朱门酒肉臭，路有冻死骨"这样的名句，而对六朝以来"嘲风雪、弄花草"的文风给以彻底的否定和批判。

在后半部分，白居易从自己的勤学苦读，谈到仕宦之后潜心诗歌创作，以及作品的巨大影响，在总结创作经验时，着重谈到文学创作与现实的关系，得出"文章合为时而著，歌诗合为事而作"的结论。他谈到自己"苦学力文"的过程，描写具体生动，读后令人感动。他还谈到，在创作《贺雨》等诗篇时，由于紧密联系当时的政治斗争和社会现实，贯彻自己提出的创作主张，而被达官贵人切齿痛恨，但他毫不反悔，说："始得名于文章，终得罪于文章，亦其宜也。"相反，他对自己的诗文得到各阶层的欢迎，感到由衷的高兴。在介绍自己作品集的编辑时，他也是将所奉行的"达则兼济天下，穷则独善其身"的人生观和创作紧密呼应，说"讽谕诗"是表达"兼济之志"，"闲适诗"是表现"独善之义"。如果说书信的前半部分洋溢着"志在兼济"的自信的话，那么，后半部分落实到自己身上，则已经逗露出白居易晚年"行在独善"的先兆，文势也不像前半部分那样慷慨激昂了。正如他在给另一位朋友的信中所说："今且安时顺命，用遣岁月。或免罢之后，得以自由，浩然江湖，从此长往。"（《与杨虞卿书》）

【赏评】

白居易（772—846），字乐天，晚年号香山居士。因晚年官太子少傅，谥号"文"，又称白傅、白文公。生于新郑（今属河南）一个"世敦儒业"（《旧唐书》本传）的中产阶级家庭。祖籍太原（今山西太原西南），曾祖父迁居下邽（今陕西渭南北）。祖父、外祖俱善诗。父亲做过彭城县令及徐州、襄州别驾。白居易自幼聪慧。十一岁避战乱，逃难到徐州符离（今安徽宿州北），不久又南下越中，投奔在杭州做县尉的堂兄。后父死母病，靠长兄白幼文的微俸维持家用，奔波于鄱阳、洛阳之间。贞元十六年（800）登进士第，贞元十九年（803）登"书判拔萃科"。元和元年

（806）罢校书郎，登"才识兼茂明于体用科"，授周至（今属陕西）县尉。元和二年，授翰林学士。次年授左拾遗。四年，与元稹、李绅等倡导新乐府创作。五年，改京兆府户曹参军，均依旧充翰林学士。六年，因母丧居家，服满返京任太子左赞善大夫。十年，两河藩镇割据势力联合叛唐，派人刺杀主张讨伐藩镇的宰相武元衡。白居易率先上疏请急捕凶手，以雪国耻，却被指为越职言事，并以"伤名教"的罪名，贬为江州（今江西九江）司马。十三年，才改任忠州（今属重庆）刺史。十五年，召还京，拜尚书司门员外郎，迁主客郎中，知制诰，进中书舍人。长庆二年（822）因朝中朋党倾轧，请求外任，历任杭州、苏州刺史。在杭州修筑湖堤，蓄水灌田，疏浚水井。离苏州日，郡中士民涕泣相送。文宗大和元年（827），拜秘书监。次年转刑部侍郎。从大和四年开始，定居洛阳。历任太子宾客、河南尹、太子少傅。会昌二年（842），以刑部尚书致仕。在洛阳以诗、酒、禅、琴及山水自娱，常与刘禹锡唱和，时称"刘白"。卒葬洛阳龙门香山琵琶峰。作为唐代首屈一指的高产作家，他各体兼善，取材广泛，见解超卓，生前曾自编其《白氏文集》（初名《白氏长庆集》），"诗笔大小凡三千八百四十首"（见白居易去世前一年所作《白氏集后记》）。今存散文有七百五十余篇。

这封书信写于元和十年（815），当时四十四岁的白居易正在江州司马任上。从二十九岁进士及第后，经过十多年的宦海风波，被贬到江州当一名有职无权的司马，他经历了人生中最沉重的打击，内心充满愤慨和忧伤，思想上也不免矛盾和彷徨。这时收到时任通州司马的好友元稹寄来的《叙诗寄乐天书》，乃思前想后，有感而发，在寒冬腊月的偏僻小城里，写下这封内容丰富、感情真挚的长信。这封长信不仅是白居易深思熟虑的产物，同时也是元白两人之间长期以来思想交流的结晶。《旧唐书·白居易传》收录此信第二段以下的全部内容，并介绍说："文士以为信然。"

在信里，白居易概括地评价自《诗经》以来，历代诗歌创作的各种倾向，全面地总结自己前半生的人生经历和创作经验，在此基础上，系统表述"达则兼济天下，穷则独善其身"的人生哲学，明确提出"文章合为时而著，歌诗合为事而作"的文学主张，认为诗歌应该为政治为现实服务，应该反映人民疾苦，担负起补察时政、泄导人情的使命，达到救济人病、裨补时阙的目的。将诗歌与政治、与民生密切结合，这是白居易诗论的核心。在他以前，还没有谁如此明确而系统地提出过。

当然，本文不只是中国文学批评史上一篇重要的理论著作，单单作为文学性的散文而言，也是情文并茂、真挚感人的。其实，白居易在唐代不仅以诗闻名，同时也是新体古文的倡导者和创作者。其应试之作《性习相近远》等赋、百道判等，新进士竞相传于京师；《策林》七十五篇，识见卓著，议论风发，词畅意深，是追踪贾谊《治安策》的政论佳作；《庐山草堂记》《冷泉亭记》《三游洞序》等，文笔简洁，旨趣隽永，是不逊于韩柳的优秀的山水游记。他的这封《与元九书》和其诗风一样，也是平易流畅、洋洋洒洒的，思想感情袒露无遗，语言文字通俗浅白。借用赵翼评价苏轼的话说，就是："爽如哀梨，快如并剪，有必达之隐，无难显之情。"（《瓯北诗话》卷五）

柳宗元

种树郭橐驼传

郭橐驼,不知始何名。病偻[1],隆然伏行[2],有类橐驼者[3],故乡人号之驼。驼闻之,曰:"甚善。名我固当。"因舍其名,亦自谓橐驼云。

其乡曰丰乐乡,在长安西。驼业种树[4],凡长安豪富人为观游及卖果者[5],皆争迎取养[6]。视驼所种树,或移徙,无不活;且硕茂,早实以蕃[7]。他植者虽窥伺效慕,莫能如也[8]。

有问之,对曰:"橐驼非能使木寿且孳也[9],以能顺木之天,以致其性焉尔[10]。凡植木之性,其本欲舒,其培欲平,其土欲故,其筑欲密[11]。既然已[12],勿动勿虑,去不复顾[13]。其莳也若子[14],其置也若弃[15],则其天者全,而其性得矣。故吾不害其长而已,非有能硕而茂之也。不抑耗其实而已[16],非有能早而蕃之也。他植者则不然:根拳而土易[17]。其培之也,若不过焉则不及[18]。苟有能反是者[19],则又爱之太殷[20],忧之太勤。且视而暮抚,已去而复顾;甚者爪其肤以验其生枯[21],摇其本以观其疏密,而木之性日以离矣[22]。虽曰爱之,其实害之;虽曰忧之,其实仇之,故不我若也[23],吾又何能为哉?"

问者曰:"以子之道,移之官理[24],可乎?"驼曰:"我知种树而已，官理非吾业也。然吾居乡，见长人者[25]，好烦其令，若甚怜焉[26]，而卒以祸[27]。旦暮，吏来而呼曰：'官命促尔耕，勖尔植[28]，督尔获，早缫而绪[29]，早织而缕[30]，字而幼孩[31]，遂而鸡豚[32]！'鸣鼓而聚之[33]，击木而召之[34]。吾小人辍飧饔以劳吏[35]，且不得暇，又何以蕃吾生而安吾性耶？故病且怠[36]。若是[37]，则与吾业者，其亦有类乎？"

问者嘻曰[38]："不亦善夫！吾问养树，得养人术。"传其事以为官戒也[39]。

【注释】

[1] 偻（lǚ）：脊背弯曲，指驼背。

[2] 隆然：指脊背隆起。伏行：俯下身体走路。

[3] 类：类似，好像。橐（tuó）驼：即骆驼。

[4] 业种树：以种树为职业。

[5] 为观游：修建供观赏游览的场所。

[6] 争迎取养：争着把他接到家里，雇他种树。

[7] 硕茂：高大茂盛。早实以蕃：果实结得早而多。

[8] 他植者：其他种树的人。窥伺：暗中观察。效慕：仿效学习。莫能如：没有人能比得上。

[9] 寿且孳（zī）：活得时间长而且生长茂盛。

[10] "以能顺木"二句：能够顺着树木生长的自然规律，使它的本性获得充分发展罢了。致，使获得。

[11] 本：根。舒：舒展。培：在根基处加土。故：指原来的陈土。筑：捣土使坚实。密：坚实。

［12］既然已：这样做了以后。

［13］去：离开。顾：转过头看。

［14］莳（shì）：栽种。若子：像爱护子女一样。

［15］置：搁，指栽好后搁置在旁边。

［16］抑耗：抑制减损。

［17］拳：屈曲，不舒展。土易：指换上了新土。

［18］若不过焉则不及：指不是培土过了量就是培土不够。

［19］苟：如果。反是：与此相反。

［20］殷：指爱护得过分。

［21］爪：用手指甲去抓。肤：指树木表皮。

［22］离：散，丧失。

［23］不我若：不及我。

［24］官理：为官治民。

［25］长（zhǎng）人者：为民之长者，指官吏。

［26］怜：爱，指爱护百姓。

［27］卒以祸：最终给百姓造成灾难。

［28］勖（xù）：勉励。

［29］缫（sāo）：抽引茧丝。而：通"尔"，你。绪：丝头，这里指丝。

［30］缕（lǚ）：线，这里指用线织布。

［31］字：养育。

［32］遂：成长，指喂养好。豚（tún）：小猪，这里泛指猪。

［33］聚之：把它们召集拢来。

［34］击木：敲打着木梆。

［35］辍（chuò）：停止。飧饔（sūn yōng）：指饭食。飧，晚餐。

飨，早餐。劳：慰劳。

[36] 病：困苦。怠：疲劳。

[37] 若是：如此，像这样。

[38] 嘻：笑。

[39] 官戒：当官者的鉴戒。

【阐析】

第一段，先介绍郭橐驼的体形、姓名。隆然伏行的橐驼畸于常人之形，有点丑陋，但橐驼却并不因此而自惭形秽，当别人号之为"驼"时，他能处之泰然，并随和地舍弃原名而接受别人对他的称呼。柳宗元正是从形名这一方面来体现橐驼的为人处世之道。开头的简单交代，并不是可有可无的一般铺垫，它是全文达意的一个方面、一个角度、一个构成部分，橐驼形名的由来，及他对此的态度，显示了与后文种树之道、吏治之法的一致性。

第二、三段，讲橐驼之种树。橐驼种树成功的关键在于他对待种树的态度，即能正确处理好种树人与树木之间的关系。在有的人看来，种树是一种简单行为，是主体意志的表现，他们往往从个人意愿出发，没有充分考虑树的特性，更没有尊重树木的特性，结果便以人害物，即使是主观上爱之、忧之，客观上却在"恨"之、"仇"之。橐驼种树却能顺木之"天"，"天"就是自然本性。木的"天"就是"其本欲舒，其培欲平，其土欲故，其筑欲密"，只有使木之"天"全，才能"致其性"，而全其"天"，首先需要知其"天"，即认识到树木有自己的习性，有特定的生长环境和具体的生长要求。知"天"才能尊物之"天"，顺物之自然。在这里橐驼所突出的只有"天"与"性"二字，且尊树之"天"与人之"天"也是完全可以统一的。人对树木的期盼、喜爱是种树者的自然情性，通过人的顺木之性的劳作，使树木的自然本性能充分地显现出来，结出"硕而茂""早而蕃"的果实，也就满足了种树者的主观厚望。

第四、五段，用橐驼种树之道来谈为官之理，说明养人与养树相通相类。为官之道有一种是，为官者身高其位，安享民众之贡奉，又以长人者自居，而"好烦其令"，文中指出这种做法给百姓带来了灾难。

【赏评】

柳宗元（773—819），字子厚，河东解县（今山西运城西南）人，世称柳河东。二十一岁登进士第，授校书郎，调蓝田尉，三十一岁为监察御史里行。贞元时期，柳宗元在科名和仕途上，比韩愈得意。顺宗即位，王叔文等执政，他参加了王叔文的集团，被任命为礼部员外郎。这时他和王叔文、刘禹锡等积极从事政治、经济、军事等各方面的革新，如罢宫市、免进奉、擢用忠良、贬谪赃官等，做了不少有利于人民的大事。王叔文执政不到七个月，因为遭到宦官和旧官僚的联合反攻而失败。柳宗元被贬为永州司马。十年后，改为柳州刺史（故又称柳柳州）。宪宗元和十四年，死于柳州，年四十七岁。有《河东先生集》。

本文作于贞元十九年至二十一年（803—805）柳宗元在长安任职期间，是一篇用为人物立传的形式生发议论的寓言性传记文，传记为形为表，寓言为神为本。文章的中心思想是：揭露当时"长人者，好烦其令"的社会弊端，阐发作者"养民"治国的政治思想。

本文说理，总体上是采用类比方法：用种树类比治民，用种树要"顺木之天，以致其性"类比治民要顺民之性而安之，用种树要"其莳也若子"类比做官要爱护老百姓，用种树要"其置也若弃"类比治国要让老百姓休养生息，用"他植者"种树"爱之太殷，忧之太勤"类比"长人者,好烦其令"。如此层层类比,环环相应,说透种树的原理,也就把治民的道理讲清楚了。

文章还采用对比手法阐述种树的道理。郭橐驼种树和"他植者"种树,在原理、态度、方法和结果诸方面都构成对比。这一系列对比,将种树过程中的是与非、正与误、利与弊都衬托得十分清晰。

文章第三自然段中写"他植者"种树的两种错误态度时,略写态度马虎方面,而详写"爱之太殷,忧之太勤"方面,这是为了与后文中揭露"长人者,好烦其令"的社会弊端相对应,体现了剪裁详略得当、脉络前后照应贯通的艺术特点。

本文以寓言的方式进行讽谏,除有委婉含蓄的特点外,也间杂着幽默。如第四自然段,一个"知种树而已"的驼者,欲止又言,在朴实的简单类比中,揭示了吏治的弊端,颇具讽刺意味。又如"官理非吾业也","若甚怜焉,而卒以祸","若是,则与吾业者,其亦有类乎",也委婉而幽默,含不尽之意于言外。

始得西山宴游记

自余为僇人[1],居是州[2],恒惴栗[3]。其隙也[4],则施施而行[5],漫漫而游[6]。日与其徒上高山[7],入深林,穷回溪[8],幽泉怪石,无远不到。到则披草而坐[9],倾壶而醉。醉则更相枕以卧[10],卧而梦。意有所极,梦亦同趣[11]。觉而起,起而归。以为凡是州之山水有异态者[12],皆我有也[13],而未始知西山之怪特[14]。

今年九月二十八日[15]，因坐法华西亭[16]，望西山，始指异之[17]。遂命仆人，过湘江，缘染溪[18]，斫榛莽[19]，焚茅茷[20]，穷山之高而上。攀援而登，箕踞而遨[21]，则凡数州之土壤，皆在衽席之下[22]。其高下之势，岈然洼然[23]；若垤若穴[24]，尺寸千里[25]；攒蹙累积[26]，莫得遁隐[27]。萦青缭白[28]，外与天际[29]，四望如一。

然后知是山之特立[30]，不与培塿为类[31]，悠悠乎与颢气俱，而莫得其涯；洋洋乎与造物者游，而不知其所穷[32]。引觞满酌[33]，颓然就醉[34]，不知日之入。苍然暮色，自远而至，至无所见，而犹不欲归。心凝形释，与万化冥合[35]。

然后知吾向之未始游[36]，游于是乎始[37]，故为之文以志[38]。是岁，元和四年也。

【注释】

[1] 僇（lù）人：受过刑辱的人，指以罪遭贬。柳宗元是时被贬到永州（今湖南永州市零陵区）这个边远地区，所以自称"僇人"。僇，同"戮"，刑戮之意。

[2] 是州：此州，指永州。

[3] 惴（zhuì）栗：忧惧、惊恐不安貌。

[4] 隙：空闲的时候。

[5] 施（yí）施：缓行貌。

[6] 漫漫：漫无目的，舒散无拘束貌。

[7] 日：每天。其徒：泛指他的僚属、朋友。其，这里指柳宗元。

[8] 穷：穷尽，这里指走遍。回溪：迂回曲折的溪涧。

[9] 披：用手拨开。

[10] 相枕以卧：互相枕着睡觉。

[11] "意有所极"二句：心中想到那里，梦也做到那里。极，至。趣，通"趋"，往。

[12] 异态：奇异的姿态。

[13] 皆我有也：意谓都被我欣赏领略过了。

[14] 未始：不曾，未尝。西山：在今永州市零陵区之西。怪特：奇异独特。

[15] 今年：指元和四年（809）。

[16] 法华西亭：法华，寺名，在今永州市零陵区东山上，宋改名万寿寺。元和四年，作者在寺西建亭，并撰《永州法华寺新作西亭记》记其事。

[17] 指异之：指点着它并称道它的奇异。

[18] 缘：沿着。染溪：潇水支流，在零陵区西南，一名"冉溪"，柳宗元《愚溪诗序》又更其名为"愚溪"。

[19] 斫：砍伐。榛莽：芜杂丛生的草木。

[20] 茅茷（fá）：指茂密的茅草。茷，草叶茂盛的样子。

[21] 箕踞：席地而坐，两腿伸开，形似簸箕。这是一种不拘礼节的随意坐法。遨：游，指目游。

[22] "则凡"二句：眼前几个州的土地，全在自己的卧席之下。此处指在西山上四望，数州之地皆在视线之内。衽（rèn），卧席。

[23] 岈（xiā）然：山峰高耸的样子。一说山深邃的样子。洼然：山谷凹陷的样子。

[24] 垤（dié）：蚂蚁洞口的小土堆，也泛指小土堆。

[25] 尺寸千里：谓登高望远，远在千里之外的景物，仿佛只在咫尺之间。

[26] 攒蹙（cù）：形容景物都聚缩收拢在一起。攒，聚集。蹙，收缩。

[27] "莫得"句：言千里之景一览无余，了如指掌。遁隐，躲避隐藏。

[28] 萦青缭白：指青山白水互相缠绕。"萦""缭"都是"缠绕"的意思。

[29] 外与天际：视野之外山水与天相接。外，或作水。际，接合，动词。

[30] 特立：卓然而立。

[31] 培塿（pǒu lóu）：小土丘。

[32] "悠悠"四句：写登临绝顶时心旷神怡，与大自然融为一体的超脱境界。悠悠，无穷无尽的样子。颢（hào）气，即浩然之气，指天地间的大气。涯，边际。洋洋，无边无际的样子。造物者，指天地、大自然，天地创造万物，故称之为造物者。穷，尽。

[33] 引觞（shāng）满酌：拿起酒杯倒满一杯酒。觞，酒杯。酌，斟酒。

[34] 颓然：松弛倾倒的样子。

[35] "心凝"二句：物我两忘，达到了与自然界万物融为一体的境界。心凝，心神凝定虚静，没有任何杂乱的思想活动。形释，形体似已消散，不复存在。释，消散。万化，万物。冥合，暗合。

[36] 向：从前。

[37] 游于是乎始：（真正的）游览从这一次（西山之游）开始。

[38] 志：记。

【阐析】

开篇数句写自己贬居永州的心态，徐徐道出漫游山水的原因。作者用了一组形式匀齐的句子顺承而下，便捷自然：惴栗则漫游，漫游则穷远，穷远所至则倾壶，倾壶而醉，醉则卧，卧则梦，梦而觉，觉而起，起而归。近乎头尾蝉联，上递下接的顶真格，语意顺畅，趣味盎然地自画出一个自肆于山水之间的士大夫形象。刚用"以为凡是州之山水有异态者，皆我有也"作结，却又笔锋陡然一转，"而未始知西山之怪特"，点破题旨，使文章自然过渡到对始得西山宴游的记述。

接着便写宴游西山。先写远望："坐法华西亭，望西山。"作者对远眺中的西山虽未作细写，但"指异"二字却饱含着激赏之意，西山的怪特已俱传言外。接着，"命仆人，过湘江，缘染溪，斫榛莽，焚茅茷"，连串短句一气如注，五个动词蝉联而下，令人目不暇接，作者急于登临的游兴也溢于言表。身轻足捷，奋步跋涉的姿态跃然纸上。读到这里，读者也心驰神往，想追随作者，去领略西山胜景了。而后写登山后的"箕踞而遨"，两脚叉开，席地而坐的姿势显示出作者探得西山的欢悦；同时，攀缘后的疲惫、胜利者的满足也被写了出来。登高之后自然要下瞰，"数州之土壤，皆在衽席之下"，既烘托出西山的高峻，也透露出作者的怡然之乐。紧接着转入对西山的正面描述。作者以敏锐的观察力，驱遣生花妙笔，连用形容和譬喻，从不同角度准确地把握西山的特征。如"岈然"写山峰的高耸，"洼然"写溪谷的低下，是近望所得；"若垤若穴"写其状如蚁穴，形似窟窿，"尺寸千里"写山脉连绵横亘，乃远视所见；等等。

以上是作者笔下的西山，也是他胸中的西山。西山与许多名山大川相比或许不足称奇，但由于揉进理想的美、主观的情，便显得怪特幽美。

作者因参与永贞革新而被贬永州，"材不为世用，道不行于时"，所以要在超然物外的幻境中摆脱苦恼，要在大自然的怀抱中休憩其骚动不安的灵魂。本文第三段中的"洋洋乎与造物者游，而不知其所穷"与"心凝形释，与万化冥合"就表现了这种情绪。文末以"然后知吾向之未始游，游于是乎始"戛然收束，突出了此游的感受至深。

【赏评】

柳宗元在唐顺宗永贞元年（805）被贬为永州司马，本文是他到永州的第五年，即唐宪宗元和四年（809）所作。永州地处湖南、两广交界处，当时被视为僻远蛮荒之地，但有佳山秀水，景色优美。作者以待罪谪居之身，寄情山水，在永州期间写了很多杂文、寓言、游记。游记中最有代表性而自成体系的是"永州八记"。本文是"八记"中的第一篇，因西山为"向之未始游"，故以"始得"二字立意命题，并在文中或明或暗地点题：游山前"未始知"的遗憾，登山时急于求知的亢奋，登顶后探得西山的欢悦，激赏中浑忘物我的恬漠，游览后"于是乎始"的慨叹，层层紧扣，首尾呼应，布局脉络清晰，结构浑然一体。

文章不仅以淡逸清和的笔墨画出令人迷醉的山景，还通过游览中获得的精神感悟，表现作者特立独行的气节和品格。西山对于柳宗元不是一种冷漠的存在，一经作者点化，仿佛具有了血肉灵魂，而且有着和作者的性格相谐调统一的美的特征。自然山水之美与作者人格之美在这里相互映照，使这篇山水游记的意蕴得以更加升华和深化。

作者善于绘景状物，笔墨简洁而形象鲜明。对西山的高峻，不做正面描绘，而采用侧面衬托的手法，来表现西山的非凡气势。同时，文章开篇并不切入正题，而先写平日游览众山的情景，用这种铺垫手法，来反衬发现和宴游西山，以及在游览中获得的感悟。侧面衬托和铺垫的运用，是本文艺术上的两个显著特色。

刘熙载《艺概·文概》说:"柳州记山水……无不形容尽致。""永州八记"中确实有许多写景入微的佳构。但本篇却不以缜密见长,而以疏朗取胜。文中写西山之景,不用工笔刻画,而以大笔写意。一方面是因为"始得"初游,另一方面也是服从于着意抒情的需要。这样的笔致不仅能肖其貌,更能传其神。尽管如此,运笔也极富变化:既有正面落墨,也有侧面烘托;既有全景鸟瞰,也有特写镜头;既有仰观远景,也有俯察近物。

在语言上,这篇游记集中体现了柳宗元行文尚"洁""意尽言止"的一贯主张。凝练简洁,晶莹润畅。通篇无闲文浪墨,显得精粹集中,句式散中有整,参差多变。

捕蛇者说

永州之野产异蛇:黑质而白章[1],触草木尽死;以啮人[2],无御之者。然得而腊之以为饵[3],可以已大风、挛踠、瘘、疠[4],去死肌[5],杀三虫[6]。其始大医以王命聚之[7],岁赋其二[8]。募有能捕之者,当其租入。永之人争奔走焉。

有蒋氏者,专其利三世矣。问之,则曰:"吾祖死于是,吾父死于是,今吾嗣为之十二年,几死者数矣。"言之貌若甚戚者[9]。余悲之,且曰:"若毒之乎?余将告于莅事者[10],更若役,复若赋,则如何?"蒋氏大戚,汪然出涕[11],曰:"君将哀而生之乎?

则吾斯役之不幸，未若复吾赋不幸之甚也。向吾不为斯役[12]，则久已病矣。自吾氏三世居是乡，积于今六十岁矣。而乡邻之生日蹙[13]，殚其地之出[14]，竭其庐之入。号呼而转徙，饥渴而顿踣[15]。触风雨，犯寒暑，呼嘘毒疠[16]，往往而死者，相藉也[17]。曩与吾祖居者，今其室十无一焉。与吾父居者，今其室十无二三焉。与吾居十二年者，今其室十无四五焉。非死而徙尔[18]，而吾以捕蛇独存。悍吏之来吾乡，叫嚣乎东西，隳突乎南北[19]；哗然而骇者，虽鸡狗不得宁焉。吾恂恂而起[20]，视其缶，而吾蛇尚存，则弛然而卧[21]。谨食之，时而献焉。退而甘食其土之有，以尽吾齿[22]。盖一岁之犯死者二焉，其余则熙熙而乐[23]，岂若吾乡邻之旦旦有是哉。今虽死乎此，比吾乡邻之死则已后矣，又安敢毒耶？"

余闻而愈悲，孔子曰："苛政猛于虎也！"[24] 吾尝疑乎是，今以蒋氏观之，犹信。呜呼！孰知赋敛之毒，有甚于是蛇者乎！故为之说，以俟夫观人风者得焉[25]。

【注释】

[1] 黑质而白章：淡黑色底子上有白色斑纹。章，花纹。

[2] 啮（niè）：咬噬。

[3] 腊（xī）之以为饵：把蛇制成肉干，用作药物。腊，干肉，这里作动词。饵，药饵。

[4] 已：止，治愈。大风：严重风湿病。挛踠（luán wǎn）：手脚拳曲不能伸直。瘘（lòu）：颈肿。疠（lì）：恶疮。

[5] 死肌：死肉，如痈疽的腐烂部分。

[6] 三虫：道家迷信说法，人体内有侵害人体使人得病夭死的三尸

虫。（详见叶梦得《避暑录话》卷下）

［7］大医：即太医。唐设太医署，有令二人，掌医疗之法。（见《新唐书·百官志》《旧唐书·职官志》）

［8］岁赋其二：每年征收蛇二次。赋，征收。

［9］戚（qī）：忧愁。

［10］若：你。毒：痛恨，厌苦。莅事者：当事的官吏。莅事，犹言临职。

［11］汪然：流涕貌。

［12］向：以前。

［13］蹙（cù）：困迫。

［14］殚：竭尽。

［15］顿踣（bó）：困顿僵仆。

［16］呼嘘毒疠：呼吸毒气、瘴气。

［17］相藉：互相枕藉，形容死者众多。

［18］非死而徙：意谓不是死亡就是流徙他乡。而，犹则。

［19］隳（huī）突：破坏奔突，极言其骚扰。《吕氏春秋·慎大览·顺说》："隳人之城郭。"高诱注："隳，坏也。"

［20］恂（xún）恂：诚谨貌。

［21］弛然：安适貌。

［22］尽吾齿：犹言终我天年。齿，年龄。

［23］熙熙：和乐貌。

［24］"孔子曰"二句：孔子经过泰山，遇到一个在墓旁哭泣的妇人，让子路去问问情形。妇人说："从前我的公公、我的丈夫死于老虎，现如今我的爱子又死于老虎了。"孔子问："那为何还不离开这个虎患之地呢？"妇人答道："这里没有苛政。"孔子感慨地说："苛政猛于虎也。"

(事见《礼记·檀弓下》)

[25] 观人风者:《礼记·王制》记周代制度:"命大(太)师陈诗以观民风。"此指观察民间风俗之官。

【阐析】

第一段,先介绍蛇毒之猛烈可怕,但毒蛇有特殊的医疗功能,捕蛇可以"当其租入",所以永州人情愿冒着被蛇咬死的危险,"争奔走焉",这就为下文说明赋税比毒蛇更可怕做了衬托和铺垫。

第二段,概述蒋氏祖孙三代冒死捕蛇的悲惨遭遇和乡邻们为赋税所逼的惨景。先说蒋氏三世专利,使人以为可羡。再写蒋氏的悲诉:吾祖死、吾父死、吾几死,一连用了三个惊心动魄的"死"字,为下文反衬赋敛带给人民的苦难做了有力的铺垫。紧接着,叙述作者向蒋氏提出"更役复赋"的建议,蒋氏闻"复赋"而"大戚",则赋敛之毒可知矣。接下来,文章充分运用了对比的手法,对比的角度概括地说有五个方面:(一)"吾斯役之不幸,未若复吾赋不幸之甚也。"二句统摄蒋氏答话全文,是全篇答话的纲。(二)从存亡的角度对比:乡邻们受赋敛之苦,死者相藉,而蒋氏却"以捕蛇独存"。(三)从生活状况的角度对比:乡邻因赋税而受到悍吏的骚扰,惊恐不安,而蒋氏却"弛然而卧","熙熙而乐"。(四)从遭受危险次数的角度对比:乡邻因赋税而受到的危险"旦旦有是哉",而蒋氏却因捕蛇"盖一岁之犯死者二焉"。(五)从死亡先后的角度对比:蒋氏"今虽死乎此,比吾乡邻之死则已后矣,又安敢毒耶?"这五个层次的对比,一浪高过一浪,揭示出统治者的横征暴敛给人民带来了巨大的苦难。

第三段,文章蓄足全势之后,方拨云去雾,卒章显旨,孔子"苛政猛于虎"的话既是立论的根据和佐证,同时又为主旨句的出现再次蓄势。最后以"赋敛之毒，有甚于是蛇"点明全篇主旨。

【赏评】

　　本文写于元和年间柳宗元被贬永州期间（806—814）。柳宗元是一位现实感很强的政治家，由于贬官后长期受压抑，因此有机会更多地接触到了底层人民的生活。在《捕蛇者说》中，柳宗元借蒋氏之口，记录了人民在横征暴敛之下痛不欲生的情景，以事实来阐明苛政甚于蛇毒的观点。文章看似客观地描述了在毒蛇与赋敛双重迫害下挣扎的捕蛇人的遭遇，实际上却有着作者自己的感情注入。文中出现的"问之""余悲之""余闻而愈悲"，就是其由浅入深的感情的表达，那对黑暗现实满腔激情的控诉，深蕴在他对事实和人物形象、人物心理的准确把握之中。

　　文章通篇以蛇毒与赋毒为宾主，反复比照，从而将题旨鲜明地揭示出来。蒋氏在谈到自己一家三代的悲惨命运时，"貌若甚戚者"，及作者提出"将告于莅事者，更若役，复若赋"时，蒋氏更"大戚"。接着，作者极巧妙地记录蒋氏之语：他宁愿冒被毒死之险去捕蛇；迫于赋敛，不敢以蛇为毒，相反还要为之庆幸，真可谓"凄咽之音，不堪卒读"（《古文评注》卷七引清过珙评语）。

　　此文构思奇特精巧，它先极力突现异蛇之毒，并铺垫蒋氏三代不幸的遭遇，再将赋毒与蛇毒组接起来，进行对比，因皇家征收这种毒蛇，可以捕蛇"当其租入"，于是永州人冒死捕蛇，这就自然导出赋毒甚于蛇毒的见解。循着这样的思路，由异蛇引出异事，由异事又导出异理，层层递进，脉络清晰。

杜牧

阿房宫赋

六王毕，四海一[1]；蜀山兀，阿房出[2]。覆压三百余里，隔离天日[3]。骊山北构而西折，直走咸阳[4]。二川溶溶[5]，流入宫墙。五步一楼，十步一阁；廊腰缦回，檐牙高啄[6]；各抱地势，钩心斗角[7]。盘盘焉，囷囷焉[8]，蜂房水涡，矗不知乎几千万落[9]！长桥卧波，未云何龙[10]？复道行空，不霁何虹？高低冥迷，不知西东。歌台暖响，春光融融；舞殿冷袖，风雨凄凄[11]。一日之内，一宫之间，而气候不齐。

妃嫔媵嫱，王子皇孙，辞楼下殿，辇来于秦，朝歌夜弦，为秦宫人[12]。明星荧荧，开妆镜也；绿云扰扰，梳晓鬟也；渭流涨腻，弃脂水也；烟斜雾横，焚椒兰也。雷霆乍惊，宫车过也；辘辘远听，杳不知其所之也。一肌一容，尽态极妍，缦立远视[13]，而望幸焉[14]；有不得见者，三十六年[15]。燕、赵之收藏，韩、魏之经营，齐、楚之精英，几世几年，摽掠其人，倚叠如山[16]。一旦不能有，输来其间[17]。鼎铛玉石，金块珠砾，弃掷逦迤[18]，秦人视之，亦不甚惜。

嗟乎！一人之心，千万人之心也。秦爱纷奢，人亦念其家；奈何取之尽锱铢[19]，用之如泥沙？使负栋之柱，多于南亩之农夫；

架梁之椽，多于机上之工女；钉头磷磷，多于在庾之粟粒[20]；瓦缝参差，多于周身之帛缕；直栏横槛，多于九土之城郭[21]；管弦呕哑[22]，多于市人之言语。使天下之人，不敢言而敢怒；独夫之心[23]，日益骄固。戍卒叫，函谷举[24]；楚人一炬，可怜焦土[25]。

呜呼！灭六国者，六国也，非秦也。族秦者[26]，秦也，非天下也。嗟乎！使六国各爱其人，则足以拒秦；使秦复爱六国之人，则递三世可至万世而为君，谁得而族灭也[27]？秦人不暇自哀，而后人哀之；后人哀之而不鉴之，亦使后人而复哀后人也。

【注释】

［1］"六王毕"二句：意谓齐、楚、燕、赵、韩、魏六国相继灭亡，中国为秦所统一。《史记·秦始皇本纪》载，始皇二十六年："秦王初并天下，令丞相、御史曰：'……六王咸伏其辜，天下大定。'"战国时各国国君都称王，故云"六王"。毕，完结，指为秦所灭。一，统一。

［2］"蜀山兀"二句：意谓砍尽蜀山的木材，建造阿房宫。蜀山，泛指蜀地之山。兀，高而上平，这里形容山的光秃。阿房（ē páng），一说是地名或山名，遗址在今西安西南阿房村；一说因宫殿的"四阿"（屋顶四角弯曲处）造得宽阔得名，"房"同"旁"，宽广的意思。《史记·秦始皇本纪》载：秦始皇以咸阳人多城小，旧建宫廷不够大，决定在渭水以南的上林苑中兴建大规模的宫殿。首先是在阿房修建前殿，东西五百步（一步六尺），南北五十丈，殿上可坐万人，殿下可建五丈旗，周边驰道修成阁道，直抵终南山，山巅是高耸的宫阙（宫殿正门），再从宫阙兴修复道（上下两层的通道），渡过渭水，直达咸阳。这一巨大工程，直到秦代灭亡都未完成。

〔3〕"覆压"二句：在三百余里的地面上，覆压着巨大的建筑物，高墙峻宇，隐天蔽日。阿房宫，又叫阿城，秦惠文王造宫未成而亡，秦始皇扩大规模，"规恢三百余里。离宫别馆，弥山跨谷，辇道相属，阁道通骊山八百余里"（《三辅黄图》卷一）。

〔4〕"骊山"二句：意谓由骊山之北构筑阁道通阿房，折而西，直至咸阳。骊山，在今陕西西安市临潼区东南。秦都咸阳，故城在今陕西咸阳市东。

〔5〕二川：渭水和樊川。溶溶：水盛貌。

〔6〕"廊腰缦回"二句：形容走廊曲折，如缦缦之萦回，屋檐高耸，作禽鸟仰首啄物状。走廊曲折，如柔软的腰肢，故曰"廊腰"。屋檐突出在外，故曰"檐牙"。缦，无花纹的缯帛。

〔7〕"各抱地势"二句：意谓阿房宫中的楼阁，各因地势而建，彼此环抱，和中心区相勾连，屋角交错，状如相斗。

〔8〕盘盘、囷（qūn）囷：屈曲回旋貌。

〔9〕蜂房：形容天井之多。矗（chù）：高高耸立的样子。落：檐上的滴水装置。

〔10〕"长桥"二句：阿房宫有桥，横跨渭水。古人认为云从龙，有龙必有云，未云何龙，意谓没有云哪来的龙？原来是卧波的长桥。下二句句法同。

〔11〕"歌台"四句："歌台""舞殿"互文见义，意谓歌舞盛时，宫中温暖如春；歌舞歇时，宫中清冷，如风雨凄凄。融融，和暖貌。

〔12〕"妃嫔媵（yìng）嫱（qiáng）"六句：谓六国灭亡，王族被俘虏，他们离开本国楼殿，来到秦国；其妃嫔媵嫱，以色艺选入阿房宫，成为秦国宫人。《左传·哀公元年》："宿有妃嫱嫔御焉。"杜预注："妃嫱，贵者；嫔御，贱者。皆内官。"媵，古代贵族女子出嫁时随嫁或陪嫁的人。

[13] 缦立：久立而待。

[14] 望幸：盼望皇帝来临。

[15]"有不见得者"二句：秦始皇在位三十六年。这里是说，幽闭在宫中的宫女，有的终身未能见到皇帝。

[16]"几世几年"三句：谓六国的财宝，都是他们的统治者一代又一代地掠夺人民而积累起来的。倚迭，堆积。

[17]"一旦"二句：谓一旦国破家亡，不能占有这些财宝，都送进了阿房宫。

[18]"鼎铛（chēng）"三句：谓视鼎如铛，视玉如石。鼎，古代以为国之重器。铛，平底铁锅。块，土块。砾，小石。逦迤，绵延貌。

[19] 取之尽锱（zī）铢（zhū）：连锱铢都搜刮得一干二净。一两的二十四分之一叫铢，六铢为锱，锱铢代表极微小的数量。

[20] 庾（yǔ）：露天的谷仓。

[21] 九土：九州。

[22] 呕哑：嘈杂的乐声。

[23] 独夫：贪暴失众的君主，此指秦始皇。

[24]"戍卒叫"二句：上句指陈涉反秦，全国响应；下句指刘邦攻破函谷关。陈涉是谪戍渔阳的戍卒，起义于大泽乡。事见《史记·陈涉世家》。秦二世三年（前207年）八月，赵高杀二世，立公子子婴为王。十月，刘邦进兵至霸上，子婴迎降，秦亡。参见《史记·秦始皇本纪》及《高祖本纪》。

[25]"楚人一炬"二句：指项羽入关后烧咸阳事。《史记·项羽本纪》："项羽引兵西屠咸阳，杀秦降王子婴，烧秦宫室，火三月不灭。"

[26] 族秦：灭掉秦的宗族，即亡秦。

[27]"使秦复爱六国之人"三句：秦传二世而亡。这里意谓倘若秦

统治者能爱护六国人民,则可由二世传到三世以至万世。《史记·秦始皇本纪》载:"秦王初并天下,令丞相、御史曰:'……自今已来,除谥法。朕为始皇帝。后世以计数,二世三世至于万世,传之无穷。'"

【阐析】

文章的主旨在于借古讽今。作者要通过描写阿房宫的兴建及其毁灭,总结秦王朝统治者骄奢亡国的历史教训,向当代最高统治者发出警告。

第一段,先由远及近,由外及里,写阿房宫的雄伟壮观、非凡气势。文章开篇十二字突兀不凡,头两句写出秦帝国统一天下的雄伟气概,次两句写出阿房宫的宏伟规模,而时代的形势、帝王的奢侈和野心,也一齐跃然而出。接下来,细绘宫中楼阁廊檐、长桥复道、歌台舞殿等。

第二段,由楼阁建筑转到人物活动,写阿房宫里的望皇帝临幸的美人,述其来历,状其梳洗,言其美貌,诉其哀怨,绘声绘色,备极渲染;再由人物转到珍宝,既写六国剽掠,堆叠如山,悉输入秦,又写秦人弃掷,视若瓦砾,从而揭露了秦朝统治者荒淫奢靡的生活,为下文的议论设下埋伏。

第三段,叙述和描写完阿房宫规模大、宫室多、美女众、珍宝富之后,笔锋陡转,以夹叙夹议方法,将阿房宫的兴建和秦人的奢靡,与天下的穷困、凋敝联系起来,形成尖锐对比,并以秦的顷刻瓦解作结。

第四段纯用议论,畅谈天下兴亡之理,总结六国和秦灭亡的历史教训;最后画龙点睛,昭示鉴戒,发人深思。

【赏评】

杜牧(803—853),字牧之,京兆万年(今陕西西安)人。宰相杜佑之孙。二十六岁举进士,解褐弘文馆校书郎。因为秉性刚直被排挤,出为江西观察使、宣歙观察使沈传师及淮南节度使牛僧孺的幕僚,"促束于簿书宴游间",生活很不得意。三十六岁内迁为京官,任监察御史。后受宰相李德裕排挤,出为黄、池、睦三州刺史。李德裕失势,内调为司勋员外郎。官终中书舍人。后人称为"小杜"。居官关心国事,以济世之才自负,曾注曹操所定《孙子》十三篇。有《樊川文集》。

本赋作于唐敬宗宝历元年(825)或二年。敬宗李湛十六岁即位,好游乐,贪声色,并大兴土木,修建宫殿。杜牧《上知己文章启》说,他写此赋就是为了讽谏唐敬宗:"宝历大起宫室,广声色,故作《阿房宫赋》。"这是杜牧的成名作,大和二年(828),杜牧就是因为此赋得中进士,《唐摭言》卷六记载:

崔郾侍郎既拜命,于东都试举人,三署公卿,皆祖于长乐传舍;冠盖之盛,罕有加也。时吴武陵任太学博士,策蹇而至。郾闻其来,微讶之,乃离席与言。武陵曰:"侍郎以峻德伟望,为明天子选才俊,武陵敢不薄施尘露!向者,偶见太学生十数辈,扬眉抵掌,读一卷文书,就而观之,乃进士杜牧《阿房宫赋》。若其人,真王佐才也,侍郎官重,必恐未暇披览。"于是搢笏朗宣一遍。郾大奇之。武陵曰:"请侍郎与状头。"郾曰:"已有人。"曰:"不得已,即第五人。"郾未遑对。武陵曰:"不尔,即请此赋。"郾应声曰:"敬依所教。"既即席,白诸公曰:"适吴太学以第五人见惠。"或曰:"为谁?"曰:"杜牧。"众中有以牧不拘细行间之者。郾曰:"已许吴君矣。牧虽屠沽,不能易也。"

此赋借古喻今,极尽铺陈渲染之能事;议论深刻,不乏情真意切之感慨。而且构思精巧,组织严密,条理清晰,层次分明,"前幅极写阿房之瑰丽,不是羡慕其奢华,正以见骄横敛怨之至,而民不堪命也,便伏有不爱六国之人意在。所以一炬之后,回视向来瑰丽,亦复何有!以下因尽情痛悼之,为隋广、叔宝等人炯戒,尤有关治体。不若《上林》《子虚》,徒逢君之过也"(吴楚材、吴调侯《古文观止》卷七)。

此赋通篇融叙事、描写、议论为一体，想象丰富，夸张迭出；文字有散有骈，韵散相间，错落有致；句式变化多端，排比对仗，纵横交错；语言词采华茂，精练生动，声韵铿锵和谐，富有动感。这些在文体形式上的新特点，开创了后世的文赋一体，吴曾祺《涵芬楼文谈·辨体》之第六说《阿房宫赋》："通篇全不似赋，直姑以赋名之耳。"正见出其中的端倪。而铃木虎雄《赋史大要》更直称："文赋的近祖，推数《阿房》为近当。"

杜牧主张形式要为内容服务："凡为文以意为主，以气为辅，以辞采章句为之兵卫。"（《樊川文集·答庄充书》）在这篇他早年的作品中，上述见解已经有很好的体现。作者将阿房宫的修建与毁灭，同秦王朝的兴盛与覆亡紧密地联系在一起，借题发挥，纵论天下兴亡之理，揭示出统治者暴敛民财，贪图享乐，必将失去民心，导致灭亡。正是由于这一高远的立意，这篇文章才得以气盛言宜，波澜起伏，引人入胜，脍炙古今。

陆龟蒙

甫里先生传

甫里先生者，不知何许人也；人见其耕于甫里，故云。先生性野逸无羁检[1]，好读古圣人书；探六籍[2]，识大义，就中乐《春秋》，抉摘微旨[3]，见有文中子王仲淹所为书，云"三传作而《春秋》散"[4]，深以为然。贞元中，韩晋公尝著《春秋通例》[5]，刻之于石，竟以是学为己任，而颠倒漫漶，翳塞无一通者[6]；殆将百年，人不敢指斥疵颣[7]，先生恐疑误后学，乃著书摭而辨之[8]。

先生平居以文章自怡[9]，虽幽忧疾痛中，落然无旬日生计[10]，未尝暂辍。点窜涂抹者[11]，纸札相压，投于箱箧中，历年不能净[12]。写一本，或为好事者取去，后于他人家见，亦不复谓己作矣。少攻歌诗，欲与造物者争柄[13]。遇事辄变化，不一其体裁。始则凌轹波涛，穿穴险固[14]，囚锁怪异，破碎阵敌，卒造平淡而后已[15]。好洁，几格窗户砚席，翦然无尘埃[16]。得一书详熟，然后置于方册[17]；值本即校，不以再三为限，朱黄二毫[18]，未尝一日去于手。所藏虽少，咸精实正定，可传借人。书有编简断坏者缉之，文字谬误者刊之[19]。乐闻人为学，讲评通论不倦。有无赖者，毁折粪污[20]，或藏去不返，先生蹙然自咎[21]。

先生贫而不言利。问之，对曰："利者，商也，人既士矣，奈何乱四人之业乎[22]？且仲尼、孟轲氏之所不许[23]。"先生之居，有池数亩，有屋三十楹，有田畸十万步[24]，有牛不减四十蹄，有耕夫百余指[25]；而田污下[26]，暑雨一昼夜，则与江通，无别已田他田也。先生由是苦饥，困仓无升斗蓄积[27]。乃躬负畚锸，率耕夫以为具[28]，由是岁波虽狂，不能跳吾防、溺吾稼也[29]。或讥刺之，先生曰："尧舜霉瘠，大禹胝胼[30]。彼非圣人耶？吾一布衣耳，不勤劬，何以为妻子之天乎[31]？且与其蚤虱名器雀鼠仓庾者何如哉[32]？"

先生嗜茶荈，置小园于顾渚山下[33]，岁入茶租十许簿为瓯蚁之费[34]。自为《品第书》一篇，继《茶经》《茶诀》之后[35]。南阳张又新尝为《水说》[36]，凡七等，其二曰惠山寺石泉，其三曰虎丘寺石井[37]，其六曰吴松江，是三水距先生远不百里，高僧逸人时致之[38]，以助其好。

先生始以喜酒得疾，血败气索者二年[39]，而后能起。有客至，亦洁樽置鲜，但不复引满向口耳[40]，性不喜与俗人交，虽诣门不得见也。不置车马，不务庆吊，内外姻党，伏腊丧祭，未尝及时往。或寒暑得中、体佳无事时，则乘小舟，设蓬席，赍一束书、茶灶、笔床、钓具、棹船郎而已[41]。所诣小不会意[42]，径还不留，虽水禽决起山鹿骇走之不若也[43]。人谓之江湖散人，先生乃著《江湖散人传》而歌咏之[44]。由是浑毁誉不能入，利口者亦不复致意[45]。先生性狷急[46]，遇事发作，辄不含忍，寻复悔之，屡改不能已。先生无大过，亦无出入人事[47]，不传姓名，世无有得之者，岂涪翁、渔父、江上丈人之流者乎[48]？

【注释】

[1] 羁检：拘束。

[2] 六籍：即六经，指《诗》《书》《礼》《乐》《易》《春秋》。

[3]《春秋》：鲁国的编年史，也是我国最早的编年体史书。相传为孔子所作。记事上起鲁隐公元年（前722年），下止鲁哀公十四年（前481）。抉擿（zhāi）：挑取。

[4] 文中子：即隋王通，字仲淹，卒后门人私谥为文中子。长期隐于故乡绛州龙门（今山西河津），讲学著书。著有《中说》。三传：《春秋》三传，即《左传》《公羊传》《穀梁传》，三书都是《春秋》这部"经"的"传"，或解释经义，或补充史实。《公》《穀》以解释经义为主，间或补充史实；《左传》的着重点则正好相反。散：乱，纷乱。王通尊崇《春秋》，而贬抑、否定三传，认为三传之作，徒然淆乱人们的思想。陆龟蒙《求志赋》："乐夫夫子之《春秋》，病三家之若雠（指治三传学者的互相攻讦）。得啖、赵疏凿之与损益，然后知微旨之可求。乃服膺而诵之，见圣人之远猷。"啖、赵，唐人啖助、赵匡，他们对三传都表示不满，以为未得圣人之大旨，标榜舍弃三传，直探经旨。《求志赋》的这段话，可与本文相参。

[5] 贞元：唐德宗年号，785—805年。韩晋公：韩滉，玄宗时宰相韩休子。贞元二年（786）封晋国公。喜好《周易》《春秋》，著《春秋通例》一卷，已佚。事见两《唐书》本传。

[6] 漫漶（huàn）：模糊。翳（yì）塞：蔽塞。

[7] 疵颣（lèi）：缺点，毛病。

[8] 摭（zhí）：摘取。

[9] 平居：平时。

[10] 幽忧：深重的忧劳。忧，劳。落然：衰败貌。

[11] 点窜：修改字句。

[12] 箧（qiè）：箱子一类东西。净：指写定誊清。

[13] 造物者：创造万物者，指天。争柄：争权柄。

[14] 凌轹（lì）：欺压，胜过。穿穴险固：在险阻坚固之地凿洞穴，喻作诗求险难。

[15] 囚锁怪异：喻作诗求怪异。卒：终。

[16] 格：支架。翦然：涤除貌。

[17] 置于方册：指抄录成书籍收藏。《新唐书》本传："得书熟诵乃录。"方册，程大昌《演繁露》卷七："方册云者，书之于版，亦或书之于竹简也。通版为方，联简为册。"

[18] 朱黄二毫：古人校勘书籍时每用朱黄两色之笔以示区别。

[19] 编简：古代造纸术发明以前，书籍是编联竹简而成，此指书籍的册页。缉：编次，编联。刊：改定。

[20] 糅污：将书籍混杂弄脏。

[21] 蹙（cù）然：局促不安貌。

[22] 四人：四民。唐人避太宗李世民讳，用"人"代"民"。《汉书·食货志上》："士农工商，四民有业：学以居位曰士，辟土殖谷曰农，作巧成器曰工，通财鬻货曰商。"

[23] 仲尼：孔丘，字仲尼。《论语·子罕》："子罕言利。"又《里仁》："子曰：'君子喻于义，小人喻于利。'"孟轲所不许：《孟子·梁惠王上》："孟子对曰：'王何必曰利？亦有仁义而已矣。'"又《告子下》："君臣、父子、兄弟终去仁义，怀利以相接，然而不亡者，未之有也。"

[24] 楹：量词，屋一间为一楹。畸（jī）：零片不整齐的田地。《说文》："畸，残田也。"十万步：古时或以二百四十步为一亩，十万步约合四百一十七亩。《新唐书》本传："有田数百亩。"

[25] 四十蹄：指牛十头。百余指：十余人。

[26] 污下：地势低凹。

[27] 囷（qūn）：一种圆形的谷仓。

[28] 畚（běn）：簸箕。锸（chā）：铁锹。以：而。具：器具，设备，指防水的设施。

[29] 防：堤。

[30] 黧瘠：黑瘦。胝胼（zhī pián）：手掌脚底因长期劳动摩擦而生的老茧。

[31] 劬（qú）：勤劳。天：旧时称君、父、夫为天，言其至高无上。《仪礼·丧服》："故父者，子之天也；夫者，妻之天也。"

[32] 与：犹"比"。蚤虱名器：在宝器里当跳蚤虱子。名器，钟鼎宝器。雀鼠仓庾：在谷仓中当雀鼠。此句意谓，况且比起那些寄生者又怎么样呢？

[33] 荈（chuǎn）：晚采的茶。顾渚山：在今浙江长兴县西北，产名茶，唐时以为贡品，称顾渚贡焙。

[34] 许：表示约略估计之词。箔（bó）：箔，用竹篾编的帘，晾茶叶用，亦作为茶叶的计量单位，字又作"薄"。瓯蚁：瓯中茶水的浮沫，此指饮茶。

[35] 《茶经》：唐陆羽撰，共三卷，于制茶、烹饮之法及所用器具皆详述之。《茶诀》：已佚，未详。

[36] 南阳：郡名，治所在今河南南阳。张又新为深州陆泽（今河北深州市西）人，南阳是称其郡望。两《唐书》有传。《水说》：《新唐书·

艺文志三》著录张又新《煎茶水记》一卷，已佚。

［37］惠山寺：在今江苏无锡市西惠山，山东麓有惠山泉。虎丘寺：在江苏苏州市西北虎丘山。

［38］逸人：隐逸之士。致：给予，赠送。

［39］索：离散。

［40］觯（zhì）：饮酒用的器皿，也指酒。引满：注酒满杯。

［41］蓬席：草席。指船帆。赍（jī）：携带。笔床：放毛笔的文具。棹船：划船。

［42］会意：合意。

［43］泬（xuè）：快疾貌。

［44］"人谓之"二句：陆龟蒙有《江湖散人歌并传》（见《全唐诗》卷六二一），传中说："散人者，散诞之人也。心散，意散，形散，神散，既无羁限，为时之怪民。束于礼乐者外之曰：'此散人也。'散人不知耻，乃从而称之。"

［45］浑：简直，几乎。毁誉：指对先生的诽谤、称誉。利口者：能言善辩的人。致意：把自己的用意表达与人。

［46］狷（juān）急：急躁。

［47］人事：谓请托之事。

［48］涪（fú）翁：《后汉书·郭玉传》载，有一个老翁，不知从哪儿来的，常常在涪水钓鱼，所以大家都叫他涪翁。涪翁乞食人间，看到有病的人，就用针石为他们治疗，还著《针经》《诊脉法》，传于世。郭玉是涪翁之再传弟子。渔父：捕鱼的老人。《楚辞·渔父》写屈原流放沅湘时，遇渔父，渔父劝他适应环境，随俗从流，屈原不从。渔父实际上是一个隐者。江上丈人：《吕氏春秋·孟冬纪·异宝》载，伍员奔吴，至江上，见一丈人，丈人渡伍员过江。问其名姓，丈人不肯告；解千金之剑相

赠，丈人不肯受。伍员至吴后，使人求之江上，亦不能得，于是每食必祭之，祝曰："江上之丈人，天地至大矣，至众矣，将矣不有为也，而无以为矣！而无以为之，名不可得而闻，身不可得而见，其惟江上之丈人乎？"江上丈人也是一个隐者。

【阐析】

这篇传记可分为五段。首段，说自己好读古圣人书，尤喜《春秋》，明言自己宗主王通、啖助、赵匡等的学风，舍弃三传，以己意说经。这样做，是旨在冲破传统的章句之学的束缚，使解经直接为现实的政治斗争服务。第二段，谈自己对写诗作文、校书藏书的爱好始终不渝，未稍辍，并说自己的诗风由始求险怪而终趋于平淡。第三段，写自己"贫而不言利"，不顾他人的讥刺，亲自参加农业劳动，并认为圣人也参加劳动，自己的行为高过那些寄生者，话语中带着思想的光彩！第四段，说自己嗜茶。末段，写自己性情孤高耿介，不喜与俗人交，不为世俗的礼法所拘，散诞江湖，洁身自好，其中微露出不合流俗的激愤之意。

【赏评】

陆龟蒙（？—约881），字鲁望，姑苏（今江苏苏州）人，举进士不第。曾做过湖、苏二州从事，后隐居松江甫里，自号甫里先生。有《笠泽丛书》《甫里集》。他的散文小品甚多，主要收在《笠泽丛书》中。其文现实针对性强，议论精切。

本文实际上是一篇自传。作者居"松江甫里"（《新唐书·陆龟蒙传》），故自号"甫里先生"。松江，即吴淞江，又作吴松江，黄浦江支流。在上海市西部和江苏省南部。源出太湖瓜泾口，流经江苏省苏州市、昆山市，贯穿上海市区，东流到外白渡桥入黄浦江。甫里，松江上村墟名，在今苏州市吴中区东南，又名甪直。

作者生活于晚唐风雨飘摇的病态社会，知事不可为，只好当隐士，但"并没有忘记天下"（鲁迅《南腔北调集·小品文的危机》）。这篇文章表现了唐末黑暗时代一个正直的知识分子的志趣、爱好和节操，锋芒不直露，文字朴素、流畅，值得一读。

皮日休

原 谤

天之利下民，其仁至矣。未有美于味而民不知者，便于用而民不由者，厚于生而民不求者[1]。然而，暑雨亦怨之，祁寒亦怨之[2]。己不善而祸及，亦怨之，己不俭而贫及，亦怨之。是民事天[3]，其不仁至矣。天尚如此，况于君乎？况于鬼神乎？是其怨訾恨讟，蓰倍于天矣[4]。有帝天下、君一国者[5]，可不慎欤？故尧有不慈之毁，舜有不孝之谤[6]。殊不知尧慈被天下[7]，而不在于子；舜孝及万世，乃不在于父。呜呼！尧、舜，大圣也，民且谤之；后之王天下[8]，有不为尧、舜之行者，则民扼其吭，捽其首，辱而逐之，折而族之，不为甚矣[9]！

【注释】

[1]民不知：不让民知。下"民不由""民不求"意同，即不让民用、不让民追求。由：用。厚于生：使人民生活充裕的物品。以上三句皆述天之仁。

[2]之：指天。祁寒：大寒。

[3]是：此，这样。事：侍奉，对待。

[4]訾（zǐ）：诋毁。讟（dú）：诽谤，怨恨。蓰（xǐ）：五倍。此二句意谓，人民对君主、鬼神的怨恨诽谤，比对于上天厉害数倍。

[5] 帝天下：做天下的帝王。君一国：做一国的君主。

　　[6] "故尧"二句：《庄子·盗跖》："尧不慈，舜不孝。"相传尧不把天下传给儿子丹朱，故有人说他不慈爱；舜的父亲瞽瞍喜欢后妻生的儿子象，不喜欢舜，几次与象合谋杀害舜，因舜为父母所痛恨，所以有人说他不孝。事见《孟子·万章上》《史记·五帝本纪》。

　　[7] 殊：竟。被：及，遍及。

　　[8] 王（wàng）天下：做天下的帝王。

　　[9] 吭（háng）：喉咙。捽（zuó）：揪。折：断，指斩断其躯体。族：杀灭全族。甚：过分。

【阐析】

　　这篇散文先从人民怨上天、毁尧舜说起，接着笔锋一转，矛头直指封建皇帝。最后几句点明全文主旨：人民憎恨残暴的君主是完全有道理的；憎恨到极点，以至于掐喉咙，揪脑袋，杀死他并诛灭其整个家族，都不算过分。

　　这种强烈的反叛封建帝王的思想，表明晚唐的最高统治集团的腐朽残暴激起了作者的极大义愤，这正是唐末阶级矛盾激化的反映，也是作者后来参加黄巢起义的思想基础。

　　皮日休猛烈抨击封建暴君的思想，上承孟轲"桀纣可诛"的议论，下启明清早期启蒙思想家对君权的批判，在我国政治思想史上占有重要地位。

【赏评】

　　皮日休（约838—约883），字逸少，后字袭美。襄阳（今属湖北）人，早年隐居襄阳鹿门山。咸通八年（867）登进士第。曾官太常博士。乾符末年，参加黄巢起义军。巢入长安，任用日休为翰林学士，后不知所终。他胆识过人,声称要"上剥远非,下补近失"(《皮子文薮序》),为文往往发前人所未发或不敢发,如《读司马法》开篇明义:"古之取天下也以民心,今之取天下也以民命。"进而指出:"由是编之为术,术愈精而杀人愈多,法益切而害物益甚。"《原谤》更激切声言:"后之王天下,有不为尧、舜之行者,则民扼其吭,捽其首,辱而逐之,折而族之,不为甚矣!"所表现的对统治者的强烈不满和叛逆情绪,在明代以前的文人中似乎还找不出第二位。

本文见于皮日休《皮子文薮》卷三,是他所作"十原"中的一篇。《文薮》为咸通七年(866)皮日休自编的一部诗文集,其时距黄巢大起义爆发只有九年。作者在《十原系述》中说:"夫原者,何也?原其所自始也。"则"原谤"的意思就是:探究诽谤是怎样产生的。文章先说上天仁爱,民尚怨之,接着用"天尚如此,况于君乎"二句承上启下,由怨天而推及怨君。说怨天是铺垫、陪衬,写怨君才是本文的主旨。写怨君又由尧舜作为圣君,"民且谤之",进而推出最后的激愤之言:帝王如果不仿效尧舜的行为,那么人民就是掐他的喉咙,揪他的脑袋,杀他本人并灭其全族,也不算过分。这一尖锐激烈的言论,虽受到孟子"民贵君轻"和"桀纣可诛"思想的启发,但更为大胆和彻底,闪耀着民主精神的光辉。它在一定程度上代表了农民大起义前夕民众对最高统治集团腐朽残暴的反抗情绪,也是作者后来参加黄巢起义军的思想基础。全篇行文层层递进,语言简洁明快,笔锋犀利泼辣,具有强烈的战斗性,像是刺向腐朽统治集团的一把利剑。

宋代

范仲淹

岳阳楼记

庆历四年春,滕子京谪守巴陵郡[1]。越明年[2],政通人和,百废具兴[3],乃重修岳阳楼[4],增其旧制[5],刻唐贤今人诗赋于其上[6],属予作文以记之[7]。

予观夫巴陵胜状[8],在洞庭一湖[9]。衔远山,吞长江,浩浩汤汤[10],横无际涯;朝晖夕阴[11],气象万千;此则岳阳楼之大观也[12],前人之述备矣[13]。然则北通巫峡[14],南极潇湘[15],迁客骚人,多会于此[16],览物之情,得无异乎[17]?

若夫霪雨霏霏[18],连月不开[19];阴风怒号,浊浪排空[20];日星隐耀[21],山岳潜形[22];商旅不行,樯倾楫摧[23];薄暮冥冥[24],虎啸猿啼;登斯楼也,则有去国怀乡[25],忧谗畏讥,满目萧然,感极而悲者矣!至若春和景明[26],波澜不惊[27],上下天光,一碧万顷[28];沙鸥翔集,锦鳞游泳[29],岸芷汀兰[30],郁郁青青[31]。而或长烟一空[32],皓月千里,浮光跃金[33],静影沉璧[34],渔歌互答,此乐何极!登斯楼也,则有心旷神怡,宠辱偕忘[35],把酒临风,其喜洋洋者矣!

嗟夫!予尝求古仁人之心,或异二者之为[36],何哉?不以物喜,不以己悲[37],居庙堂之高[38],则忧其民;处江湖之远[39],则忧其君。是进亦忧，退亦忧；然则何时而乐耶？其必曰："先天下之忧而忧，后天下之乐而乐矣！"[40] 噫！微斯人，吾谁与归[41]？时六年九月十五日。

【注释】

[1] 滕子京：滕宗谅，字子京，河南洛阳人。巴陵郡：即岳州，宋时称为岳州巴陵郡。

[2] 越明年：有两种解释：一、"越"作"逾"讲，作"度过"讲，"越明年"就是"过了第二年"，也即已进入了第三年（庆历六年）。二、"越"作"及"讲，"越明年"就是"到了第二年"（即庆历五年）。据《岳州府志》"职方考"《宗谅求记书》"去秋以得罪守兹郡"和"明年春……增其旧制"等材料来看，滕子京确实是从庆历六年开始修岳阳楼的，应当以第一种说法为妥。

[3] 百废具兴：欧阳修《与滕待制子京书》称其政绩说："去宿弊以便人，兴无穷之长利。"如筑偃虹堤，以利行旅等。百废，各种废弛不办的事情。具，同"俱"。

[4] 岳阳楼：在今湖南岳阳西门城墙上，西邻洞庭湖，北望长江，有"洞庭天下水，岳阳天下楼"之称。楼高21.5米，三层、飞檐、纯木结构。始建于220年前后，前身相传为三国时东吴大将鲁肃的"阅军楼"，西晋南北朝时称"巴陵城楼"，初唐时称"南楼"，李白赋诗，始称"岳阳楼"。自唐代建成以来，即负盛名，为历代才士登临赋咏之所。

[5] 增其旧制：扩大原来的规模。

[6] 刻唐贤今人诗赋于其上：谓刻石立于壁间。

[7] 属：同"嘱"。

〔8〕胜状：美景。

〔9〕洞庭：我国长江流域著名大湖，在湖南北部，岳阳市西。《清一统志·岳州府》载，洞庭湖"每夏秋水涨，周围八百余里"。

〔10〕浩浩汤汤：水势盛大貌。《尚书·尧典》："汤汤洪水方割，荡荡怀山襄陵，浩浩滔天。"

〔11〕晖：同"辉"，阳光。

〔12〕大观：盛大壮观的景象。

〔13〕备：全备。

〔14〕然则：顺接连词，有承上连下的作用。巫峡：长江三峡之一，长约四十公里，在湖北巴东县西，与重庆市巫山县相接。

〔15〕南极潇湘：朝南一直达到潇水、湘水。湘江源出广西壮族自治区灵川县境，经过湖南省中部，北流入洞庭湖。潇水为湘江上游的支流，源出蓝山县南九嶷山。极，至。

〔16〕"迁客骚人"二句：唐、宋时朝廷官吏受到处分，多有远谪西南者，岳阳为通往西南的孔道，又有楼观胜景，故成为失意的官吏与诗人会聚之所。唐朝自张说谪守岳州，与宾朋酬唱以后，诗人李白、杜甫、孟浩然、韩愈、刘禹锡、白居易、李商隐等，都曾经至此，留下题咏。迁客，降职调往偏远地区的官吏。骚人，屈原曾作《离骚》，后代因称诗人为骚人。

〔17〕得无异乎：能够没有不同吗？

〔18〕霪雨：久雨不晴。霏霏：雨密貌。

〔19〕开：晴朗。

〔20〕排空：翻腾空际，形容水势汹涌。

〔21〕隐耀：光亮隐没不见。

〔22〕潜形：形体掩藏。

[23] 樯倾楫摧：谓船只损毁。

[24] 薄：迫近。冥冥：昏暗貌。

[25] 去国：离开国都。

[26] 至若：至于。景明：天气晴朗。景，日光。

[27] 波澜不惊：犹言波平浪静。

[28] "上下天光"二句：谓天色与湖水相映照，上下都是一片碧绿的颜色，无边无际。水中也反射天色，故云上下天光。万顷，极言其广。百亩为顷。

[29] 锦鳞：鱼的美称。

[30] 芷：香草。汀：岸边平地。

[31] 郁郁：形容香气浓郁。青青：茂盛貌。《诗经·卫风·淇奥》："绿竹青青。"青，别本或作"菁"，音同。菁菁，盛貌。

[32] 长烟一空：天上的云雾一下子消散。

[33] 浮光跃金：月下湖面上闪着金光。跃，一作"耀"。

[34] 沉璧：指水中月影。璧，圆形的玉，以喻月。

[35] 宠：恩宠，荣誉。偕：一作"皆"。

[36] 二者：指上述感物而悲与览物而喜两种情况。

[37] "不以物喜"二句：谓感情不因为环境的好坏和个人的得失而改变。

[38] 庙堂：指朝廷。庙，宗庙。堂，明堂。高：指高位。

[39] 处江湖之远：指贬谪在外做闲官或在野不做官。

[40] "先天下之忧而忧"二句：欧阳修《资政殿学士户部侍郎文正范公神道碑铭》："公少有大节，于富贵贫贱、毁誉欢戚，不一动其心，而慨然有志于天下，常自诵曰：'士当先天下之忧而忧，后天下之乐而乐也。'"

[41] 微：非。斯人：指古仁人。谁与归：谓归心于谁？与，跟从。归，归往，宗仰。《礼记·檀弓下》："赵文子与叔誉观乎九原（晋卿大夫之墓地在九原）。文子曰：'死者如可作（起）也，吾谁与归？（此处先世大夫死者很多，假令死而复生，众大夫之中谁最贤，可以与归？）'"

【阐析】

第一段，点明题意，交代写作背景，叙述重修岳阳楼和作记的缘由。因为是应滕子京之请而作记，所以有必要先叙滕子京重修岳阳楼的事，滕子京修楼乃是他被贬岳州之后的事，作者是把这事同滕子京在岳州的政绩放在一起称述："政通人和，百废具兴。"言虽简括，却极有分量，是对滕子京的赞颂。联系开头两处交代时间的话，可知滕子京的政绩是在短短一年多里做出的，就更显得了不起。在作者着力表彰滕子京的后面，含蓄地表明对友人被贬的同情，对当政者的不满。

第二段，写"岳阳楼之大观"，虽然概括，却写得富于形象，气魄宏大。作者善于选取形象化的词语绘声绘形。如："衔远山"——洞庭湖中有许多小山，用一"衔"字形象地写出湖与山的关系。"吞长江"——长江流经洞庭湖，用一"吞"字，不仅形象地写出湖与江的关系，而且读来气势磅礴。"衔""吞"字连用，更使静景富于动态和活力。"浩浩汤汤"——字音响亮，叠字又加强了气势，而且四字都是水旁，形容水大流急，既绘声，又绘形。"气象万千"——连用两个数词写洞庭湖上景象变化之多之快，极有声势。此外如"横无际涯"的"横"，与"广"义近，但作者用"横"而不用"广"，因"横"字显得境界开阔而有气魄；"朝晖夕阴"的"晖"可换成"晴"字，但作者用"晖"而不用"晴"，因为"晖"字具体，容易使读者联想到洞庭湖上"春和景明"的景象。这些例子可以看出作者炼字的功力。"朝晖夕阴，气象万千",为下两段分别写洞庭湖上"霪雨霏霏"和"春和景明"的景象埋下伏线。"迁客骚人,多会于此,览物之情,得无异乎",既承接上文写景的句子,又引出下面两段文字,其中"情""异"是关键字,是全篇抒情、议论的基础。全文前顾后盼,文理绵密。作者在这里没有对岳阳楼详加描绘,原因有二:第一,作者明言"前人之述备矣",因此不必再去重复;第二,从全文看,作者写这篇文章的目的不在于介绍岳阳楼的建造经过和它的构造及景物,而在于借景抒情。所以,概述以后就用"然则"一转,引出"迁客骚人"的"览物之情"。

第三段,描写洞庭湖景色阴晴的变化以及迁客骚人登楼时的不同心情。这段内容紧扣上段概述洞庭湖"朝晖夕阴,气象万千"和"览物之情,得无异乎"的意思而加以发挥:

先写风雨天气中洞庭湖上萧条凄凉的景象,作者选用有代表性的景物加以描绘:连绵阴雨的天气、令人胆寒的风声、恐怖的浊浪,天色昏暗,交通阻绝,这是写的白天。夜间经常听到虎啸猿啼,等等,凄凉的气氛就更加浓重了。这样的景物,很自然地引出迁客骚人远离京都,怀念故土的失意忧虑的悲苦情感。这一段写了物悲则己悲的思想感情,是照应上文"异"字的一个方面。

其次,写洞庭湖晴朗天气的明媚景象。这一段采用与上一段对照的写法。"至若"以下写昼景,"而或"以下写夜景。写白天,写天写水,和天水相连的晴明;写沙鸥游鱼,增添了自由闲适的气氛;又写兰芷,生机勃勃,有色有香。写夜间,再次写天写水,活跃生动,此时不再有恐怖凄凉的虎啸猿啼,却有悠扬动听的渔歌飘荡在湖面。这样的景物怎能不令人陶醉其中?写了这样的景物,就很自然地引出迁客骚人此时的喜悦之情。这一段写了物喜己喜的思想感情,是照应上文"异"字的又一方面。

第四段，是文章的中心所在。本文前三段交代重修岳阳楼的概况，记了登楼所见的不同的"景"以及由景而生的不同的"情"。作为一篇"记"，写了这些也够了，但作者的本意却并不在此，而在于由此引出一番振聋发聩的议论来。本段以"嗟夫"提起下文，笔锋突转，提出一个"古仁人之心"来，并且指出"古仁人之心"与迁客骚人的思想感情是不同的。迁客骚人的思想感情往往因个人遭遇或环境的触发而产生变化；古仁人则"不以物喜，不以己悲"。作者以天下为己任，"常自诵曰：'士当先天下之忧而忧，后天下之乐而乐也。'"（欧阳修《资政殿学士户部侍郎文正范公神道碑铭》）可见这种"先忧后乐"的思想，正是作者的理想，从他"力主革除弊政""勤政爱民"（《宋史》本传）的行为看，确实不是徒托空言。他借滕子京嘱写《岳阳楼记》的机会，提出这种理想化的人物来，正是为了"假托古人，自写怀抱"，表明自己本来就不为个人的进退、荣辱而悲喜，虽遭贬谪，但忧国忧民之心决不改变，同时也包含着对滕子京的慰勉。最后一句自明志向，以问句的形式表达，自励励人，委婉含蓄。

【赏评】

范仲淹（989—1052），字希文。苏州吴县（今江苏苏州）人。两岁丧父，幼年家境贫寒，在母亲教育下，发愤读书。大中祥符八年（1015）考取进士。仁宗景祐二年（1035），以天章阁待制权知开封府。次年，因不满宰相吕夷简，上《百官图》议朝政，得到尹洙、欧阳修的支援，但被吕夷简以"荐引朋党"的罪名贬知饶州（治今江西鄱阳），此为北宋党争之始。康定元年（1040）出任陕西经略副使兼知延州（治今陕西延安）期间，抗击西夏，使之不敢来犯。庆历三年（1043）任参知政事时，推行北宋第一次大规模的政治革新——庆历新政,提出明黜陟等十项改革弊政的措施,但遭到阻挠,未能实施。庆历五年(1045)复以"朋党"罢参政,被贬到邓州任太守。之后又辗转于杭州、青州。皇祐四年(1052),他调往颍州(今安徽阜阳),走到出生地徐州,不幸病逝,终年六十四岁。遗著有《文集》二十卷,《别集》五卷(今本四卷);《奏议》十七卷,《政府论事》三卷(今本为《奏议》二卷);《尺牍》五卷(今本三卷);另有《文集补编》一卷。后人合为《范文正公集》。

本文作于宋仁宗庆历六年(1046),作者时遭贬知邓州(治所在今河南邓州)。滕子京与范仲淹同年举进士,两人的友谊即从这时候开始。滕子京支援范仲淹的政治改革,遭到保守势力的反对。由于范仲淹的举荐,滕子京先知泾州,后知庆州(治所在今甘肃庆阳)。知庆州时,被人诬告"前在泾州费公钱十六万贯",庆历四年(1044)春天知岳州,滕子京心里很有些愤慨。(见《宋史》卷三〇三本传)宋代周煇《清波杂志》卷四"逐客"条载:"放臣逐客,一旦弃置远外,其忧悲憔悴之叹,发于诗什,特为酸楚,极有不能自遣者。滕子京守巴陵,修岳阳楼,或赞其落成,答以:'落甚成,只待凭栏大恸数场!'"范仲淹深知这位平素"尚气,倜傥自任"(《宋史》卷三〇三)的朋友的思想和性格,因此,很担心他惹出祸来,想找机会劝他,恰好赶上他请范仲淹为重修岳阳楼作记,范仲淹就借题发挥,写出自己理想的为人处世的态度,勉励滕子京学习古代有修养的人,不计较个人眼前的得失,要做到"先天下之忧而忧,后天下之乐而乐"。当时范仲淹的处境同滕子京一样,写此文是劝友也是自勉。(参见范仲淹玄孙范公偁《过庭录》)

篇中通过写景以抒情,又转而言志,颇具匠心。文体亦骈亦散,用骈语描绘,以散文议论,偶亦用韵,自成一格。

本文写景的特点是寓情于景,情景交融:写悲苦之景则愁情毕现,写欢乐之景则喜气洋洋。写景取得这样的效果，"奥秘"在哪里呢？主要在于选择景物和渲染气氛。作者选择的景物都带有浓厚的感情色彩。如第三段前半段：雨是"霪雨"，风是"阴风"，浪是"浊浪"，时间是"薄暮"，所闻是"虎啸"和"猿啼"，无不带有愁苦的色彩，再加以"霏霏""怒号""排空""冥冥"等词语的渲染，天昏地暗、浪黑风高、恐怖凄惨的画面就呈现在读者的面前了。有些景物本来没有特殊的感情色彩，如"日星""山岳""商旅""樯""楫"等，但配以"隐耀""潜形""不行""倾""摧"等词语，就带上了浓重的愁苦色彩。

除了选择景物和渲染气氛都带有浓重的感情色彩这个相同点外，第三段后半段在结构上与前半段也是完全相同的：都是先写景，后抒情，为情设景，缘景抒情；甚至连前后两个抒情句的表达方式也完全相同。这两个抒情句很重要，它们是文章思路发展的中心环节：前句说迁客骚人登楼而悲，后句写迁客骚人登楼而喜，联系上文看，是为了落实"览物之情，得无异乎"一句，联系下文看，是以迁客骚人随物而变的心情，衬托古仁人"不以物喜，不以己悲"的思想感情，从而引发出"先忧后乐"一段正论。

欧阳修

五代史伶官传序

呜呼！盛衰之理，虽曰天命，岂非人事哉[1]！原庄宗之所以得天下[2]，与其所以失之者，可以知之矣。

世言晋王之将终也[3]，以三矢赐庄宗，而告之曰："梁，吾仇也[4]；燕王，吾所立[5]；契丹，与吾约为兄弟[6]，而皆背晋以归梁。此三者，吾遗恨也。与尔三矢，尔其无忘乃父之志[7]！"庄宗受而藏之于庙，其后用兵，则遣从事以一少牢告庙[8]，请其矢，盛以锦囊[9]，负而前驱，及凯旋而纳之[10]。

方其系燕父子以组[11]，函梁君臣之首，入于太庙[12]，还矢先王，而告以成功，其意气之盛，可谓壮哉！及仇雠已灭[13]，天下已定，一夫夜呼，乱者四应[14]，苍皇东出[15]，未及见贼，而士卒离散[16]，君臣相顾，不知所归；至于誓天断发，泣下沾襟[17]，何其衰也！岂得之难而失之易欤？抑本其成败之迹，而皆自于人欤？《书》曰："满招损，谦受益。"[18]忧劳可以兴国，逸豫可以亡身，自然之理也。

故方其盛也，举天下之豪杰莫能与之争[19]；及其衰也，数十伶人困之，而身死国灭[20]，为天下笑。夫祸患常积于忽微，而智勇多困于所溺[21]，岂独伶人也哉！作《伶官传》。

【注释】

[1]"盛衰之理"三句：古人多认为国家的治乱、盛衰由于天命（参见《墨子·非儒下》及李康《运命论》），作者则认为人事是主因，故云。语本董仲舒《举贤良对策》："故治乱、废兴在于己，非天降命，不可得反，其所操持悖谬失其统也。"（见《汉书·董仲舒传》）

[2]原：推原，追本究源。庄宗：指后唐庄宗李存勖，他于923年灭掉后梁，建立后唐。

[3]晋王：庄宗的父亲李克用。属沙陀部，本姓朱邪，侍唐，赐姓李。唐末割据今山西省一带地区。因出兵帮助唐王朝镇压黄巢起义有功，封陇西郡王，后又封为晋王。

[4]"梁"二句：梁，指后梁太祖朱全忠。宋州砀山（今安徽砀山东）人，本名朱温，原为黄巢将领，降唐后，被赐名朱全忠，受封为梁王。后来朱全忠篡夺唐王朝的政权，国号梁，都汴州，又迁都洛阳。他以背叛黄巢起家，与李克用同为镇压起义军的强大军阀。双方不断扩充势力，互相仇视。中和四年（884）五月，黄巢部将尚让以骁骑五千，进逼大梁。朱温遣使向李克用告急，克用亲率沙陀精骑，击败黄巢的军队，回军大梁，营于城外。朱温固请李克用入城，就驿置酒，礼貌甚恭。克用趁酒使气，语颇侵之。温愤愤不平，乘夜发兵围攻正在醉卧的克用。克用亲兵郭景铢灭掉蜡烛，将李克用藏在床下，用水泼面，叫醒李克用，这才使他免于被朱全忠杀害。从此李克用和朱全忠结下深仇大怨。

[5]"燕王"二句：燕王，指刘仁恭。刘本为幽州将，李克用帮他夺得幽州，并保举他为卢龙节度使，故曰"吾所立"。不久，晋攻罗弘信，求兵于仁恭，仁恭不与，晋王写信责备，他反掷书漫骂，扣押晋使者。克用大怒，自率兵往攻幽州，中途饮酒，被仁恭设伏兵杀败。此后双方虽有时合力抗梁，但怨终不解。后来朱全忠封他的儿子刘守光为燕王。这里称

刘仁恭为燕王,是作者的追叙之辞。

[6]"契丹"二句:契丹,唐末北方少数民族,这里指契丹族首领耶律亿,字阿保机。李克用曾与他结拜为兄弟,约定合力举兵灭梁。后来阿保机背约,与梁通好。《新五代史·四夷附录第一》载,梁将篡唐,晋王李克用派人送礼给契丹,阿保机以兵三十万和李克用相会于云州东城,握手约为兄弟。克用赠以金帛甚厚,希望共同举兵击梁。不料阿保机回去之后就背信弃义,和梁结为同盟。克用听说后,气得一病不起,临死前,将一支箭留给庄宗,希望他灭掉契丹。

[7]其:语气副词,表示期望、命令的语气。乃:你的。

[8]从事:官名,这里指负责具体事务的官员。少牢:古代祭品。用一猪一羊称少牢,牛、猪、羊三牲齐备,称太牢。牢,祭祀用的牲畜。

[9]锦囊:丝织的袋子。

[10]凯旋:唱着凯歌胜利回军。凯,即凯歌。纳之:指把箭送回宗庙收藏。

[11]系燕父子以组:《旧五代史·唐书·庄宗纪》载,天祐十一年(914)庄宗攻克范阳,掳燕王刘守光及其父仁恭,诛守光,拘送仁恭于代州,刺其心血,奠告于武皇陵,然后斩之。系,捆绑。组,丝编的绳索。《史记·秦始皇本纪》:"子婴即系颈以组。"

[12]"函梁君臣"二句:923年,李存勖攻破大梁。朱温的儿子梁末帝朱友贞与大臣皇甫麟相对大哭,梁末帝说:"我和晋人为世仇,不能等他们来杀我,卿可先断我首,无令落仇人之手!"皇甫麟不忍,梁末帝说:"你不忍心,难道是想出卖我吗!"麟举刀想自刎,梁末帝阻其手道:"当与卿俱死!"即握麟手中刃自到,麟亦自杀。唐庄宗命河南尹张全义收葬,其首藏于太社。函,木匣,这里意为用木匣封装。太庙:帝王祭祀祖先的宗庙。

[13] 仇雠：仇敌。

[14] "一夫夜呼"二句：《旧五代史·唐书·庄宗纪》载，同光四年（926），贝州（治所在今河北清河）军士皇甫晖等因夜聚蒱博不胜，遂作乱。后来赵太、王景戡、李嗣源（李克用养子）等都相继叛变。一夫，指皇甫晖。

[15] 苍皇：匆促、慌张貌。东出：指同光四年（926）三月庄宗避乱至汴州（今河南开封）事。

[16] 士卒离散：《旧五代史·唐书·庄宗纪》："初，帝东出关，从驾兵二万五千。及复至氾水，已失万余骑。"

[17] "君臣相顾"四句：《旧五代史·唐书·庄宗纪》载，甲戌，到达石桥，庄宗在野地里置酒，悲啼不乐，……元行钦等百余人垂泣而奏："臣本小人，蒙陛下抚养，位极将相，危难之时，不能立功报主，虽死无以塞责，乞申后效，以报国恩。"于是，百余人皆援刀截发，置须于地，以断首自誓，上下无不悲号，识者以为不祥。

[18] "满招损"二句：见《尚书·大禹谟》。孔颖达疏："自以为满，人必损之。自谦受物，人必益之。"受，原本误作"得"。

[19] 举：全，所有的。

[20] "数十伶人困之"二句：庄宗灭梁后，宠用伶人，纵情声色。继李嗣源兵变后，伶人出身的皇帝近卫军首领郭从谦乘机作乱，庄宗中流矢而死。国灭，庄宗死后，李嗣源即位，称为明宗，后唐并未灭亡。不过李嗣源是李克用的养子，并非嫡传，按照当时的传统观念来看，也可以说是"国灭"。《新五代史·伶官传》载，郭门高，名从谦，门高是他的艺名。尽管郭从谦是以优伶受宠，但因为曾有军功，所以被任命为从马直（皇帝的亲军）指挥使。……当时，从马直军士王温宿卫禁中，夜里谋乱，事发后被诛。庄宗对郭从谦开玩笑说："你的同党存义、崇韬有负于

我,你又教王温谋反。你还想怎么样?"郭从谦听了非常害怕,于是索性就叛乱了。

[21] 所溺:指所沉溺的事物。

【阐析】

文章劈头就摆出中心论点,"起势横空而来,神气甚远"(高步瀛《唐宋文举要》甲编卷六,中华书局本第669页)。而"呜呼"与"哉"相呼应,造成极其浓烈的抒情气氛。"盛衰"二字是全篇眼目,"虽曰天命"一纵,"岂非人事哉"一擒,"天命"是宾,"人事"是主。从感慨万千的叹息声中,读者已不难觉察:有些人忽略"人事"而将国家的"盛衰"委于"天命",正是作者所痛心的。论点一经提出,接着便摆出事实,而以"原庄宗"三句作为过渡。

第二段,写庄宗之父临终遗言。"世言"二字,直贯段尾。叙事精练生动,十分传神。写李克用临终之言和"与尔三矢",更是绘声绘色!遗言急促而斩截:追述已往的恨事,激励复仇的决心,如闻切齿之声,如见怒目之状。写李存勖受父命,只一句:"受而藏之于庙。"而"受而藏"的行动,既表现了他的坚定意志,也流露出他的沉重心情。而这,又为后面杀敌制胜的描写和"忧劳可以兴国"的论断埋下了伏笔。

第三段,先写"及其盛"。由几个既对偶又错落的短句构成的长句,一气而下,有如迅雷猛击,暴雨骤至,烈风巨浪相激搏。其文势至此,"可谓壮哉"!从"及仇雠已灭"到"何其衰也"写"失天下",夹叙夹议,既概括而又不乏形象性。读之只觉阴风飒飒,冷雨凄凄,与前一段形成鲜明对照,而作者肯定什么、否定什么的情绪,也洋溢于字里行间了。接下去,用"岂得"两句反问语一宕,承上转下。前一句照应"天命",是陪笔;后一句照应"岂非人事",是主意。"《书》曰"以下,紧承第二个反问语，充实开头提出的论点，揭示李存勖得天下与失天下的根源。

第四段，回应"盛""衰"，先扬后抑，一唱一叹。"及其衰"一句，"虽仍就后唐之盛衰反复咏叹，而神气已直注于结末三句"。"岂独"一句，"推开作结，有烟波不尽之势，所谓篇终接混茫者也"（李刚己《古文辞约编》序跋类）。

【赏评】

欧阳修（1007—1072），字永叔，号醉翁、六一居士，其《六一居士传》说："吾家藏书一万卷，集录三代以来金石遗文一千卷，有琴一张，有棋一局，而常置酒一壶，以吾一翁，老于此五物之间，是岂不为'六一'乎？"吉州庐陵（今属江西）人。出身于小官吏家庭，四岁丧父，生活贫困。其母郑氏亲自教他读书，以芦秆代笔，在沙上写字，还常对他讲述其父生前廉洁仁慈的事迹。仁宗天圣八年二十四岁举进士甲科。官至枢密副使、参知政事。两次被贬，第一次在景祐三年（1036），因论救被贬的范仲淹，斥责司谏高若讷，贬于夷陵（今湖北宜昌）。第二次在庆历五年（1045），因甥女张氏犯法下狱，谏官钱明逸抓住张氏的某些供词，弹劾欧阳修与张氏有私并欺诈其财产。仁宗派人监勘，虽然证明了对欧阳修的弹劾为不实之词，为他洗去了冤名，但还是罢掉了他的都转运使，出知滁州（治所在今安徽滁州），在滁自号醉翁。徙知扬州、颍州，还为翰林学士，奉敕重修唐书。嘉祐五年，拜枢密副使。六年，参知政事，与韩琦同心辅政。神宗初，出知亳州，转青州、蔡州，以太子少师致仕，归隐于颍州。享年六十六岁。谥文忠。早年支援范仲淹，要求在政治上有所改良。王安石推行新法时，曾对"青苗法"表示不满。论文主张文章应"明道致用"，对宋初以来追求靡丽形式的文风表示不满。他是北宋文坛的宗师和领袖，王安石、苏轼、苏辙皆出其门下。所作散文说理畅达，抒情委婉。诗风与其散文近似，语言流畅自然。其词承袭南唐余风，婉丽清逈。曾与宋祁合修《新唐书》，并独撰《新五代史》。有《欧阳文忠公文集》。

本文是《新五代史·伶官传》的序文。后人为了将宋初薛居正所编《五代史》和欧阳修所编《五代史》区别开来，称薛著为《旧五代史》，欧著为《新五代史》。五代，指唐朝崩溃后在中原前后更替的后梁、后唐、后晋、后汉、后周五个王朝。伶官，古代负责演戏、歌舞、作乐的乐官，此指供奉内廷、授有官职的伶人。《伶官传》记载的是为后唐庄宗宠幸的伶官景进、史彦琼、郭门高等败政乱国的史实。

这是一篇著名的史论。首先，史料的选用和剪裁十分精当。如"三矢"的故事在当时流传甚广，但真实性难以确证，所以没有置于史传正文，而写进了序文。又如写庄宗之衰，没有具体叙说他如何"逸豫"，因为有关"逸豫"的史实，可以在《伶官传》中查到。再如，比欧阳修早生五十多年的王禹偁在《五代史阙文》中写道："世传武皇（李克用）临薨，以三矢付庄宗曰：'一矢讨刘仁恭，汝不先下幽州，河南未可图也。一矢击契丹……阿保机与吾把臂而盟，约为兄弟，誓复唐家社稷，今背约附梁，汝必伐之。一矢灭朱温。汝能成吾志，死无憾矣！'庄宗藏三矢于武皇庙庭。及讨刘仁恭，命幕吏以少牢告庙，请一矢，盛以锦囊，使亲将负之以为前驱；及凯旋之日，随俘馘纳矢于太庙。伐契丹、灭朱氏亦如之。"而本文所述，加强了故事的抒情气氛和晋王遗嘱的恳切语气，更加精练生动，富有感染力量。其次，在史实的叙述上生动形象。如叙述庄宗接受三矢，谨遵遗命报仇雪恨，一个长句，七个分句，一气呵成，用受、藏、用、遣、告、请、盛、负、驱、旋、纳等一连串的动词，使人物形象活灵活现。

这篇史论不仅思想深邃，而且艺术精湛。本文阐明中心论点"盛衰之理，虽曰天命，岂非人事哉"的主要论据，是后唐庄宗盛衰成败的历史事实。在写法上，欲抑先扬，层层递进。先极赞庄宗成功时意气之"壮"，再叹其失败时形势之"衰"，通过天命与人事、盛与衰、兴与亡、得与失、成与败的强烈对比，突出庄宗历史悲剧的根由所在，使"抑本其成败之迹，而皆自于人"的结论，显得令人信服，发人深省。文章笔力雄健而有气势，行文跌宕顿挫，表达情见乎辞，篇幅虽然短小，却是搏兔而用全力之作。

学习此文，可以用后唐庄宗李存勖的故事作一面镜子来对照、衡量自己的行为。当李存勖得天下之后，正盛之时，他忘记了盛衰之理，虽曰天命，亦由人事；忘记了满招损，谦受益；忘记了得之难，失之易；忘记了忧劳可以兴国，逸豫可以亡身；忘记了祸患常积于忽微，智勇多困于所溺，从中我们不难引出历史的教训。

醉翁亭记

环滁皆山也[1]。其西南诸峰，林壑尤美[2]。望之蔚然而深秀者[3]，琅琊也[4]。山行六七里，渐闻水声潺潺，而泻出于两峰之间者，酿泉也[5]。峰回路转，有亭翼然临于泉上者[6]，醉翁亭也。作亭者谁？山之僧曰智仙也[7]。名之者谁？太守自谓也[8]。太守与客来饮于此，饮少辄醉，而年又最高，故自号曰醉翁也[9]。醉翁之意不在酒，在乎山水之间也。山水之乐，得之心而寓之酒也。

若夫日出而林霏开[10]，云归而岩穴暝[11]，晦明变化者[12]，山间之朝暮也。野芳发而幽香，佳木秀而繁阴[13]，风霜高洁[14]，水落而石出者，山间之四时也。朝而往，暮而归，四时之景不同，而乐亦无穷也。

至于负者歌于途，行者休于树，前者呼，后者应，伛偻提携[15]，往来而不绝者，滁人游也。临溪而渔，溪深而鱼肥；酿泉为酒，泉香而酒洌[16]；山肴野蔌[17]，杂然而前陈者，太守宴也。宴酣之乐，非丝非竹[18]，射者中[19]，弈者胜，觥筹交错[20]，起坐而喧哗者，众宾欢也。苍颜白发，颓然乎其间者，太守醉也。

已而夕阳在山，人影散乱，太守归而宾客从也。树林阴翳[21]，鸣声上下，游人去而禽鸟乐也。然而禽鸟知山林之乐，而不知人之乐；人知从太守游而乐，而不知太守之乐其乐也[22]。醉能同其乐，醒能述以文者，太守也。太守谓谁？庐陵欧阳修也[23]。

【注释】

[1] 滁：滁州，治所在今安徽滁州。

[2] 壑：山沟。

[3] 蔚然：草木茂盛貌。

[4] 琅琊：山名，在滁州市西南十里。

[5] 酿泉：水清可以酿酒，故名。酿，原本作"让"，据别本改。

[6] 翼然：如鸟展翅貌。

[7] 智仙：琅琊山琅琊寺（一名开化寺）的僧人。

[8] 太守：汉时太守为一郡最高行政长官。宋时一州的长官称知军州事，相当于汉时的太守。

[9] 自号曰醉翁：作者《赠沈遵》诗："我时四十犹强力，自号醉翁聊戏客。"《题滁州醉翁亭》："四十未为老，醉翁偶题篇。醉中遗万物，岂复记吾年？"

[10] 林霏开：树林间的雾气消散了。

[11] 云归：古人以为云是出自山中的，如陶渊明《归去来分辞》："云无心以出岫。"归，谓回到山里。

[12] 晦明变化：指天气阴晴明暗的变化。

[13] 秀：茂盛。繁阴：一片浓密的树荫。

[14] 风霜高洁：天高气爽，霜色洁白。

[15] 伛偻：弯腰曲背，指老年人。提携：指被牵扶着走的小孩子。《礼记·曲礼上》："长者与之提携，则两手奉长者之手。"

[16] "泉香"句：一作"泉洌而酒香"。洌，清。

[17] 山肴：野味。蔌（sù）：菜蔬。

[18] 丝：弦乐器，琴、瑟之类。竹：管乐器，箫、管之类。

[19] 射者中（zhòng）：古代饮宴时一种投壶的娱乐。以矢投壶中，投中者胜，酌酒给负者饮。见《礼记·投壶》。欧阳修《九射格》还介绍说："九射之格，其物九，为一大侯，而寓以八侯：熊当中，虎居上，鹿居下，雕、雉、猿居右，雁、兔、鱼居左。而物各有筹（筹码）。射中其物，则视筹所在而饮之。"

[20] 觥筹交错：杯子和筹码相错杂，形容喝酒尽欢之状。觥，酒器。古代酒器用兕角制，称兕觥。筹，投壶时计算胜负的筹码。一说，筹指酒令筹。

[21] 阴翳：树木遮蔽成荫。

[22] 乐其乐：以众人之乐为乐。其，指众人。

[23] 庐陵：今江西吉安。按，欧阳修为永丰人，其先世"为庐陵大

族"，谱籍亦著庐陵（见《欧阳氏图谱序》），故称。

【阐析】

第一段，总写醉翁亭的自然环境和它的得名，写山、写林、写水，进而写亭、写山之僧、写醉翁，总写"醉翁之意不在酒，在乎山水之间也""得之心而寓之酒"的"山水之乐"。篇首用"环滁皆山也"开端，乃大景、全景、远景。接着镜头拉近到"西南诸峰"，于是望见那"蔚然而深秀"之色；再拉近到"酿泉"，便听到流水潺潺之声；再拉近到醉翁亭，终于看清亭子像鸟翼一般的具体形象。这样迤逦写来，切合步行入山远近视听之理，又显得层次分明，胜境迭现，使读者随着作者的脚步，神游于山水之间，有一种"引人入胜"的艺术效果。

第二段，以若干典型性的景象，配以显示特征的动词和形容词，勾画出山中朝暮的景色以及四季秀丽风光，从而突出"朝而往，暮而归，四时之景不同，而乐亦无穷也"的出游之乐。

第三段，写山林中的"滁人游"，歌声人声络绎不断，负者行者来来往往，尽显民风民俗之乐；接着写"太守宴"，肥鱼洌酒，山肴野蔌，体现物阜年丰之乐；然后写"众宾欢"，觥筹交错的尽兴，宴间游戏的欢畅，凸现"宴酣之乐"；最后镜头拉近，头像扩大，聚焦在核心人物——"颓然乎其间"的太守，推出其"苍颜白发"的特写镜头，活画出"饮少辄醉"的醉翁之乐。处处表现与民同乐之状，处处洋溢与民同乐之情。

第四段，交代宴会散、众人归的情景，把禽鸟之乐、游人之乐和太守之乐融于不足百字之间，以禽鸟之乐衬托游人之乐，又以游人之乐衬托太守之乐，移步换形，层层递进，最后才聚焦一点：人去鸟乐→鸟乐不知人乐→人乐不知太守之乐其乐→太守之乐醒能述以文→太守为庐陵欧阳修。"然而禽鸟"四句中,两用"知"与"不知",文势逆劲,一转一深,构成螺旋式层层推进,显示出作者炼句炼意的艺术功力。至此,"醉翁之意不在酒,在乎山水之间也"的核心命意就有了有力依托。

全文以共出现十次的"乐"字贯穿全篇,文意辐辏,凝而不散。

山林之乐 { 朝晚之乐 / 四时之乐 / 禽鸟之乐 }　　游人之乐 { 滁人游乐 / 太守宴乐 / 众宾欢乐 }　　太守之乐 { 太守醉乐 / 太守醒乐 / 与民同乐 }

【赏评】

本文作于庆历六年(1046),欧阳修降职知滁州的第二年。文中通过对优美的自然环境、和乐的社会风气的描写,从侧面展现自己治滁的政绩,表达出"与民同乐"的政治理想,也抒发被贬谪后的坦荡胸怀,既表现士大夫寄情山水、悠闲自适的情调,也包含着对国事民情的关切。全篇将写景、叙事、抒情熔于一炉,展示出作者高超的写作技巧和优美凝练的文笔。

首先,层次清楚,脉络分明。先写醉翁亭的自然环境,次写山间朝暮和四时之景,再写太守宴客、滁人游琅琊山的情景,最后点明文章的主旨。以"乐"为线索,贯穿全文。而"醉"和"乐"是统一的,"醉"是表象,"乐"是实质,写"醉"正是为了写"乐"。用"太守醉"结束欢乐的场面,颇有深意,说明"醉翁之意"何止"在乎山水之间",同时也在于一州之人。文章无论写景、写人都能与"乐"字紧密相连。这样,既反映了作者寄情山水的宁静心情,也表达出他贬谪后的闲适安乐、淡泊旷达的胸怀。

其次,语言精练,平易自然。《朱子语类》卷一百三十九"论文"上:"欧公文亦多是修改到妙处。顷有人买(见)得他《醉翁亭记》稿,初说滁州四面有山，凡数十字，末后改定，只曰：'环滁皆山也'五字而已。饶录云：'有数十字序滁州之山。忽大圈了，一边注"环滁皆山也"一句。'"又如，用"翼然"把凌空而起的亭子比喻成展翅欲飞的鸟儿，"以一'翼'字，将亭之情，亭之景，亭之形象具写出，如在目前，可谓妙绝矣"（李腾芳《李文庄公全集》卷九）。全篇鲜见难字僻词，无一用典，骈散相间，错落有致，文气有缓有急，整齐中富于变化，读起来音韵铿锵，易于成诵。

最后，纡徐悠缓，一唱三叹。全文用了二十四个"而"字，读起来使人觉得在回环往复之中有勒有放，纡徐有致，还略带点咏叹的意味。又从头至尾用了二十一个"也"字，或表陈述，如"环滁皆山也"。或表判断，如"望之蔚然而深秀者，琅琊也"。或表感叹，如"在乎山水之间也"，"得之心而寓之酒也"。或表解释，如"作亭者谁？山之僧曰智仙也。名之者谁？太守自谓也"。"也"字的大量运用，读来使人感到不疾不徐，自然合拍，朗朗上口，娓娓动听，不仅构成曼声咏叹的韵致，而且形成与内容一致的语调上的节奏感。同时具有排比韵味，增强了文章的抒情气氛。王禹偁《黄州新建小竹楼记》也大量运用"也"字，王应麟《困学纪闻·杂识》说这种体例本于《周易》之《杂卦》，但像欧阳修这样通篇运用，而且又恰到好处，则绝无仅有。

千百年后的今天，《醉翁亭记》那清新明朗、悠然自适的心境，风流蕴藉、纡徐悠扬的情致，千回百转、适口悦耳的节奏，读来依然令人一唱三叹，感慨良多。

秋声赋

欧阳子方夜读书，闻有声自西南来者，悚然而听之[1]，曰：异哉！初淅沥以萧飒[2]，忽奔腾而砰湃[3]，如波涛夜惊，风雨骤至。其触于物也，鏦鏦铮铮[4]，金铁皆鸣。又如赴敌之兵，衔枚疾走[5]，不闻号令，但闻人马之行声。予谓童子："此何声也？汝出视之。"童子曰："星月皎洁，明河在天[6]，四无人声，声在树间。"

予曰："噫嘻悲哉！此秋声也，胡为而来哉？盖夫秋之为状也：其色惨淡[7]，烟霏云敛[8]；其容清明，天高日晶；其气栗冽[9]，砭人肌骨[10]；其意萧条，山川寂寥。故其为声也，凄凄切切，呼号愤发。丰草绿缛而争茂[11]，佳木葱茏而可悦[12]；草拂之而色变，木遭之而叶脱。其所以摧败零落者，乃其一气之余烈[13]。夫秋，刑官也[14]，于时为阴[15]；又兵象也[16]，于行用金[17]；是谓天地之义气，常以肃杀而为心[18]。天之于物，春生秋实，故其在乐也，商声主西方之音[19]，夷则为七月之律[20]。商，伤也，物既老而悲伤；夷，戮也，物过盛而当杀。

"嗟乎！草木无情，有时飘零。人为动物，惟物之灵[21]；百忧感其心，万事劳其形；有动于中，必摇其精[22]。而况思其力之所不及，忧其智之所不能；宜其渥然丹者为槁木[23]，黟然黑者为星星[24]。奈何以非金石之质，欲与草木而争荣？念谁为之戕贼，亦何恨乎秋声！"

童子莫对，垂头而睡。但闻四壁虫声唧唧，如助予之叹息。

【注释】

[1]悚然：惊惧貌。

[2]淅沥以萧飒：指雨声夹杂着风声。以，而。

[3] 砰湃：波浪汹涌声。

[4] 鏦（cōng）鏦铮铮：金属相击声。

[5] 衔枚：古代进军时，常令军士口中衔枚（形状像筷子），以防喧哗。

[6] 明河：天河。

[7] 惨淡：阴暗无色。

[8] 烟霏云敛：烟云密聚（阴晦的天气）。霏，纷飞貌。敛，聚。

[9] 栗冽：犹栗烈，寒冷貌。

[10] 砭：古代用以治病的石针，此处为针刺的意思。

[11] 缛：繁茂。

[12] 葱茏：草树繁盛貌。

[13] 一气：指秋气。余烈：余威。

[14] 夫秋，刑官也：周朝以天地四时之名命官（谓之六卿），司寇为秋官，掌管刑法、狱讼。（见《周礼·秋官·司寇》）审决死罪人犯也在秋天。（见《礼记·月令》）

[15] 于时为阴：古以阴阳配合四时，春夏属阳，秋冬属阴。《汉书·律历志上》："春为阳中，万物以生；秋为阴中，万物以成。"又《春秋繁露·阴阳义》："阴者，天之刑也。"

[16] 又兵象也：古代征伐，多在秋天，故云。《礼记·月令》载"孟秋月"，"天子乃命将帅，选士厉兵，简练桀俊，专任有功，以征不义"。《汉书·刑法志》："秋治兵以狝。"颜师古注："狝，应杀气也。"

[17] 于行用金：旧以五行（金、木、水、火、土）配四时，秋天属金。《礼记·月令》："某日立秋，盛德在金。"《汉书·五行志上》："金方，万物既成，杀气之始也。"

[18] "是谓"二句：《礼记·乡饮酒义》："天地严凝之气，始于西

南，而盛于西北，此天地之尊严气也，此天地之义气也。"孔颖达疏："西南，象秋始。"义气，节烈、刚正之气。

[19] 商声主西方之音：旧以五声（宫、商、角、徵、羽）配四时，秋天为商声。《礼记·月令》载孟秋、仲秋、季秋之月，"其音商"。西方，是秋天的方位。

[20] 夷则为七月之律：以十二律（黄钟、大吕、太簇、夹钟、姑洗、仲吕、蕤宾、林钟、夷则、南吕、无射、应钟）分配十二月，七月为夷则。（见《礼记·月令》）《史记·律书》："七月也，律中夷则。夷则，言阴气之贼万物也。"张守节《史记正义》引《白虎通》："夷，伤也；则，法也。言物始伤被刑法也。"

[21] "人为动物"二句：谓人在万物中特别具有灵性，不同于草木之无情。《尚书·泰誓上》："惟人万物之灵。"

[22] "百忧"四句：《庄子·在宥》："必静必清，无劳女形，无摇女精，乃可以长生。"此用其意而从反面说。摇其精，损害其精气。

[23] 渥然丹者为槁木：红润的容颜变为枯槁。《诗经·秦风·终南》："颜如渥丹。"渥丹，形容脸色红润。《庄子·齐物论》："形固可使如槁木，而心固可使如死灰乎？"

[24] 黟然黑者为星星：乌黑的须发变成白色。黟（yī），黑貌。星星，形容白发。谢灵运《游南亭》诗："戚戚感物欲，星星白发垂。"

【阐析】

第一段，写正要夜读，一片寂静中，忽闻有声自西南而来。"声"字点题，振起全篇；西南方，《太平御览》卷九引《易纬》："立秋，凉风至。"又注："西南方风。"这西南方来的声音暗指秋夜凉风。接着连设四喻，摹写"声"由小而大、由远渐近、喧而复静、来之又去，既运用象声词勾画听觉形象，又连用人所习闻的声音——风雨声、波涛声、金铁皆鸣声、人马行军疾走声，来比喻渲染，以唤起人们的联想。文章将不可捉摸的无形秋声写得宛然若在、呼之欲出，其手法是化虚为实。接下来作者让童子"汝出视之"，答曰"星月皎洁，明河在天，四无人声，声在树间"，天真而单纯，衬出欧阳子思绪的繁杂。全段由幽静到宕开笔锋奔腾喧响，再到收拢而归于悄然，已经是一波三折。

第二段，承童子语道出秋声，感慨一发而不可收。第一层，先写"秋之为状"，取汉赋写作"上下左右、东南西北"铺叙敷演的传统手法，从秋色、秋容、秋气、秋意四方面写"秋之为状"，其中色、容为实，气、意为虚，其手法是由实入虚。那秋色是惨淡的，那秋容显得凄清，那秋气寒到刺人肌骨，至于秋意，则萧条寂寞，仿佛万物生意已尽，山川也神态黯然。这一层写秋状，好像游离于题面"秋声"，其实，只是换了一个角度，改用烘托手法，以秋状写足秋声。因为，秋声来自秋风，风因空气流动的速度不同而有疾徐大小之别，又因流动的方向不同而有东西南北之分；如果风速风向相同，便很难说秋风与别的风有多大区别。用了"秋之为状"一加烘托，才显出秋风的独特性格、秋声的特殊情调。所谓"山之精神写不出，以烟霞写之；春之精神写不出，以草树写之"（刘熙载《艺概·诗概》）。正是此意。第二层，直写"秋之为声"，"凄凄切切，呼号愤发"，"草拂之而色变，木遭之而叶脱"，绿草丰茸、佳木葱茏，慑于秋气的威严而摧败凋零，把秋的肃杀之气使草木凋零之状，描绘得栩栩如生，与宋玉"悲哉，秋之为气也，萧瑟兮草木摇落而变衰"，有异曲同工之妙。第三层，改用刑官、兵象、音乐写秋之为心，借秋心进一步渲染秋声：秋为刑官、主兵象、于乐律为商（伤）声。作者于是发出愤激之言："是谓天地之义气，常以肃杀而为心";"物既老而悲伤……物过盛而当杀"。单从文字审视,调子未免低沉。实际上,此情此景,熔铸着作者真实的心理感受。以上三层从秋状、秋声、秋心三个角度,调动化虚为实、烘托象征等多种艺术手段,写秋之质,摄秋之魂,状难写之景如在目前,形成一种幽悄凄怆的意境。

第三段,宕开一笔,由草木转观人世:草木无情,尚且逢秋飘零,人为万物之灵,但却不能如草木一样,春风吹又生,何况百忧感心,万事劳形,则更何以堪?人之衰之颜,实由自身的忧思、万事的劳累造成,与秋声无关。所以,要想从根本上解脱悲秋,只有清心寡欲,知足保和,以达观自适的态度,看待万物有生必有死的不可扭转的客观规律。当然,这层意思,与弥漫全篇的悲凉的秋意相比,不仅隐晦,而且翻转得比较匆忙仓促,显得没有力量。

第四段,写尽管欧阳子滔滔宏论,陷入思考人生的叹息之中,而此时童子却漠然不动,"垂头而睡",二者形成鲜明的对比和映衬,这与李清照《如梦令》中主人担心"绿肥红瘦",而侍儿"却道海棠依旧",有异曲同工之妙。这里以童子的单纯无忧,再次衬出主人秋怀的纷繁复杂,与篇首遥相呼应。结尾二句,语意隽永,境界深远,余音袅袅,不绝如缕。

【赏评】

本赋作于宋仁宗嘉祐四年(1059),作者时年五十三岁。同年初秋,他还写过一首题作《夜闻风声有感奉呈原父舍人圣俞直讲》的五古,诗中所披露的作者的心态,可与《秋声赋》互为参照。

自从战国末年宋玉因秋悲思而作《九辩》以来,悲秋就成为封建时代文学作品中十分常见的题材之一。历代文人看到秋天万物凋零,一片肃杀景象,常常联想到自身的怀才不遇、仕途坎坷而生悲感。这篇抒情小赋沿承刘禹锡《秋声赋》之题,以秋声发端,描绘暮秋山川寂寥、草木零落的萧条景象,联系作者当时的境遇,可以体会到其言外忧国伤己的情怀。

其时作者虽然已经官居要职,但内心却常常十分迷惘、忧虑、惆怅、矛盾甚至痛苦,这些情绪,既非"贫士失职兮志不平"(宋玉《九辩》),也不是"少壮几时兮奈老何"(汉武帝《秋风辞》),而是饱经宦海风波,深感世路崎岖,看到自己一生致力于改变宋王朝贫弱积弊所做的百般努力已付诸东流而表现出的无可奈何的惋惜和忧国忧民的情怀;又看到年轻时踔厉风发,共同倡导诗文革新的挚友尹洙、苏舜钦、石延年、孙复等皆已凋亡,"庆历新政"的主持者范仲淹、杜衍也都物化,不禁凄然神伤,甚至产生"世路迫窄多阱机,鬓毛零落风霜摧"(梅尧臣《送陆子履学士通判宿州》)的感慨。尽管作者力求通过理性的反思,来超然物外,消解悲凉,但在读者的心中,却始终萦绕着一种挥之不去的无边秋意。不过,最易打动我们心弦的往往是那些令人伤感的情思,所谓"愁苦之音易好"(陈兆仑《紫竹山房集》卷四《消寒八咏序》)。此赋也不例外。

本赋文字优美警策,描写如诗如画,渲染出寂寥空远的意境,把我们引向天高气爽的秋空,使人浮想联翩,遐思无穷。在体式上,它大胆尝试以散文作赋,以散句始,以散句终,文中以散文为主,杂以骈偶、韵语的变体,形成散文化流畅自然之美;用韵不像骈赋、律赋那样严格规整,而以尾韵为主,穿插句首、句中之韵,既达到协韵目的,又体现句式散文化的灵活自由,成就了一种兼有韵文与散文之佳胜的新的赋体——文赋,为魏晋至唐五代以来赋体的发展开辟了新的途径。宋代陈善《扪虱新话》云:"以文体为诗,自退之始;以文体为四六,自欧阳公始。"清代储欣《六一居士全集录》卷一称《秋声赋》乃"赋之变调,别有文情。赋至宋代几亡矣,此文殊有深致",铃木虎雄《赋史大要》谓欧阳修"自律赋除去排偶、限韵两拘束","成文赋开山之功",信非溢美之辞。

  这篇文赋在遣词造句上,精心锤炼,颇见斟酌之功。南宋周必大在校勘《欧阳文忠公集》后记中述及:"前辈尝言,公作文揭之壁间,朝夕改定。今观手定《秋声赋》凡数本……而用字往往不同。"可见《秋声赋》在艺术上的成功绝非偶然。

苏洵

六国论

六国破灭[1],非兵不利,战不善,弊在赂秦[2]。赂秦而力亏[3],破灭之道也。或曰:"六国互丧,率赂秦邪[4]?"曰:"不赂者以赂者丧。盖失强援,不能独完[5],故曰弊在赂秦也。"

秦以攻取之外,小则获邑,大则得城,较秦之所得,与战胜而得者,其实百倍[6];诸侯之所亡,与战败而亡者,其实亦百倍。则秦之所大欲,诸侯之所大患,固不在战矣。思厥先祖父[7],暴霜露[8],斩荆棘,以有尺寸之地。子孙视之不甚惜,举以与人,如弃草芥[9]。今日割五城,明日割十城,然后得一夕安寝。起视四境,而秦兵又至矣!然则诸侯之地有限,暴秦之欲无厌,奉之弥繁,侵之愈急,故不战而强弱胜负已判矣。至于颠覆,理固宜然。古人云:"以地事秦,犹抱薪救火,薪不尽,火不灭。"[10]此言得之。

齐人未尝赂秦,终继五国迁灭[11],何哉?与嬴而不助五国也[12]。五国既丧,齐亦不免矣。燕赵之君,始有远略,能守其土,义不赂秦。是故燕虽小国而后亡,斯用兵之效也。至丹以荆卿为计,始速祸焉[13]。赵尝五战于秦,二败而三胜[14]。后秦击赵者再,李牧连却之[15]。洎牧以谗诛,邯郸为郡[16],惜其用武而不终也。且燕赵处秦革灭殆尽之际[17],可谓智力孤危,战败而亡,诚不得已。向使三国各爱其地[18],齐人勿附于秦,刺客不行[19],良将犹在[20],则胜负之数,存亡之理,与秦相较,或未易量[21]。

呜呼!以赂秦之地,封天下之谋臣;以事秦之心,礼天下之奇才;并力西向[22],则吾恐秦人食之不得下咽也[23]。悲夫!有如此之势,而为秦人积威之所劫[24],日削月割,以趋于亡,为国者无使为积威之所劫哉[25]!

夫六国与秦皆诸侯,其势弱于秦,而犹有可以不赂而胜之之势;苟以天下之大,而从六国灭亡之故事[26],是又在六国下矣!

【注释】

[1] 六国:指战国时的燕、赵、齐、楚、韩、魏六个国家。

[2] 弊在赂秦:谓六国破灭,弊病在于贿赂秦国,这里指用割地的办法来讨好秦国。

[3] 赂秦而力亏:语义本于《战国策·魏策》:"苏子(秦)为赵合纵说魏王曰:'……夫事秦必割地效质,故兵未用而国已亏矣。'"亏,缺,损。

[4] 率:通常,大率,引申为一概、都。

[5] 独完:独自保全。

[6] 实:果实。指受赂得来的城邑数量。

[7] 厥先祖父:他们的先人、祖父和父亲。厥,其,他们。

[8] 暴:暴露。

[9] 如弃草芥:谓轻弃不爱惜。《方言》:"芥,草也。"

[10] "古人云"五句:《战国策·魏策》:"孙臣谓魏(安釐)王曰:'……以地事秦,譬犹抱薪而救火也,薪不尽,则火不止。今王之地

有尽,而秦之求无穷,是薪火之说也。'"又《史记·魏世家》:"苏代谓魏(安釐)王曰:'且夫以地事秦,譬犹抱薪救火,薪不尽,火不灭。'"皆为引语所本。

[11] 迁灭:灭亡。古代灭人国家,皆迁去其传国重器,故曰迁灭。《孟子·梁惠王下》:"迁其重器。"

[12] 与嬴:犹言亲秦。《管子·霸言》尹知章注:"与,亲也。"嬴,秦王之姓,此作为秦的代称。

[13] "至丹以荆卿为计"二句:谓至太子丹命荆轲施行刺之计,乃招亡国之祸。丹,燕太子丹。荆卿,即荆轲。司马贞《史记索隐》:"卿者,时人尊重之号。"秦已灭韩、赵,祸将至燕。始皇帝二十年(前227),燕太子丹遣荆轲以樊於期首及燕督亢地图献于秦,因袭刺秦王,不中,轲被杀。秦王大怒,益发兵伐燕,翌年拔燕都。燕王喜奔辽东,杀丹以献于秦。后五年(前222),卒灭燕。(见《史记·燕世家》及《刺客列传》)速祸,招祸。《左传·隐公三年》:"去顺效逆,所以速祸也。"

[14] "赵尝五战于秦"二句:《战国策·燕策》:"苏秦将为从(纵),北说燕文侯曰:'……秦赵五战,秦再胜而赵三胜。'"为此二句所本。按,苏秦所言非实事。鲍彪注:"设辞也。"

[15] "后秦击赵者再"二句:李牧,赵国良将。赵王迁二年(前234),秦破赵,杀赵将,斩首十万。翌年,李牧为大将军,击秦军于宜安(在今河北石家庄市藁城区西南),大破之。四年(前232),秦攻番吾(今河北平山县南),牧又击破之。(见《史记·赵世家》及《廉颇蔺相如列传》)却,退,击退。

[16] "洎牧以谗诛"二句:谓等到李牧受谗被杀,赵亦遂亡。赵王迁七年(前229),秦使王翦攻赵,赵使李牧、司马尚御之。秦行贿于赵王宠臣郭开,使进谗言,谓李牧等将反。翌年,赵王使人捕斩李牧,废司

马尚。后三月，王翦急攻赵，大破之，虏赵王迁，遂灭赵。（见《史记·赵世家》及《廉颇蔺相如列传》）洎，及，等到。邯郸，赵都，故城在今河北邯郸市西南。邯郸为郡，谓赵亡后，秦以其地置邯郸郡。

［17］燕赵处秦革灭殆尽之际：秦虏赵王迁、陷邯郸后，赵公子嘉立为王，王于代（今山西东北部及河北蔚县一带），始皇帝二十五年（前222），始与燕同被灭。时韩、魏、楚皆已亡，故云。革灭，犹言除灭。《周易·杂卦传》："革，去故也。"

［18］向使：假使，如果。三国：指韩、魏、楚。

［19］刺客不行：指燕不遣荆轲行刺。

［20］良将犹在：谓李牧不被诛杀。《史记·廉颇蔺相如列传》："李牧者，赵之北边良将也。"

［21］或未易量：或许未可轻易估量（即下结论），意谓六国不一定会败亡。

［22］并力西向：谓合六国之力而西向抗秦。

［23］食之不得下咽：犹言寝食不安，内心惶恐。

［24］为秦人积威之所劫：谓六国被秦国积渐之威所挟制。劫，威逼，控制。

［25］为国者：治理国家的人。

［26］"苟以"二句：谓如果以天下之大，而蹈六国赂秦而亡的覆辙。故事，旧事，前例。

【阐析】

第一段，斩钉截铁地提出全文的中心论点，然后以两个分论点来展开论证：一、赂秦者，因力亏而破灭；二、不赂秦者，因赂者而破灭。

第二段，阐述第一个分论点，针对韩、魏、楚三国，从正面论述赂秦必亡。先摆出秦"战胜而得"与诸侯"战败而亡"的事实，从正反两方面对比论证，突出强调"秦之所大欲"与"诸侯之所大患，固不在战"的论断，既照应开头，又为下文进一步论证做好准备。接下来，从"思厥先祖父"到"而秦兵又至矣"数句，虽是想象之辞，但形象地说明诸侯之地得来不易，然而他们为苟安一时，却轻易地拱手与人。这样，非但不能保全自己，反而加深了敌人的侵吞欲壑，遗患无穷。接着，运用推理得出结论："诸侯之地有限，暴秦之欲无厌，奉之弥繁，侵之愈急，故不战而强弱胜负已判矣。"接着下一肯定判断：导致国家最终破灭，是必然的。最后又引用古人的话"以地事秦，犹抱薪救火，薪不尽，火不灭"，作比喻论证，既补充上文的论证，又含有收束之意，而且使论证深入浅出，具有更强的说服力。

第三段，阐述第二个分论点，针对齐、燕、赵三国，论述不赂秦则国未必亡。第一层论齐国，虽"未尝赂秦"，但它亲近秦国而不联合五国，所以，五国一旦破灭，它就必然要被无厌的暴秦所灭。第二层分别论证"燕赵之君"的"义不赂秦"。这两国都能用兵守土抗秦，保全国家，但由于燕丹"以荆卿为计"，因而导致灭亡；同样，由于赵国李牧被杀，自坏长城，结果也是国家灭亡。况且燕赵两国"处秦革灭殆尽之际"，"智力孤危"没有援助，确实是在不得已的情况下"战败而亡"的。最后，"向使三国"几句，以假设之因得出假设之果，归纳二、三段对分论点的论证。

第四段，提出假设之后，又针对六国破灭的教训，为之设图存之计：一、重用谋臣，"以赂秦之地，封天下之谋臣"；二、礼贤下士，"以事秦之心，礼天下之奇才"；三、六国联合，"并力西向"。《三苏文范》卷二引陶望龄评曰："封谋臣，礼贤才，以并力西向……可谓至论。"

第五段，抒发感慨，借古讽今，透露写这篇史论的本意。把宋王朝同六国作比较：六国皆诸侯，势弱于秦，犹可"不赂而胜"；宋王朝据有天下，如果重蹈六国覆辙，可谓连六国也不如。《三苏文范》卷二引袁宏道评曰："末影宋事，尤妙。"妙就妙在引而不发，点到为止，给读者留下思考的余地。

【赏评】

苏洵（1009—1066），字明允，旧传号老泉，今人已订其误。眉州眉山（今属四川）人。二十七岁始发愤读书，攻读六经及百家之说，考证古今治乱之迹。宋仁宗庆历七年（1047），举进士及茂才异等，皆不中，归而尽焚前所为文，闭户苦学，遂通六经、百家之说。嘉祐元年（1056），带领苏轼、苏辙兄弟入京考试，拜谒文坛盟主欧阳修，修代其上所著《几策》《权书》《衡论》二十二篇于仁宗，从此名噪文坛，声闻海内。因欧阳修的荐举，除秘书省校书郎，后为霸州文安县（今河北文安）主簿，预纂《太常因革礼》，书成而卒，享年五十八岁。洵深通《孟子》《战国策》，为文纵厉，策论尤长。与其子轼、辙合称"三苏"，俱被列入"唐宋八大家"。曾巩称其文："烦能不乱，既能不流。其雄壮俊伟，若决江河而下也；其辉光明白，若引星辰而上也。"（见《苏明允哀词》）有《嘉祐集》。

本文作于嘉祐元年（1056），是欧阳修代苏洵所上《权书》的第八篇。"三苏"父子均有同题之作。文中论述六国破灭，弊在赂秦，意在借古喻今，对于宋代统治者自真宗景德元年（1004）"澶渊之盟"以来对辽国、西夏岁输银绢，屈辱妥协的政策，进行讽喻，具有强烈的现实意义。为六国划策，也正是对当局进谏。正如明代"前七子"领袖之一何景明所说："老泉论六国赂秦，其实借论宋赂契丹之事，而卒以此亡，可谓深

谋先见之识矣。"（高步瀛《唐宋文举要》甲编卷八，中华书局本第965页引）

  文章不仅立论高卓，而且论证精审透彻，行文干练老辣，措辞斩钉截铁，具有不可辩驳的说服力。其论辩气势，如江河决口，滔滔汩汩，奔腾上下，颇有战国策士之风。排比句的运用，更使文章气势纵横，舒卷自如。作为一篇史论文章，其谋篇布局也极具匠心。先开门见山，点明主旨。"弊在赂秦"四字，片言居要，而"赂"字更为一篇之警策。然后，针对六国不同情形，分别从"赂秦而力亏""不赂者以赂者丧"两层加以论证，继而为六国谋划，提出封谋臣、礼奇才、并力西向的强国之策。最后，向宋朝廷发出语重心长的告诫，与开头呼应。全文结构严整，文脉清晰。

  本文的成功还得益于多种修辞手段的运用：一、运用设问，使立论周密。如："六国互丧，率赂秦邪？"二、善用夸张，增强感染力。如："今日割五城，明日割十城，然后得一夕安寝。"三、巧用比喻，使说理透彻。如："以地事秦，犹抱薪救火，薪不尽，火不灭。"四、对比鲜明，使论证有力。如："秦之所得，与战胜而得者，其实百倍；诸侯之所亡，与战败而亡者，其实亦百倍。"

周敦颐

爱莲说

水陆草木之花,可爱者甚蕃[1]。晋陶渊明独爱菊;自李唐来,世人甚爱牡丹;予独爱莲之出淤泥而不染,濯清涟而不妖,中通外直,不蔓不枝,香远益清,亭亭净植,可远观而不可亵玩焉[2]。予谓菊,花之隐逸者也;牡丹,花之富贵者也;莲,花之君子者也。噫!菊之爱,陶后鲜有闻。莲之爱,同予者何人?牡丹之爱,宜乎众矣!

【注释】

[1]蕃:多。

[2]亵:亲近而不庄重。

【阐析】

本文的结构可以概括为一条线索,两个陪衬,三种类型。一条线索就是"爱"这个主观感情,全文"爱"字出现七次。两个陪衬就是菊、牡丹,一正衬,一反衬。三种类型就是三种花象征人世中的三种人,三种爱象征三种生活态度:菊迎风斗霜,在花草凋零的秋天独放幽香,象征孤高自傲、避居山林的"隐逸者"。文中用陈述句("菊之爱,陶后鲜有闻"),表达对菊及爱菊者并不反感,只是慨叹真正隐逸之士极少。牡丹色彩绚丽,妩媚娇艳,象征富贵荣华、位高禄厚的"富贵者"。文中用感叹句（"牡丹之爱，宜乎众矣"），表达对牡丹及爱牡丹者的厌恶鄙弃，讽刺贪图富贵、追求名利的世态。莲清劲坚贞，卓然独立，象征举止端庄、人格高尚的"君子者"。文中用疑问句（"莲之爱，同予者何人"），借反问语气感慨君子太少。最后三句，将次序调整为菊、莲、牡丹，使褒贬爱憎更鲜明。

"淤泥"和"清涟"是莲花的生长环境；"中通外直，不蔓不枝"指莲花的体态；"香远益清"指莲花的香味；"亭亭净植"指莲花的整个形体姿态；"可远观而不可亵玩"是从观赏者的角度，写她的清高风度。正因为莲花具有不染、不妖、不蔓不枝等高贵的气质，才会让人肃然起敬。前六个短语是从莲花自身而言，最后一个短语则是从观者的感受来说的。

【赏评】

周敦颐（1017—1073），"先名敦实，因英庙旧名改，后名惇颐，又以光宗御名（赵惇）改"（《贵耳集》卷上），字茂叔，道州营道（今湖南道县）人。世居道州濂溪，后筑室庐山莲花峰下的小溪上，故又名其居为濂溪，世因称之为濂溪先生。以荫补官，官至知南康军。他素来被看作理学的开山祖师，他的贡献之一是吸收道教思想资源，提出关于简明扼要的宇宙生成模式的学说，认为宇宙的本源是太极，太极的动和静产生出阴阳，阴阳二气交互作用生成金木水火土五种物质元素，它们的互相推移转变，造就了气象万千的物质世界。他的另一贡献是吸收佛教思想，提出宋明理学的"心性义理"主题。

本文作于嘉祐八年（1063）周敦颐任虔州（今江西赣州）通判时，宋代度正《濂溪先生周元公年表》云："嘉祐八年癸卯，先生时年四十七……仍通判虔州……五月作《爱莲说》。"据朱熹《跋〈爱莲说〉》，可知周敦颐的故宅不仅以"爱莲"命其所寓之室，还筑有爱莲亭、爱莲池，且将此说刻于壁间。赣州市内旧有爱莲池和爱莲书院，均为纪念周敦颐而建。

本文语言平浅晓畅，古朴自然，句式灵活，排比、对偶的整句与散句错落有致。当略者，寥寥数语，简练明快；当详者，细心勾画，绘形绘色。叹古人，句式平实稳妥，有"俱往矣"的意味；叹自身，用反问句，有知音难觅的感伤；叹世人，则用感叹句，把鄙夷不屑之情，通过一个"宜"字宣泄了出来。

全文虽只有短短119字，但意境高远，主旨鲜明，且文采斐然，写尽君子之风。文中之莲，实为周敦颐一生人格的写照。为使文章含蓄而不隐晦，言简而意自明，作者充分调动排比、对比、烘托、设问、比喻、拟人等修辞手段。如结尾时，作者以"噫"这个感叹词起领，引出三个排比句，一陈述，一设问，一感叹，句式同中见异，变化有致，文章至此戛然而止，言尽而意未尽，表现出在篇章语言上的鲜明特点：简洁洗练中寄寓着丰富的感情，平稳恬静中蕴藏着深厚的功力。

曾巩

战国策目录序

刘向所定《战国策》三十三篇[1],《崇文总目》称第十一篇者阙[2]。臣访之士大夫家,始尽得其书,正其误谬,而疑其不可考者,然后《战国策》三十三篇复完。

叙曰:向叙此书,言"周之先,明教化,修法度,所以大治;及其后,谋诈用,而仁义之路塞,所以大乱"[3],其说既美矣。卒以谓"此书战国之谋士度时君之所能行,不得不然"[4],则可谓惑于流俗,而不笃于自信者也。

夫孔、孟之时,去周之初已数百岁,其旧法已亡,旧俗已熄久矣[5]。二子乃独明先王之道[6],以谓不可改者,岂将强天下之主以后世之所不可为哉?亦将因其所遇之时、所遭之变而为当世之法,使不失乎先王之意而已?二帝三王之治[7],其变固殊,其法固异,而其为国家天下之意,本末先后,未尝不同也。二子之道,如是而已。盖法者,所以适变也,不必尽同;道者,所以立本也,不可不一。此理之不易者也。故二子者守此,岂好为异论哉?能勿苟而已矣。可谓不惑乎流俗而笃于自信者也。

战国之游士则不然[8]。不知道之可信,而乐于说之易合。其设心注意[9],偷为一切之计而已[10]。故论诈之便而讳其败,言战之善而蔽其患。其相率而为之者，莫不有利焉，而不胜其害也；有得焉，而不胜其失也。卒至苏秦、商鞅、孙膑、吴起、李斯之徒，以亡其身[11]；而诸侯及秦用之者，亦灭其国。其为世之大祸明矣，而俗犹莫之寤也[12]。惟先王之道，因时适变，为法不同，而考之无疵，用之无弊。故古之圣贤，未有以此而易彼也。

或曰："邪说之害正也[13]，宜放而绝之[14]。则此书之不泯，其可乎？"对曰："君子之禁邪说也，固将明其说于天下，使当世之人皆知其说之不可从，然后以禁，则齐[15]；使后世之人皆知其说之不可为，然后以戒，则明，岂必灭其籍哉？放而绝之，莫善于是。是以孟子之书，有为神农之言者，有为墨子之言者，皆著而非之[16]。至于此书之作，则上继春秋，下至楚汉之起，二百四十五年之间，载其行事，固不可得而废也。"

此书有高诱注者二十一篇[17]，或曰三十二篇，《崇文总目》存者八篇，今存者十篇云。

【注释】

[1] 刘向：字子政，西汉元帝时官中垒校尉，善文辞。曾领校秘阁所藏五经秘书，集先秦人所记战国时事，得三十三篇，并成一编，名曰《战国策》，并为作《书录》。

[2]《崇文总目》称第十一篇者阙：《崇文总目》，宋仁宗时诏翰林学士王尧臣等撰成，于庆历元年（1041）呈进，总为六十六卷。（见《文献通考》卷二一二）后全书不行，清钱东垣等辑成《辑释》五卷，《补遗》一卷。卷二释《战国策》（八卷）云："今篇卷亡阙，第二至三十一至三阙。又有后汉高诱注本二十卷，今阙第一、第五、十一至二十，止存八

卷。"

[3] 向叙此书：指刘向所作《战国策书录》。以下八句，系檃栝《书录》前半篇文意而成。

[4] "卒以谓"二句：刘向《战国策书录》的原文是："战国之时，君德浅薄，为之谋策者，不得不因势而为资，据时而为画。故其谋扶急持倾为一切之权，虽不可以临教化，兵革救急之势也；皆高才秀士，度时君之所能行，出奇策异智，转危为安，运亡为存，亦可喜。皆可观。"以谓，犹以为。王念孙曰："谓，犹为也。"（见《经传释词》卷二引）度，忖度。

[5] 旧俗已熄：谓旧时习俗已告消亡。熄，止、灭之意。

[6] 二子：指孔、孟。先王之道：指尧、舜、禹、汤、文、武的治道。

[7] 二帝三王：古儒者以唐尧、虞舜为二帝。夏禹，商汤，周文、武三代之王为三王。

[8] 游士：游说之士。

[9] 设心注意：犹言用心措意。

[10] 偷为一切之计：苟且为权宜之计，不作长久打算。偷，苟且。《汉书·平帝纪》颜师古注："一切者，权时之事，非经常也。犹以刀切物，苟取整齐，不顾长短纵横，故言一切。"

[11] 苏秦：东周洛阳（今河南洛阳东）乘轩里人，学于鬼谷子，习纵横术。说燕、赵诸国使合纵以抗秦，得六国相印，为纵约长。后至齐，齐宣王以为客卿。齐大夫参与秦争宠，使人刺杀之。事见《史记·苏秦列传》。商鞅：战国卫人，公孙氏。少好刑名之学。以霸道说秦孝公，居五年，而秦国富强。后封之于商、於十五邑，号为商君。相秦十年，宗室贵戚多怨恨鞅。孝公卒，太子立。公子虔之徒，告鞅将反，发吏捕之。鞅亡

走魏，魏人勿纳。复入秦，走商邑。终为秦攻杀于郑黾池（故址在今河南渑池县西）。事见《史记·商君列传》。孙膑：战国齐人，孙武的后裔。与庞涓俱学兵法。庞涓后为魏惠王将军，自以为能不及膑，嫉之。使人召膑至魏，处以膑刑。事见《史记·孙子吴起列传》。膑虽未亡身，而残其躯体，故亦并及。吴起：战国卫人，善用兵。魏文侯以为将，使守西河，以拒秦、韩。文侯卒，子武侯立，疑起，起遂去而之楚。楚悼王以为相。悼王死，宗室大臣作乱，攻吴起，射杀之。事见《史记·孙子吴起列传》。李斯：楚上蔡（今河南上蔡西南）人。秦王政用其计谋，竟并天下，为始皇帝；以李斯为丞相。始皇崩，斯与赵高谋，共立胡亥为太子。太子立为二世皇帝，斯受赵高谮，于秦二世二年七月，被腰斩于咸阳。（见《史记·李斯列传》）

[12] 寤：通"悟"，觉、晓之意。

[13] 邪说：古代儒家以杨朱、墨翟等非儒家之言为邪说。《孟子·滕文公下》："杨、墨之道不息，孔子之道不著，是邪说诬民，充塞仁义也。"此指战国游士之说。

[14] 放而绝之：谓予以弃绝。

[15] 齐：全，全面。

[16] "是以孟子之书"四句：《孟子》记楚人许行，为神农之言（古代传说神农始教民为耒耜，播百谷，为农业创始者），主张君民并耕而食，无贵贱上下之分。孟子辟其说，认为治天下，不可耕且为；并斥许子之道为"相率而为伪"。《孟子》又记墨者夷之，求见孟子。孟子对墨家兼爱、薄葬之说，深加驳斥。并见《孟子·滕文公上》。

[17] 高诱：东汉人。

【阐析】

除首段简叙访书校书，末段考录注本存佚外，中间四段都是驳议，驳斥刘向在《战国策书录》中肯定战国谋士救急作用的观点。

第二段，可分为两层，"其说既美矣"之前为第一层，欲抑先扬。"卒以谓"以下是第二层，先用十几个字概括刘向文章最后一段的大意，然后加以判断："可谓惑于流俗，而不笃于自信。"这一层是文章的主旨。

第三段，作正面论述。以孔孟之道及二帝三王之治为例，反复阐明"法以适变，不必尽同；道以立本，不可不一"这一"不易"之理，为全文的议论奠定了基础。刘向自认为是信奉孔子之道的，所以用孔、孟和刘向作对比。这一段分三层，层层深入。段首至"使不失乎先王之意而已"为第一层，从孔、孟所处的时代说到他们的坚持"独明先王之道"的理由。第二层，阐明二帝三王的治国之道有变有不变的道理。"盖"字以下为第三层，从"法"与"道"的关系，进一步阐明第二层的精神。这一段议论精湛，结构紧密，环环相生，而又能开合自如，是本文最精彩的部分，从中可看出曾巩"长于经术"的特点。

第四段，是反面论证。列叙战国游士苟且欺诈的作风，用历史事实说明他们是"世之大祸"，从而进一步证明，只有先王之道才是完善无弊的，因而也是不可改易的。第一句引起全段，然后分析他们的基本出发点："设心注意，偷为一切之计。""偷"就是苟且，和上段的"勿苟"正好相反。接着用"故论诈之便而讳其败，言战之善而蔽其患"两句对他们的表现做出高度概括。"其相率"以下数句，说明"得不偿失"、亡国灭身的严重后果，结以"其为世之大祸明矣"，并慨叹"而俗犹莫之寤也"。以上为第一层，从理论到实践批判战国游士的危害，表明其说不可从。自"惟"字起为第二层，和上一层对比，以申述第三段的论点，说明孔、孟等古之圣贤从来没有用游士之说来代替先王之道的，这样刘向的"惑于流俗，而不笃于自信"之误便不言自明。

第五段，先以"或曰"提出问题，再用"对曰"阐明正确的"禁邪说"之法，应是分析批判它的危害，使人们明白它的不可从，而不是"灭其籍"。然后又举《孟子》为证，这是一层。下面再从史料价值说明《战国策》"固不可得而废也"，也见出首段所述的访书校书之必要。

【赏评】

曾巩（1019—1083），字子固，南丰（今属江西）人，出身于一个世代书香的官宦家庭，自幼聪慧，又用功甚勤，发奋上进。嘉祐二年（1057），欧阳修奉诏主持礼部贡举，改革考试文体文风，曾巩与苏轼兄弟一道得中进士，时年三十九岁。曾奉召编校史馆书籍，多次在朝廷和地方任职，颇有政声。元丰三年，留三班院供事。元丰五年，擢拜中书舍人，次年卒于江宁（今南京）。他自称"迂阔"，儒学正统气味较重。所为古文"本原六经，斟酌于司马迁、韩愈"（《宋史》本传）。实际上他既没有司马迁对历史人物的批判态度，也很少有韩愈那针对现实不平则鸣的精神，因此他的作品以"古雅""平正"见称，而缺乏新鲜感或现实感。曾巩的文名在当时仅次于欧阳修，风格也和欧阳修相近。为文平易畅达，叙事议论，委曲周详，词不迫切，而思致明晰。曾巩还致力于整理古籍，校勘《战国策》《说苑》《列女传》《李太白集》和《陈书》等。有《元丰类稿》。

本文是曾巩编校馆阁书籍时所作。主旨是驳斥刘向《战国策书录》所称"战国之谋士度时君之所能行，不得不然"的说法，进而提出"法以适变，不必尽同；道以立本，不可不一"的论点，并阐明儒家所尊先王之道的因时适变，远胜于游士之说。这在一定程度上，反映了作者对当时在位者的因循苟且的不满，主张在"合乎先王之意"的前提下进行改革的愿望。

这篇序文议论正大，观点精湛，笔锋犀利，结构谨严，对战国策士的祸害，分析得透彻而又切实。其论述，既有原则立场，又有辩证态度；破得充分，立得牢靠。而语气从容不迫，以理服人。在论述中，善用对比手法，如说孔孟"不惑乎流俗而笃于自信"，刘向却"惑于流俗，而不笃于自信"；孔孟"明先王之道不可改"，因而"能勿苟"，战国游士却"不知道之可信，而乐于说之易合"等。通过这些对比，使得刘向之谬、游士之失昭然若揭。

此文"英爽轶宕"（王遵严评语），受到桐城派的开山祖方苞的高度评价："此篇及《列女传》《新序》目录序尤胜，淳古明洁，所以能与欧（阳修）、王（安石）并驱，而争先于苏氏（轼）。"（高步瀛《唐宋文举要》甲编卷七，中华书局本第822页引）

墨池记

临川之城东，有地隐然而高[1]，以临于溪，曰新城。新城之上，有池洼然而方以长[2]，曰王羲之之墨池者[3]，荀伯子《临川记》云也[4]。羲之尝慕张芝，临池学书，池水尽黑[5]，此为其故迹，岂信然邪？方羲之之不可强以仕，而尝极东方，出沧海，以娱其意于山水之间[6]；岂其徜徉肆恣[7]，而又尝自休于此邪？羲之之书，晚乃善[8]，则其所能，盖亦以精力自致者[9]，非天成也。然后世未有能及者，岂其学不如彼邪？则学固岂可以少哉！况欲深造道德者邪[10]？

墨池之上，今为州学舍，教授王君盛恐其不章也[11]，书"晋王右军墨池"之六字于楹间以揭之[12]。又告于巩曰："愿有记。"推王君之心，岂爱人之善，虽一能不以废，而因以及乎其迹邪？其亦欲推其事以勉其学者邪[13]？夫人之有一能，而使后人尚之如此[14]，况仁人庄士之遗风余思[15]，被于来世者如何哉[16]！

庆历八年九月十二日，曾巩记。

【注释】

[1] 临川：宋时江南西路抚州治所，今江西抚州。隐然而高：稍微隆起。

[2] 洼然：低下之状。方以长：谓作长方形。以，而。

[3] 王羲之：字逸少，晋琅邪临沂（今属山东）人。善隶草，笔势飘若游云，矫若惊龙。官至右军将军、会稽内史，世称王右军。

[4] 荀伯子《临川记》：荀伯子，南朝宋颍川颍阴（今河南许昌）人。好学，博览经传。为尚书左丞，出补临川内史。（见《宋书》本传）著《临川记》六卷。乐史《太平寰宇记》卷一一〇载："荀伯子《临川记》云：'王羲之尝为临川内史，置宅于郡城东高坡，名曰新城。旁临回溪，特据层阜，其地爽垲，山川如画。今旧井及墨池犹存。'"

[5] "羲之"三句：张芝，字伯英，东汉弘农（今河南灵宝）人。他练习书法，用家里的衣帛做材料，书写后，煮缣使之洁白柔软。临池学书，池水尽黑。人称草圣。（见《三国志·魏志·刘劭传》注引《文章叙录》）王羲之深慕张芝草书，曾说：张芝临池学书，池

水尽黑，如果人都能像他这样痴迷，未必有逊于他。（见《晋书》本传）

[6]"方羲之"四句：骠骑将军王述，少有名誉，与王羲之齐名，而为羲之所轻。羲之任会稽内史时，述为扬州刺史，检察会稽郡刑政，羲之深以为耻，即称病去职，并在父母墓前自誓不再出仕。从此隐居会稽山阴（今浙江绍兴），与东土人士纵情山水，以弋钓为娱，并遍游附近诸郡，穷名山，泛沧海，自谓"我卒当以乐死"（《晋书》本传）。强以仕，勉强做官。极，穷尽。

[7]徜徉肆恣：谓纵情游览。徜徉，游逛。《广雅·释训》："徜徉，戏荡也。"肆恣，放纵，不受拘束。

[8]"羲之"二句：羲之早年书法，并不胜过同时的庾翼等。到晚年才精妙绝伦，庾翼见其所作章草，叹为"焕若神明，顿还（张芝）旧观"（见《晋书》本传）。

[9]以精力自致：用自己的精力去努力达到。

[10]深造道德：谓在道德修养上有很高的造诣。造，成就。

[11]州学舍：指抚州州学学舍。教授：宋代路学、州学中主管生员教学的官员，此指州学教授。（见《宋史·职官志七》）不章：不为人们所知。章，同"彰"，显著。

[12]楹：房屋前面的柱子。揭：标识。

[13]推其事：推广王羲之勤学苦练的事迹。

[14]尚：推重。

[15]仁人庄士：旧时指修德行仁、端庄有道的人。遗风余思：指留存于后人心中的德行典范。

[16]被：及，影响到。

【阐析】

第一段，从临川城东传说中的大书法家王羲之的墨池谈起，在略记墨池的地点、形状、来历之后，把笔锋转向探讨王羲之书法取得卓越成就的原因，引出王羲之的书法成就并非"天成"，乃是"精力自致"的结果。接着，作者由此生发开来，进一步引申推论：学习书法如此，要想提高个人的道德修养也需这样，勉励后学为"深造道德"，而勤奋学习。

第二段，在述作记缘由中提出两个"猜测"：一个是"岂爱人之善，虽一能不以废，而因以及乎其迹邪"，一个是"其亦欲推其事以勉其学者邪"。接着指出，"人之有一能"，尚且为后人追思不已，何况"仁人庄士之遗风余思"，当更会永远沾溉后世，提示读者要刻苦学习的是仁人君子们留下的风尚和美德，即"道"。作者的着眼点显然在"深造道德"，而不在于劝人具有"一能"上。曾巩从欧阳修为文，主张先道德而后文学和"文以明道"，把欧阳修的"事信""言文"观点推广到史传文学等广泛的创作领域，其散文重道而不轻文，但比起欧阳修更注重道，从《墨池记》中亦可见一斑。

【赏评】

本文是宋仁宗庆历八年（1048）作者应临川州学教授王盛的请求而作。它是曾巩流传最广的作品，文章借王羲之临池学书之事，来揭示"勉学"的主旨。其结构采用双线交错递进的方式。一条线是叙事的转换，从王羲之墨池故迹到当今墨池边上的州学学舍；另一条线是论点的层层推进。这两条线紧密结合。文章边叙边议，层层生发，纵横开阖，曲折尽意，使结构既严谨又流畅，章法既简洁又细密。第一段连用四个问句"岂信然邪""岂其徜徉肆恣，而又尝自休于此邪""岂其学不如彼邪""况欲深造道德者邪";第二段则用两个问句"岂爱人之善,虽一能不以废,而因以及乎其迹邪""其亦欲推其事以勉其学者邪":这几个问句,在严谨的行文思路中层层而进,由具体的书法才艺,一直推进到"深造道德""以勉学者""被于来世"的道德修养。文章一面记事,一面议论,即事生情,写得委婉含蓄,一唱三叹,"数十字有无数曲折,极似临川,而曾无其拗折之态,从容不迫是曾独擅"(《纂评唐宋八大家文读本》卷八山阳评语)。

本文虽以"记"为名,但借事立论,实际上是一篇内容精警的议论文,其篇幅短小,而中心明确,层次清晰,词旨高远,见识精妙,即小见大,开拓深宏。句式多作诘问唱叹,似论辩,实劝勉,使文章笔调显得纡徐往复,委婉有致,充分体现了曾巩散文的风格。曾巩说过:"夫道之大归非他,欲其得诸心,充诸身,扩而被之国家天下而已,非汲汲乎辞也。"基于这种主张,曾巩为文淳朴自然,议论委曲周详,文字简练平正,结构完整严谨,节奏舒缓从容,而不甚讲究文采。他的文章中绝少写景和抒情,故文风温醇古雅,平正冲和,卓然自成一家。

王安石

读孟尝君传

世皆称孟尝君能得士[1],士以故归之,而卒赖其力,以脱于虎豹之秦[2]。

嗟乎!孟尝君特鸡鸣狗盗之雄耳,岂足以言得士?

不然,擅齐之强,得一士焉,宜可以南面而制秦[3],尚何取鸡鸣狗盗之力哉?

夫鸡鸣狗盗之出其门,此士之所以不至也。

【注释】

[1] 孟尝君:即战国时齐国贵族田文,袭其父田婴的封爵,封于薛(今山东滕州东南),称薛公,门下有食客数千。卒,谥为孟尝君。

[2] 以脱于虎豹之秦:据《史记·孟尝君列传》:孟尝君出使秦国,被秦昭王囚禁。他托人向昭王宠姬求情。宠姬提出要他的狐白裘,但孟尝君只有一件价值千金的狐白裘,入秦时已献给昭王。他就派一个曾经是惯偷的门客,半夜装成狗,偷回狐白裘,献给宠姬。于是宠姬劝说昭王释放孟尝君。他怕昭王反悔,连夜逃到函谷关,天还未亮,而按照关法,鸡叫时才开关门。有一个门客学鸡叫,引得附近的鸡都叫起来,骗得关吏开了关门,孟尝君终于逃回齐国。本文所谓"鸡鸣狗盗",即指此事。

[3] 南面:古代以面向南而坐为尊位。帝王朝南而坐,此指称王。

【阐析】

全文只有五句话，九十个字，可是转折跌宕，气势充沛。

第一句，立。先摆出"孟尝君能得士"的传统看法，不加褒贬，以引出下文：孟尝君能够礼贤下士，搜罗人才，士所以归附他，最后依靠他们的力量逃离了秦国。这就干脆利索、开门见山地树起下文要批驳的靶子。

第二、三句，驳。用"嗟乎"感叹，然后以反问掀起巨澜，驳斥"能得士"的说法：孟尝君不过是鸡鸣狗盗之徒的头头罢了，怎么能说他"能得士"呢？斩钉截铁，一下子就把士和鸡鸣狗盗之徒区别开，出语警策，反驳有力。

第四句，转。转折腾挪，用史实力破所谓"得士"之论：掌握齐国强大的国力，得到一个士，应该就可以使齐国成为霸主，制服秦国，何至于还要靠鸡鸣狗盗的力量来脱险呢！着重辩证"赖其力，以脱于虎豹之秦"的人不足以称"士"。新意独出，直追根本，发人深省。在表明对士的看法中，融入了他自己达则兼济天下的豪情壮志。

第五句，断。总结孟尝君不能得士的原因，指出鸡鸣狗盗之徒入其门，所以真正的士人就不来投奔他了。结语警健精辟，补足了对孟尝君"能得士"的批驳。

文章至此，戛然而止。全篇寥寥数言，无一句闲语。以立、驳、转、断四层，把"孟尝君能得士"的传统看法一笔扫倒。

【赏评】

王安石（1021—1086），字介甫，号半山。抚州临川（今江西抚州市）人。出身于中下层官僚家庭。十七八岁即以天下为己任。庆历三年（1043）二十二岁中进士，历任淮南判官、鄞县知县等。留心民生疾苦，并多次上书上级官吏建议兴利除弊，以舒民困。仁宗嘉祐三年（1058）从常州知州调为提点江东刑狱，有《上仁宗皇帝言事书》，即后人常说的万言书，主张效法"先王之政"的精神，对现行政治"改易更革"，建立宋王朝的法度。嘉祐五年，入朝为三司度支判官。神宗熙宁二年（1069），神宗特拜为参知政事（副宰相），次年任宰相，从此积极推行新法，提出"天变不足畏，祖宗不足法，人言不足恤"。由于旧党的不断反对，屡次罢相，屡次起用，熙宁九年，退居江宁钟山（今江苏南京紫金山），封荆国公，世称王荆公。元丰八年，旧党司马光为宰相，全部废除新法，王安石忧愤成疾，次年病卒，享年六十六。卒谥文。所著《字说》《钟山日录》等，今已散佚。今有《王文公文集》《临川先生文集》，后人辑有《周官新义》《诗义钩沉》等。

本篇是王安石读《史记·孟尝君列传》后的感想，它一反常见，对"孟尝君能得士"的传统观点加以批驳，认为"士"必须具有雄才大略，而鸡鸣狗盗之徒，根本不配称"士"；重用鸡鸣狗盗之徒，有志之士就不肯归附，孟尝君就不能得到真正的人才，因此无法战胜秦国。其观点翻新出奇，可谓"酷"论。尽管也有论者认为其观点不免片面，论证不免牵强，但均不否认此文是一篇高超的翻案之作。

除了立意卓绝、耐人深思，笔力峭拔、辞气凌厉之外，字数稀少、篇幅极短，是此文给人的最突出印象。刘师培《论文杂记》谓："介甫之文最为峻削，而短作尤悍厉绝伦，且立论极严，如其为人。"短，往往不易深刻；少，往往不易透彻。但此文则是一个例外，全篇文短而气长，笔简而势健，一波三折，尺幅千里，充溢着一种政治家的豪迈气魄和自负心态。

如此短章，能如此文笔曲折，文思严密，文气凌厉，确实少见，故堪称典范。李淦《文章精义》称之为："短而转折多气长者。"金圣叹《天下才子必读书》卷十五誉之云:"凿凿只有四笔,笔笔如一寸之铁,不可得而屈也。"刘大櫆评之说:"寥寥数言,而文势如悬崖断堑,于此见介甫笔力。"沈德潜《唐宋八家文读本》卷三十赞之曰:"语语转,笔笔紧,千秋绝调。"信非虚言。

答司马谏议书

某启[1]:昨日蒙教[2],窃以为与君实游处相好之日久[3],而议事每不合,所操之术多异故也[4]。虽欲强聒[5],终必不蒙见察,故略上报[6],不复一一自辩[7]。重念蒙君实视遇厚[8],于反复不宜卤莽[9],故今具道所以[10],冀君实或见恕也[11]。

盖儒者所重,尤在于名实[12];名实已明,而天下之理得矣。今君实所以见教者[13],以为侵官[14]、生事[15]、征利[16]、拒谏[17],以致天下怨谤也[18]。某则以谓:受命于人主[19],议法度而修之于朝廷[20],以授之于有司[21],不为侵官;举先王之政[22],以兴利除弊,不为生事;为天下理财,不为征利;辟邪说[23],难壬人[24],不为拒谏。

至于怨诽之多[25],则固前知其如此也。人习于苟且非一日[26],士大夫多以不恤国事[27]、同俗自媚于众为善[28]。上乃欲变此[29],而某不量敌之众寡,欲出力助上以抗之,则众何为而不汹汹然[30]?盘庚之迁,胥怨者民也[31],非特朝廷士大夫而已[32]。盘庚不为怨者故改其度,度义而后动,是而不见可悔故也[33]。

如君实责我以在位久，未能助上大有为，以膏泽斯民[34]，则某知罪矣，如曰今日当一切不事事[35]，守前所为而已[36]，则非某之所敢知[37]。无由会晤[38]，不任区区向往之至[39]！

【注释】

[1] 某：作者自称。在文集中，作者自己称名处多以"某"字代替。启：陈述。

[2] 蒙教：承蒙指教（指接到来信）。

[3] 窃：我私下，谦辞。与君实游处相好之日久：司马光《与王介甫书》："自接侍以来十有余年，屡尝同僚。"邵伯温《邵氏闻见录》卷十载司马光早年曾与王安石同为群牧司判官。君实，司马光的字。游处，交游相处。

[4] 所操之术：所执持的政治主张。术，指治国之术。

[5] 强聒：强作解释，絮絮叨叨。聒，喧扰，声音嘈杂。

[6] 略上报：指简单地写回信。

[7] 辨：辩白，分辩。

[8] 重念：又考虑。视遇：看待。

[9] 反复：此指书信来往。卤莽：鲁莽，简慢草率。

[10] 具道所以：详细说明之所以如此的理由。具，详细。

[11] 冀：希望。见恕：宽恕我。

[12] "盖儒者"二句：谓儒者特别重视名称与实际，即强调名称（概念）与实际一致。《论语·子路》："子曰：'必也正名乎。'"《孟子·告子下》："先名实者，为人也。"赵岐注："名者，有道德之名；实者，治国惠民之实也。"《荀子·正名》亦有"制名以指实"语。盖，发

语词，表示议论开始。

[13] 见教：指教我。

[14] 侵官：谓添设新机构，侵夺原来机构的职权。司马光《与王介甫书》责难王安石"财利不以委三司而自治之，更立制置三司条例司"，"又置提举常平广惠仓使者"，都是侵官乱政。

[15] 生事：司马光认为变法是生事扰民。《与王介甫书》："（老子）又曰：'我无为而民自化，我好静而民自正，我无事而民自富，我无欲而民自朴。'又曰：'治大国若烹小鲜。'今介甫为政，尽变更祖宗旧法，先者后之，上者下之，右者左之，成者毁之，弃者取之，矻矻焉穷日力，继之以夜而不得息。使上自朝廷，下及田野，内起京师，外周四海，士吏兵农，工商僧道，无一人得袭故而守常者，纷纷扰扰，莫安其居。此岂老氏之志乎！"（王安石爱好《老子》书，故司马光引老子的话诘责他。）

[16] 征利：取利。谓设法生财，与民争利。《孟子·梁惠王上》："上下交征利，而国危矣。"《与王介甫书》："今介甫为政，首建制置条例司，大讲财利之事，又命薛向行均输法于江、淮，欲尽夺商贾之利，又分遣使者散青苗钱于天下而收其息，使人愁痛，父子不相见，兄弟妻子离散。"

[17] 拒谏：拒绝接受反对意见。《与王介甫书》："或所见小异，微言新令之不便者，介甫辄怫然加怒，或诟骂以辱之，或言于上而逐之，不待其辞之毕也。明主宽容如此，而介甫拒谏乃尔，无乃不足于恕乎！"

[18] 以致：因而招致。

[19] 人主：君主。

[20] "议法"句：审议国家的法令制度而在朝廷上加以讨论、修正。

[21] 有司：各部门负专责的官吏。

[22] 举：兴办，实施。先王：指古代的贤王。

［23］辟邪说：抨击不正确的言论。辟，排斥，抨击。

［24］难壬人：驳责佞人。《尚书·舜典》："而难任人。"任，通"壬"。

［25］怨诽之多：《与王介甫书》："今介甫从政始期年，而士大夫在朝廷及自四方来者，莫不非议介甫，如出一口。下至闾阎棚民、小夜走卒，亦窃窃怨叹，人人归咎于介甫。不知介甫亦尝闻其言而知其故乎？"

［26］苟且：苟且偷安，得过且过。

［27］不恤：不顾及，不关心。

［28］同俗自媚于众：附和世俗，向众人献媚讨好。

［29］上：皇上，指宋神宗赵顼。

［30］汹汹：同"讻讻"，喧扰，吵闹。《荀子·天论》："君子不为小人之讻讻也辍行。"杨倞注："讻讻，喧哗之声。"

［31］"盘庚之迁"二句：商朝最初建都于亳（今河南商丘北），后几经迁移。盘庚执政时，都于耿（今山西吉县），因水患，决定迁都于殷（今河南安阳），可是臣民皆恋其故居，不欲移徙，盘庚乃以言辞（即《盘庚》三篇）诰之。《尚书·盘庚上》："盘庚五迁，将治亳殷，民咨胥怨。作《盘庚》三篇。"孔安国传："胥，相也。"

［32］非特：不仅。特，仅，只。

［33］"盘庚"三句：谓盘庚不为人民怨恨之故而改变迁都计划，那是由于他考虑到这样做正确合理然后行动，所以没有感到有什么要改悔的地方。前"度"字，名词，制度，法度，这里指法令、计划。后"度"字，动词，估量，考虑。

［34］膏泽斯民：施恩泽给老百姓。《孟子·离娄下》："膏泽下于民。"

［35］一切：一例，一律。事事：做事，前一个"事"用为动词。

［36］守前所为：遵守祖宗的陈规旧法，不予改革。

［37］非某之所敢知：不是我所敢领教的。知，这里有"领教"之意。

［38］无由：没有机会。

［39］不任区区向往之至：表示内心极度仰慕，为旧时书信中的客套语。不任，不胜。区区，思念，爱慕。

【阐析】

第一段，酬答之辞，交代写作缘由。无一句虚矫浮泛之言。"所操之术多异故也"是全文总纲，种种申辩，皆由此生发。

第二段，先辨名实，再对侵官、生事、征利、拒谏等四项责难一一反驳。

第三段，追根溯源，针对怨诽之多，指出士大夫习于苟且、不恤国事、同俗自媚于众是致怨的根本原因。并举盘庚迁都的历史事例，说明反对者之多并不表明措施有错误，只要"度义而后动"，确认自己做得是对的，就没有任何退缩后悔的必要。

第四段，欲擒故纵，以屈求伸，说如果对方是责备自己在位日久，没有能帮助皇帝干出一番大事，施惠于民，那么自己是知罪的。这虽非本篇正意，却是由衷之言。紧接着又反转过去，正面表明态度，委婉的口吻中蕴含锐利的锋芒。

【赏评】

本文作于宋神宗熙宁三年（1070）三月。在前一年的熙宁二年二月，王安石出任参知政事，积极推行新法以富国强兵，遭到朝中保守势力的反对。保守派代表人物、右谏议大夫司马光两次致书王安石，要求罢黜新法，恢复旧制，最长的一封信长达三千三百余言（见《温国文正司马公文集》卷六〇《与王介甫书》第一书)。本篇就是王安石对这封信的回复。信中驳斥保守势力对新法的种种指责,表示坚持改革、决不为流言俗议所动的决心。作为一篇驳论,其反驳简劲有力。作者先把名实必须相符确立为辨别是非的原则,而后据理力辩,针对司马光来信中强加于新法的"侵官、生事、征利、拒谏""致怨"等所谓罪名,以新法的实绩逐条进行批驳,并对士大夫不恤国事、苟且偷安、墨守成规的保守思想加以揭露。

这篇书信体的政论文,语言精练,结构紧凑。虽然措辞委婉、语气平和,但观点鲜明,维护新法的态度斩钉截铁,具有言简意赅、辞婉理直、绵中藏锋、寓刚于柔的特色。清吴汝纶评本篇说:"固由兀傲性成,究亦理足气盛,故劲悍廉厉无枝叶如此。"吴闿生也说:"此书傲岸倔强,荆公天性;而其生平志量、政略,亦具于此。"(《古文范》卷四)

蔡上翔《王荆公年谱考略》卷首之三引李穆堂之言曰:"荆公生平为文,最为简古。其简至于篇无余语,语无余字。往往束千百言十数转于数行中。其古至于不可攀跻踪迹,引而高如缘千仞之崖,俯而深如槌千寻之溪。愈旷而愈奥,如平楚苍然而万象无际。"本文就是这一特色的最佳范例。

游褒禅山记

褒禅山[1],亦谓之华山,唐浮图慧褒[2],始舍于其址[3],而卒葬之,以故其后名之曰褒禅。今所谓慧空禅院者,褒之庐冢也[4]。

距其院东五里,所谓华山洞者,以其在华山之阳名之也。距洞百余步,有碑仆道[5],其文漫灭[6],独其为文犹可识,曰"花山",今言华如华实之华者,盖音谬也[7]。

其下平旷,有泉侧出[8],而记游者甚众[9],所谓前洞也。由山以上五六里,有穴窈然[10],入之甚寒,问其深,则虽好游者不能穷也,谓之后洞。余与四人拥火以入[11],入之愈深,其进愈难,而其见愈奇。有怠而欲出者,曰:"不出,火且尽。"遂与之俱出。盖予所至,比好游者尚不能什一,然视其左右,来而记之者已少;盖其又深,则其至又加少矣。方是时,予之力尚足以入,火尚足以明也。既其出,则或咎其欲出者[12],而予亦悔其随之,而不得极夫游之乐也。

于是予有叹焉:古人之观于天地、山川、草木、虫鱼、鸟兽,往往有得,以其求思之深,而无不在也。夫夷以近[13],则游者众;险以远,则至者少;而世之奇伟瑰怪非常之观[14],常在于险远而人之所罕至焉,故非有志者不能至也。有志矣,不随以止也[15],然力不足者亦不能至也。有志与力,而又不随以怠,至于幽暗昏惑,而无物以相之[16],亦不能至也。然力足以至焉而不至[17],于人为可讥,而在己为有悔;尽吾志也,而不能至者,可以无悔矣,其孰能讥之乎?此予之所得也!

余于仆碑,又以悲夫古书之不存,后世之谬其传而莫能名者[18],何可胜道也哉[19]!此所以学者不可以不深思而慎取之也[20]。

四人者:庐陵萧君圭君玉,长乐王回深父,余弟安国平父、安上纯父。至和元年七月某日，临川王某记[21]。

【注释】

[1] 褒禅山：在今安徽含山县北。

[2] 浮图：梵文的音译，也作浮屠、佛图。有佛教、佛经、寺庙、佛塔、和尚等多种意义。此指和尚。

[3] 舍：用为动词，建庐定居的意思。

[4] 庐冢：坟墓和守墓的庐舍。

[5] 仆道：倒在路旁。

[6] 漫灭：磨灭，模糊不清。

[7] 音谬：把音读错了。

[8] 侧出：从旁边涌出。

[9] 记游者：指在石壁上题字以记游的人。

[10] 窈然：深远幽暗的样子。

[11] 拥火：拿着火把。

[12] 咎：责怪。

[13] 夫夷以近：（道路）平坦而又不远。夫，发语词。

[14] 瑰怪：壮丽奇异。非常之观：不同寻常的壮观景象。

[15] 不随以止：不跟着别人一起停止不前。

[16] 物：外物，外力。相：帮助。

[17] "然力"句：意指力量足以到达，而结果却没有达到。

[18] "谬其"句：后世的以讹传讹，使人不明白真实名称的情况。

[19] 何可胜道：哪里能说得完。

[20] 慎取：谨慎地选择。

[21]庐陵：今江西吉安。长乐：今属福建。临川：今江西抚州。

【阐析】

除去结尾，全文整齐地分为两部分，前半记游，后半议论。

第一段，写游山。首先概括介绍褒禅山和华山洞命名的由来，然后由仆碑残迹考证山名读音讹谬。但就记游而言，只是勾勒出路线：入山→慧空禅院→华山洞，至于一般游记必不可少的内容，如山的形势风光如何，却毫不提及。

第二段，写游洞。前洞只有三句惜墨如金的概述性介绍，还谈不上"游"；后洞似乎是此游的重点，但也没有着力绘景，只有"深""难""奇"三个抽象性的总结，从感觉上状其主要经历。

第三段，写游山的心得体会，紧接上文，发表感慨。先充分肯定古人的"求思"精神，再拿世人的避难就易对比，然后层层析理，精辟地阐述了宏伟的目标、险远的道路与必不可少的主客观条件三方面的内在联系，强调志、力、物三个条件对治世治学取得成功的作用。

第四段，论治学应取的态度，照应前面仆碑证讹一事，用精练的语言进一步抒发自己的感慨，阐明治事治学除立志进取外，还必须有深思而慎取的态度。

第五段，交代同游者和写作时间，使游记的体式完备。

【赏评】

本文作于宋仁宗至和元年（1054）七月。当时王安石任舒州（治所在今安徽潜山）通判期满，在离任赴京的途中，路过褒禅山，写下这篇游记。这并不是一篇重在描绘山川风物的记游之作，所以虽以游记为题，而写作的目的却是要通过具体的记游来阐发哲理：记游是生发哲理的前提，议论是具体叙事的深化。全篇因事说理，叙议结合，详略得宜，前后呼应，环环相扣，使完美的表现形式与深刻的思想内容得到和谐统一，充分体现了王安石游记散文见识高远，议论透辟，笔力雄健的个性。

全文主要围绕着两个问题来写。一是用登山探洞的亲身经历，具体生动地阐述志、力、物三者之间的关系和作用。作者反对浅尝辄止、半途而废，提倡深入探索、百折不回。他指出必须有理想、有能力、有客观物质条件的配合，才能做到这一点。二是由所见残碑，联想到由于古代文献资料的不足，致使后人以讹传讹，弄不清事情的真相，因而提倡学者必须"深思而慎取"。这两点尽管是从治学的角度来论述的，但完全可以推广到其他领域。

文章叙事简明生动，说理逐步深入，既让抽象的道理形象化，又使具体的叙事有了思想深度。在结构上，上述两层意思并不平列叙述，而是以说理为主，叙事为辅，理事互见，虚实相生，整个布局显得灵活而有变化。另外，此文语言简洁精妙，尤其善于发挥虚词的作用，如连用二十个"其"字，却显得自然，而无杂沓繁复之嫌。

苏轼

留侯论

古之所谓豪杰之士者,必有过人之节,人情有所不能忍者。匹夫见辱[1],拔剑而起,挺身而斗,此不足为勇也。天下有大勇者,卒然临之而不惊,无故加之而不怒。此其所挟持者甚大[2],而其志甚远也。

夫子房受书于圯上之老人也[3],其事甚怪[4];然亦安知其非秦之世,有隐君子者出而试之[5]?观其所以微见其意者,皆圣贤相与警戒之义;而世不察,以为鬼物[6],亦已过矣。且其意不在书[7]。当韩之亡[8],秦之方盛也,以刀锯鼎镬待天下之士,其平居无罪夷灭者,不可胜数[9]。虽有贲、育[10],无所复施。夫持法太急者,其锋不可犯,而其势未可乘[11]。子房不忍忿忿之心,以匹夫之力而逞于一击之间[12];当此之时,子房之不死者,其间不能容发[13],盖亦已危矣。千金之子[14],不死于盗贼,何者?其身之可爱,而盗贼之不足以死也[15]。子房以盖世之材,不为伊尹、太公之谋[16],而特出于荆轲、聂政之计[17],以侥幸于不死,此圯上老人之所为深惜者也。是故倨傲鲜腆而深折之[18]。彼其能有所忍也,然后可以就大事,故曰:"孺子可教也。"

楚庄王伐郑,郑伯肉袒牵羊以逆。庄王曰:"其君能下人,必能信用其民矣。"遂舍之[19]。勾践之困于会稽，而归臣妾于吴者，三年而不倦[20]。且夫有报人之志，而不能下人者，是匹夫之刚也。夫老人者，以为子房才有余，而忧其度量之不足，故深折其少年刚锐之气，使之忍小忿而就大谋。何则？非有生平之素[21]，卒然相遇于草野之间，而命以仆妾之役[22]，油然而不怪者[23]，此固秦皇之所不能惊，而项籍之所不能怒也[24]。

观夫高祖之所以胜，而项籍之所以败者，在能忍与不能忍之间而已矣。项籍惟不能忍，是以百战百胜，而轻用其锋[25]；高祖忍之，养其全锋而待其弊，此子房教之也[26]。当淮阴破齐而欲自王，高祖发怒，见于词色[27]。由此观之，犹有刚强不能忍之气，非子房其谁全之？

太史公疑子房以为魁梧奇伟，而其状貌乃如妇人女子[28]，不称其志气[29]。呜呼！此其所以为子房欤[30]！

【注释】

[1] 匹夫见辱：一个普通的人受到侮辱。

[2] 所挟持者甚大：谓胸怀广阔，志向高远。所挟持者，指抱负。

[3] 受书于圯上之老人：《史记·留侯世家》载，有一天，张良（字子房）在下邳（今江苏睢宁北）的一座桥上从容闲游，遇到一个穿着粗布衣的老父，走到张良面前，突然将自己的鞋子径直抛下桥去，对张良说："小子，下去把鞋子给我拣上来！"张良十分惊讶，心想彼此素不相识，为何如此唐突无礼？意欲伸手教训教训这个莫名其妙的老家伙。可是眼睛一瞪，是位年迈长者。只得强忍怒火，把鞋子拣了上来，递给老人。不料已在桥边坐下的老人，竟伸出一只脚，对张良说："穿上。"张良心

里又气又笑,暗想我已替他取履,索性好人做到底,便耐着性子从命了。老人欣然而受,微笑而去。张良见老人既不称谢,也未道歉,实在离谱,不免更觉惊异。正当他目随着老人的去影时,老人又转身回来,对张良说:"孺子可教!五日以后,天色平明,你可仍到此地,与我相会!"张良好奇地答应了下来。五天后,张良早早起来,去会老人。老人先已到达,愤然作色道:"与老人约会,应该早至,为何到此时才来?"于是分手,约定再过五日相会。五天后,张良一闻鸡鸣,便即前往,哪知老人又已先至,仍责他迟到,再约五日后相会。五天后,张良夜尚未半就去了。不一会儿,老人来,喜曰:"这还差不多。"于是,交给张良一编书,说:"读此,则可为王者师!"说毕遂去。张良天明一看,乃《太公兵法》。圯,桥。

［4］其事甚怪:《史记·留侯世家》:"太史公曰:学者多言无鬼神,然言有物。至如留侯所见老父予书,亦可怪矣。"

［5］隐君子:隐居的高士,指圯上老人。

［6］以为鬼物:王充《论衡·自然》:"张良游泗水之上,遇黄石公,授太公书。盖天佐汉诛秦,故命令神石为鬼书授人,……黄石授书,亦汉且兴之象也。妖气为鬼,鬼象人形,自然之道,非或为之也。"

［7］其意不在书:谓圯上老人主要的意思不在授张良以书。

［8］韩之亡:韩国亡于公元前230年。秦亡六国,首先灭韩。

［9］"以刀锯鼎镬待天下之士"三句:谓秦王残杀成性,以刀锯杀人,以鼎镬烹人。贾谊《过秦论》:"秦俗多忌讳之禁,忠言未卒于口,而身为戮没矣。"

［10］贲、育:孟贲、夏育,古代著名的勇士。

［11］其势未可乘:谓形势有利于秦,还没有可乘之机。《孟子·公孙丑上》:"齐人有言曰:'虽有智慧,不如乘势;虽有镃基(锄头),不

如待时。'"

[12] 一击：《史记·留侯世家》载，秦灭韩国，张良倾其全部家财，访求刺客刺杀秦王，为韩报仇。得一力士，造了重一百二十斤的大铁椎。秦皇帝东游，路过博浪沙，张良与刺客在此狙击，误中副车。秦皇帝大怒，全国通缉，搜捕刺客。

[13] 其间不能容发：生死之间无一根毛发之间隙，比喻情势危急。枚乘《上书谏吴王》："系绝于天，不可复结，坠入深渊，难以复出，其出不出，间不容发。"

[14] 千金之子：旧社会用以称富贵人家的子弟。《史记·越王勾践世家》："吾闻千金之子，不死于市。"

[15] 不足以死：不值得因与盗贼相斗而死。

[16] 伊尹、太公之谋：谓安邦定国之谋。伊尹辅佐汤建立商朝。吕尚（即太公望）辅佐周武王灭商。

[17] 荆轲、聂政之计：谓行刺之下策。荆轲刺秦王与聂政刺杀韩相侠累两事，均见于《史记·刺客列传》。

[18] 鲜腆：没有礼貌。鲜，缺少，缺乏。腆，美好，指美好的言辞。

[19] "楚庄王伐郑"六句：《左传·宣公十二年》载，楚庄王攻破郑国，郑伯去衣露体，迎接楚王，说："我不能承奉天意，不能奉事君王，以至君王怀怒来到这里，这是我的罪过，敢不惟命是从。……"楚王说："郑国国君能自下于人，必能信用其民，应该还有希望的。"于是退三十里，答应讲和。肉袒，去衣露体。杜预注："肉袒牵羊，示服为臣仆。"

[20] "勾践之困于会稽"三句：《左传·哀公元年》："吴王夫差败越于夫椒，报檇李（越军奋击败吴军于此）也。遂入越。越子（勾践）以甲楯五千，保于会稽（山），使大夫种因吴大宰嚭以行成。……越及吴平。"《国语·越语下》载勾践"令大夫种守于国，与范蠡入宦于吴。三

年，而吴人遣之"。归臣妾于吴，谓归附吴国为其臣妾。

[21] 非有生平之素：犹言素昧平生（向来不熟悉）。

[22] 仆妾之役：指"取履"事。

[23] 油然：自然而然。

[24] "此固秦皇之所不能惊"二句：和前文"天下有大勇者，卒然临之而不惊，无故加之而不怒"的意思相呼应。秦皇，即秦始皇帝嬴政。项籍，字羽，灭秦后为西楚霸王。

[25] "项籍惟不能忍"三句：谓项籍只因不能忍耐，所以四处进击，求百战百胜，而轻易使用其精锐，卒致败亡。

[26] "高祖忍之"三句：汉高祖刘邦在强大的楚军面前，经常采取守势，以保持军队实力，等待时机。详见《史记·高祖本纪》。

[27] "当淮阴破齐而欲自王"三句：《史记·淮阴侯列传》载，韩信既平齐地，便想做齐王，遂写了一封文书，使人至汉王前告捷，又说，齐人多伪，反复无常，且南境近楚，难免复版，只有暂许封为假王，方能镇住局面。当时，楚兵正急围汉王于荥阳，韩信差来的信使将书信呈上。汉王展阅未终，大怒，骂道："我被困于此，日夜望他来助，他不来助我，反还要自立为王？"张良、陈平在侧，慌忙走近汉王，轻蹑其足，附耳语汉王道："汉方不利，怎能禁止韩信为王？今不若使他王齐，为我守着，可作声援？"汉王醒悟过来，因复骂道："大丈夫平定诸侯，不妨就做真王，为何还要称假呢！"随即遣张良赴齐，立韩信为齐王，征其兵击楚。韩信后降封为淮阴侯，故称为淮阴。

[28] "太史公疑子房以为魁梧奇伟"二句：《史记·留侯世家》："太史公曰：'余以为其人，计魁梧奇伟，至见其图，状貌如妇人好女。'"魁梧，体格高大。

[29] 不称：不相称，不相当。

[30] 此其所以为子房：意谓张良志气宏伟而内涵不露，貌似柔弱，正是他独特过人之处。

【阐析】

第一段，开篇立论，在泛言豪杰之士必有过人之节后，便扣入本题，将"过人之节"具体化，即"忍"。说"忍"，又与"勇"对提，对提后，又加以统一，指出能忍才是大勇。全文主脑在一开篇便以居高临下的气势揭示出来。以下将张良貌似无关的三件事：狙击秦王、进履受书、劝说刘邦封韩信为齐王，以"忍"为线索，联系起来，具体论证。

第二段，先从黄石公授书一节说入，以推论法独抒己见，一扫旧说。纳履一事，只随文势带出，并不直写。至"且其意不在书"以下，方深入一层议论。"且其意不在书"句，既呼应前文，使授书句有了着落，又引发下文黄石公深折张良之用意，可谓"空际掀翻，如海上潮来，银山蹴起"（沈德潜《唐宋八家文读本》卷二十一）。以下先说当时形势宜于忍耐待时，而张良却以匹夫之勇逞于一击，贬抑一笔，再说"千金之子"尚不死于盗贼，而盖世之才的张良反出荆轲、聂政之计，又抑一笔，至此自然逼出黄石公深折张良以砥砺其能忍之节的题意，对"其意不在书"做了透辟的申论。

第三段，正面写张良能"忍小忿而就大谋"。先举两件史实作陪衬，来加强说服力：一、郑襄公肉袒迎楚君，能忍而保全社稷；二、勾践入吴为奴仆，能忍而终灭吴国。再转到老人"深折"张良的情景，证明他的举动确实是对张良的考察试验，其结果使张良达到"秦皇之所不能惊，而项籍之所不能怒"的境界。

第四段，紧承上文写张良"忍"功在刘、项斗争中的重要作用。先把刘邦之所以胜和项籍之所以败，归结为能忍和不能忍；进而讲韩信求封为假齐王，刘邦能忍，全赖张良之教，不仅说明能忍对于刘邦事业的重大意义，也侧面证明了圯上老人的启导之功，增强了通篇议论的说服力。

第五段，笔锋一转，忽然引用司马迁揣度张良状貌之语，看似闲文，实则以张良非凡气宇也含有能忍之相，隐隐和首段相呼应，同时使文章显得思致新颖，风调翩翩，余味不尽。

【赏评】

苏轼（1037—1101），字子瞻，号东坡居士，眉州眉山（今属四川）人。仁宗嘉祐二年（1057），应试礼部，进士及第，当时主试的欧阳修说："老夫当避此人放出一头地！"嘉祐六年（1061），应直言极谏策问，中第三列三等，授大理寺评事、签书凤翔府节度判官厅公事，开始仕宦生涯。元丰二年（1079），因反对王安石新法，以作诗"谤讪朝廷"罪，被贬到黄州。元丰七年（1084），迁汝州团练副使。哲宗元祐元年（1086），任翰林学士，后出知杭州、颍州，官至端明殿学士、左朝奉郎、礼部尚书。绍圣元年（1094），以讽斥先朝罪，被贬知英州。未至贬所，再贬宁远军节度副使惠州安置。绍圣四年（1097）再次远谪，责授琼州别驾昌化军（在今海南）安置。直到元符三年（1100）宋徽宗即位，大赦元祐旧党，才得以北归，次年到达常州。由于长期流放的折磨，加上长途跋涉的辛劳，在此病卒。享年和欧阳修、王安石一样，都是六十六岁。卒后追谥文忠。有《东坡七集》，收录二千七百多首诗，三百多首词和许多优美的散文。他历仕五朝：仁、英、神、哲、徽，出长八州：杭、密、徐、湖、黄、颍、惠、儋，"身行万里半天下"，但仕途坎坷，屡遭贬谪，一生始终处于党争的夹缝中，被新党视为旧党，被旧党视为异己。侍妾朝云说他"一肚皮不合时宜"（费衮《梁溪漫志》），他则自嘲："问汝平生功业，黄州、惠州、儋州。"（《自题金山画像》）自古英才多磨难，苦难成就了这位中国历史上少见的旷世奇才和文艺全才，他诗为宋冠、词称苏辛、文追韩柳、书首四家（苏、黄、米、蔡）、画擅三绝（诗、书、画），人格正直，性格幽默，随缘自适，旷达乐观，有着一颗天真烂漫的赤子之心，这些，使得他成为中国文人心目中的至爱，享有极高的声誉。

本文是苏轼在宋仁宗嘉祐六年（1061）应制科考试时所呈的《进论》之一。

这是一篇见解新颖的著名史论。旧时多谓张良辅汉的计谋来自神授，苏轼独具慧眼，尽翻旧案，推论是秦代有卓见的隐者有意对张良进行教育指授，这就扫除了黄石公授书的神异色彩，对之做了较为现实合理的解释。文章着重论述"忍小忿而就大谋"是张良辅佐刘邦灭秦、亡楚以兴汉室的关键策略。通篇即以"能忍"为骨干，灵活地运用史料，反复申论。

纵观全文，其胜处全在用旧案翻出新意，无论立意布局和文势操纵，均能摆脱旧套，翻新出奇，写来文势浑浩，议论不穷。文中论留侯主要阐扬其"过人之节"，而其"过人之节"，重点又在能忍小忿而就大谋。人皆以授书为奇事，本文却用"其意不在书"撇开，而扣定"忍"字，尽情地发挥开去。由不能忍之可惜，说到能忍之成就大谋；说到汉高之能忍，出于子房所教，有正有反，忽主忽宾，既有历史引证，又有当代人物以为陪衬，末尾还借司马迁文加以点染，使文章妙趣横生。通篇主意本来是论张良能忍，但大半篇幅又全是讲他不能忍，可以说，通篇结构是用他的先不能忍证出他的其后能忍，可称一奇。正如吕祖谦《古文关键》卷二所云："格制好。先说忍与不忍之规模，方说子房受书之事。其意在不忍，此老人所以深惜，命以仆妾之役，使之忍小耻而就大谋，故其后辅佐高祖，亦使忍之有成。一篇纲目在'忍'字。"

明人杨慎评论说："东坡文如长江大河，一泻千里，至其浑浩流转，曲折变化之妙，则无复可以名状，而尤长于陈述叙事。留侯一论，其立论超卓如此。"（《三苏文范》卷七引）王慎中称"此文若断若续，变幻不羁，曲尽文家操纵之妙"（茅坤《宋大家苏文忠公文钞》卷十四引）。这些都颇能道出此文特色。

日　喻

生而眇者不识日，问之有目者。或告之曰："日之状如铜槃[1]。"扣槃而得其声。他日闻钟，以为日也[2]。或告之曰："日之光如烛。"扪烛而得其形。他日揣籥，以为日也[3]。日之与钟、钥亦远矣，而眇者不知其异，以其未尝见而求之人也。

道之难见也甚于日，而人之未达也，无以异于眇。达者告之，虽有巧譬善导，亦无以过于盘与烛也。自盘而之钟，自烛而之钥[4]，转而相之，岂有既乎[5]！故世之言道者，或即其所见而名之[6]，或莫之见而意之[7]：皆求道之过也。

然则道卒不可求欤？苏子曰："道可致而不可求[8]。"何谓致？孙武曰："善战者致人，不致于人。"[9]子夏曰："百工居肆，以成其事，君子学，以致其道。"[10]莫之求而自至，斯以为致也欤？

南方多没人[11]，日与水居也，七岁而能涉，十岁而能浮，十五而能没矣。夫没者，岂苟然哉，必将有得于水之道者[12]。日与水居，则十五而得其道。生不识水，则虽壮，见舟而畏之。故北方之勇者，问于没人，而求其所以没，以其言试之河，未有不溺者也。故凡不学而务求道，皆北方之学没者也。

昔者以声律取士，士杂学而不志于道[13]。今者以经术取士，士求道而不务学[14]。渤海吴君彦律[15]，有志于学者也，方求举于礼部[16]，作《日喻》以告之。

【注释】

[1] 槃：通"盘"。

[2] "他日闻钟"二句：谓眇者（盲人）以耳代目致误。

[3] "他日揣籥"二句：谓眇者以手代目致误。揣籥，摸着一支状如笛子的乐器。籥（yuè），本作"龠"，古代的一种管乐器，形状如笛。有三孔、六孔、七孔之别。

[4] "自盘而之钟"二句：从把日当作铜盘，到把日当作钟，再到把日当作籥。之，动词，到。

[5] "转而相之"二句：谓辗转牵扯下去，将没个完。既，尽。

[6] 即其所见而名之：就自己所见到的来解说它。

[7] 意之：猜测它。

[8] 致：招致，含有循序渐进以获致，使其自至的意思。求：指不学而强求。

[9] "孙武曰"三句：语见《孙子·虚实篇》。《集注》引杜牧曰："致令敌来就我，我当蓄力待之，不就敌人，恐我劳也。"孙武，春秋时齐国人，著《孙子》十三篇。

[10] "子夏曰"五句：语见《论语·子张》。邢昺《正义》曰："肆，谓官府造作之处也。致，至也。言百工处其肆，则能成其事；犹君

子勤于学,则能至于道也。"按照苏轼的意思是说:君子勤学,则道自至。子夏,孔子的学生。

[11] 没人:能潜水的人。

[12] 水之道:这里指水性。

[13] "昔者以声律取士"二句:谓以声律取士的流弊是使士人学各种杂学,而不致力于追求道。北宋前期承袭唐、五代科举之制,以诗赋取士。诗赋重声律,故云。

[14] "今者以经术取士"二句:谓现今以经术取士的流弊是使士人只求空谈义理,而不注重实学。《东都事略·神宗本纪》载熙宁四年(1071):"罢贡举词赋科,以经术取士。"又《续资治通鉴长编》卷二二〇载同年"定贡举新制:进士罢诗赋、帖经、墨义,各专治《诗》《书》《易》《周礼》《礼记》一经,兼以《论语》《孟子》。每试四场:初本经,次兼经并大义十道,务通义理,不须尽用注疏"。参见《宋史·选举志》及《续资治通鉴》卷六八。

[15] 渤海:旧郡名。《旧唐书·地理志》:"沧州上,汉渤海郡,隋因之,武德元年改为沧州。"今属河北。唐宋人有称郡望的习惯。据《宋史·地理志》,河北路滨州,徽宗大观二年赐渤海郡名,时间已在苏轼身后,本篇中"渤海"不指此地。

[16] 求举于礼部:谓应进士科考试。唐自开元二十四年(736)以后,进士考试由礼部主管,宋亦然。礼部,尚书省所辖六部之一,掌管典章法度、学校、科举、祭祀和接待等事务。

【阐析】

第一段,先讲一个盲人识日的故事,故事说明一个道理:自己未亲眼看见,只靠道听途说,就难免会产生谬误。这是仅就盲人识日闹笑话的故事引出的一般性结论。

第二段，由浅入深，辨析"道"比"日"更难于认识。"道"者，道理，法则，规律，儒家之道……总之是无形的。如果让达者讲给"未达"者听，即使"巧譬善导"，怎么也不比用盘来比喻太阳之形状和用烛来比喻它能发光来得贴切。如果"言道"也像教人识日那样从盘扯到钟，从烛扯到籥，辗转比附，没完没了，岂不是枉费精力而终无所得！所以说："世之言道者，或即其所见而名之，或莫之见而意之：皆求道之过也。"这就指出了今人求道之弊。

第三段，提出文章的主旨。"道"既不可"求"，那何以能"达"呢？先引述孙武和子夏的话，说明道可致而不可求，孙武语不仅解释了"致"字，而且还说明掌握主动的必要；子夏语，又说明"学"是致道的法门，强调刻苦学习的必要性。再自己回答什么是"致"："莫之求而自至，斯以为致也欤？"不去求它而它自己就来了，这就是"致"。

第四段，抓住一个"学"字，深入一层说开去。苏轼所谓"学"，指的是实际的经验，古人称之为阅历，今人谓之实践。这里，用南方人和北方人学"没"作比，先写南方"没人"识水性，是"日与水居"的结果，接着以北人学没为例，说明不注重学习而强行求道的害处，突出长期实践的重要，并进一步指出，单凭求教而不下苦功的危害："凡不学而务求道，皆北方之学没者也。"盲人识日和北人学没两个比喻从不同角度来喻道，有内在的联系。前者意在说明不能自以为是，想当然地运用别人经验，后者旨在阐述只有在长期实践中，通过不断学习，才能自然而然地领悟客观规律。

第五段，由"昔者"带出"今者"，在过去声律取士与当世经术取士的对比中，阐说应该有志于学，并以此策励吴彦律，这不仅表明本文是对现实有感而发，有较强的针对性，而且表现出对后学的殷切期望和循循善诱。

【赏评】

本篇是宋神宗元丰元年（1078）苏轼任徐州知州时所作，傅藻《东坡纪年录》谓作于十月十二日，《乌台诗案》作"十三日"。其写作缘由，末尾交代得很清楚："渤海吴君彦律，有志于学者也，方求举于礼部，作《日喻》以告之。"写作背景及用意，篇末也有说明："昔者以声律取士，士杂学而不志于道。今也以经术取士，士求道而不务学。"经术取士，指神宗熙宁四年（1071）二月，根据王安石的建议，下诏罢诗赋及明经诸科，改用经义、策论试进士。于是，一般士子专在经传注疏中讨生活。熙宁八年六月，王安石《三经新义》（三经指《诗经》《尚书》《周礼》）颁行以后，"士趋时好，专以王氏《三经义》为捷径，非徒不观史，而于所习经外，他经及诸子无复读者。故于古今人物及世治乱兴衰之迹，亦漫不省"（朱弁《曲洧旧闻》卷三）。在苏轼看来，旧制"以声律（诗赋）取士"，士子旁搜远绍，所学繁杂，固然"杂学而不志于道"，没有专心致志去探索儒家经世之道，如今"以经术取士"，则士子又急于求成，取径狭窄，只传王氏一家之说，"士求道而不务学"，走的又何尝是正路！因此，他才以日为喻，提出自己的见解。这层意思，《乌台诗案》中苏轼的供词也有说明："元丰元年，既知徐州。十月十三日，在本州监酒正字吴管锁厅得解，赴省试。轼作文一篇，名为《日喻》，以讥讽近日科场之士，但务求进，不务积学，故皆空言而无所得；以讥讽朝廷更改科场新法不便也。"《诗案》供词有逼供成分，力求"上纲"，但也有可供参证之处。

这是一篇说理文，主要阐明"道可致而不可求"与"学，以致其道"

的论点,强调认真学习、循序渐进的重要性。论说方法主要是"即物明理",用两个寓言故事"盲人识日""北人学没",从正反两方面深入浅出地说明抽象的哲理。前者是先引寓言然后进入议论,后者是先议论然后引寓言,手法的变换,使文章显得活泼多姿。

此文取譬为文,说理生动,清张伯行《唐宋八大家文钞·苏文忠公文》卷八评论说:"两喻俱有理趣,思之令人警目。"清沈德潜《唐宋八家文读本》卷二十四则总结说:"未尝见而求之人,是一意;不学而强求其得,是一意。前后两意,俱用设喻成文,妙悟全得《庄子》。"

文与可画筼筜谷偃竹记

竹之始生,一寸之萌耳[1],而节叶具焉。自蜩腹蛇蚹以至于剑拔十寻者[2],生而有之也[3]。今画者乃节节而为之,叶叶而累之[4],岂复有竹乎[5]!故画竹必先得成竹于胸中[6],执笔熟视,乃见其所欲画者,急起从之,振笔直遂[7],以追其所见,如兔起鹘落[8],少纵则逝矣[9]。与可之教予如此[10]。予不能然也,而心识其所以然[11]。夫既心识其所以然而不能然者,内外不一[12],心手不相应,不学之过也。故凡有见于中而操之不熟者[13],平居自视了然[14],而临事忽焉丧之[15],岂独竹乎!子由为《墨竹赋》以遗与可曰[16]:"庖丁,解牛者也,而养生者取之[17]。轮扁,斫轮者也,而读书者与之[18]。今夫夫子之托于斯竹也,而予以为有道者,则非耶[19]?"子由未尝画也,故得其意而已。若予者,岂独得其意,并得其法[20]。

与可画竹,初不自贵重,四方之人持缣素而请者[21],足相蹑于其门[22]。与可厌之,投诸地而骂曰[23]:"吾将以为袜[24]。"士大夫传之以为口实[25]。及与可自洋州还,而余为徐州[26]。与可以书遗余曰:"近语士大夫,吾墨竹一派,近在彭城[27],可往求之。袜材当萃于子矣[28]。"书尾复写一诗,其略曰:"拟将一段鹅溪绢,扫取寒梢万尺长[29]。"予谓与可,竹长万尺,当用绢二百五十匹,知公倦于笔砚,愿得此绢而已。与可无以答,则曰:"吾言妄矣,世岂有万尺竹也哉。"余因而实之[30],答其诗曰:"世间亦有千寻竹,月落庭空影许长[31]。"与可笑曰:"苏子辩则辩矣[32]。然二百五十匹,吾将买田而归老焉[33]。"因以所画筼筜谷偃竹遗予[34],曰:"此竹数尺耳,而有万尺之势。"筼筜谷在洋州,与可尝令予作《洋州三十咏》,筼筜谷其一也。予诗云:"汉川修竹贱如蓬[35],斤斧何曾赦箨龙[36]。料得清贫馋太守,渭滨千亩在胸中[37]。"与可是日与其妻游谷中,烧笋晚食,发函得诗,失笑喷饭满案。

元丰二年正月二十日,与可没于陈州[38]。是岁七月七日,予在湖州曝书画[39],见此竹,废卷而哭失声[40]。昔曹孟德《祭桥公文》,有"车过""腹痛"之语[41],而予亦载与可畴昔戏笑之言者[42],以见与可于予亲厚无间如此也。

【注释】

[1] 萌:萌芽,这里指初生的竹笋。

[2] 蜩(tiáo)腹蛇蚹(fù):皆是比喻刚刚拔节脱壳的竹笋。蜩腹,蝉蜕下的壳。蛇蚹,蛇腹下的横鳞。剑拔:剑从鞘中拔出。这里用来形容

修长的竹子，如剑出鞘，挺拔有力。寻：古代八尺为一寻。

[3] 生而有之：指竹子生来就是节叶俱全的。

[4] 累：加，积。

[5] 竹：指完整而有生气的竹子。

[6] 画竹必先得成竹于胸中：画竹之前，必须在心中先形成完整而有神韵的竹子形象。成，完整的。

[7] 振笔直遂：动笔作画，一气呵成。直，径直。

[8] 兔起鹘（hú）落：兔子跃起，鹘鸟降落。此处用以形容画竹时对形象敏捷而迅速的捕捉。鹘，鹰类，一种猛禽。

[9] 少纵则逝：稍一放松，形象就消失了。少，稍微。

[10] 与可（1018—1079）：文同，字与可，自号笑笑先生，梓州永泰（今四川盐亭东）人。北宋著名画家，擅长画竹，创深墨为面，淡墨为背的竹叶画法，开后世"湖州竹派"之先。他与苏轼是中表兄弟，曾任洋州（今陕西洋县）知州。有《丹渊集》。

[11] "予不能"二句：我不能做到这样，但心里明白这样做的道理。识，明白。然，这样。

[12] 内外不一：心里想的与实际能力不相符。

[13] 有见于中：即"心识其所以然"。

[14] 平居：平常。

[15] 丧之：忘掉。

[16] 子由：即苏辙，字子由，作者的弟弟。

[17] "庖丁"三句，谓庖丁解牛的经验，养生者可以吸取。《庄子·养生主》中写庖丁（厨师）自称熟悉牛的骨骼肌理，运刀游刃有余，十九年解牛数千，而刀刃像刚磨过一样，"彼节者有间而刀刃者无厚，以无厚入有间，恢恢乎其于游刃必有余地矣"。文惠君听了他这一席话后，悟

出了养生之道。取，取法。

［18］"轮扁"三句：谓轮扁斫轮的经验，读书人深表赞同。《庄子·天道》里讲，春秋时期五霸之首的齐桓公，好战兼好学，闲时堂上读书。一日，御用轮匠名扁，是斫车轮的老手，应召到堂下修车轮。见齐桓公读书十分专心，便放下锤凿，问桓公道："敢问大王，俺老粗听不懂，那书上说些啥？"桓公说："圣人讲的话呀。"轮扁说："圣人还在世吗？"桓公说："逝世啦。"轮扁说："这么看来，大王读的不过是古人糟粕罢了！"桓公说："寡人读书，轮匠跑来批评，这还像话吗！你说得出道理还行，说不出道理来，我要你命！"轮扁说："俺自幼只晓得斫车轮，就讲讲斫车轮的道理，供大王参考吧。轮辋要打卯眼，插辐条。卯眼大了一丝，辐条敲插入内，暂时牢固，日久松动，便会脱落。卯眼小了一毫，辐条敲插不入，强迫打入，轮辋裂缝，日久会破。必须丝毫不差，大小正好。要做到这点，不但凭手艺，还得用心思。最关键的技巧，心头明白，口头说不清楚。俺没法传授给儿子，儿子也没法学到手。所以俺七十岁啦还在这里斫车轮，找不到接班人。古人死了，没法传授的东西也跟着他进了棺材。所以大王正在读的这一捆竹简，依俺的经验看，不过是古人的糟粕罢了！"与，称誉。

［19］"今夫夫子"三句：现从您寄寓于所画的竹子来看，我认为您是深知物理的人，难道不是吗？夫子，指文与可。托，寄托。

［20］法：指画竹的技法。

［21］缣（jiān）素：供书画用的白色细绢。

［22］足相蹑：脚踩着脚相随而来，形容人多。

［23］投诸地：投之于地，扔在地上。诸，"之于"二字的合音。

［24］将以为袜：用送来画竹的绢布做袜子。

［25］口实：话柄。

[26] 余为徐州：我做徐州知州。苏轼于熙宁十年（1077）至元丰二年（1079）任徐州知州。

[27] "吾墨竹"二句：我们画墨竹这一流派的人，最近在徐州。彭城，即今江苏徐州。文与可是"湖州竹派"的宗师。

[28] "袜材"句：做袜子的材料（指画竹用的绢）将要聚集到你那里去了。萃，聚集。

[29] 鹅溪：地名，在今四川盐亭西北，以产绢著名。唐时用它做贡品，宋人绘画以它为上品。扫取：画出。寒梢：指竹，竹为"岁寒三友"之一，耐寒，故名。

[30] 实：坐实。

[31] 月落庭空影许长：月下空庭中的竹影该有如此长吧。许，这样。

[32] 辩：巧言，善辩。

[33] 归老：归乡养老。

[34] 筼筜（yún dāng）谷：在陕西洋州西北，谷中多产竿粗节长的竹子，叫筼筜竹，故名。偃竹：斜生的竹子。

[35] 汉川：汉水。修竹：长竹。蓬：蓬草。

[36] 斤：斧头。箨（tuò）龙：竹笋。

[37] "渭滨千亩"句：这句话字面的意思是苏轼戏称文与可吃了渭水岸边的千亩竹子，实指他胸中装着丰富的竹子形象。渭滨千亩，指渭水流域的千亩之竹。渭河边以产竹闻名，《史记·货殖列传》有"渭川千亩竹"语。

[38] 没：通"殁"，死亡。陈州：今河南淮阳。文与可于元丰元年十月调任湖州知州，从开封赴任，走到陈州的宛丘驿病逝，年六十二岁。

[39] 曝：晒。

[40] 废卷：搁下书卷或画卷。

[41] "昔曹孟德"二句：据《三国志·魏书·武帝纪》裴松之注文记载，曹操幼年时，桥玄很赏识他。建安七年（202），桥玄死后，曹操路过故乡谯郡，至浚仪（今河南开封），用太牢（牛、羊、豕三牲具备）的隆重仪式祭祀桥玄，祭文中说："士死知己，怀此无忘。又承从容约誓之言：'殂逝之后，路有经由，不以斗酒只鸡过相沃酹，车过三步，腹痛勿怪。'虽临时戏笑之言，非至亲之笃好，胡肯为此辞乎？"本篇引此典故，通过写曹操与桥玄之间亲密的关系，来表明自己和文与可之间亲密的关系。

[42] 畴昔：往昔。畴，语助词，无义。

【阐析】

全文以文与可论画竹始，中间写两人有关于画竹的交往，末以曝晒文与可所画之竹结，"画竹"一线贯串始终，叙事、议论、抒情熔于一炉，文笔如行云流水，舒卷自如。

第一段，记述与可的画竹经验和理论，突兀不凡，立意和章法十分别致。开篇先议论竹子不管大小，都是节叶兼具、天生如此，旨在说明天然之竹是创作的原形，画家必须深入观察研究，在胸中形成整体的意象，做到融会于心，酝酿成熟，然后奋笔直书，一气呵成。这实际是主张"神似"为主，意在笔先。"岂独竹乎"句，把画竹的道理推广开去，以放为收。苏辙曾征引《庄子》庖丁解牛、轮扁斫轮的典故，说明"万物一理"（《墨竹赋》），作者借苏辙的论述，来突出与可深厚的艺术造诣，从而把与可的画竹理论升华到规律性的高度。这段通过叙述文与可的画论，不仅写出文与可画技的高妙和见解的卓绝，而且也道出自己对文与可的敬仰之情和知己之感。其中有议论，有描写，或述人之言，或直抒己见，纵横错落，灵动多变。

第二段，记述与可的生前琐事，及与自己交往中的趣事，仍扣住画竹事，表现与可脱略万物的性情。所写与可的投缣而骂，遗书谐谑，诗篇唱和，以及与可赠送所画筼筜谷偃竹，与可接到自己《筼筜谷》诗后情景，均历历如在目前。其中"曰"字出现七次，或引书信，或引诗章，或记巧辩之言，或述诙谐之语，层层翻新，妙趣横生。其"发函得诗，失笑喷饭"的细节描写，更把与可的音容笑貌再现于读者眼前。这段文字，写得幽默风趣，亲切自然，而就在这些琐事和趣事中，在这些戏言笑语里，两个人真率高雅的胸襟，亲厚无间的情谊，都得到淋漓尽致、活泼生动的表现。

第三段，补叙撰写此文的时间和原委，说明因睹画思人、忆旧伤怀而作，"废卷而哭失声"，写出无限悲痛。再引曹操祭桥玄语，强调"载与可畴昔戏笑之言"，正为表现二人"亲厚无间"的友谊，平淡语中现出悼念亡友的挚情一片。

全篇第一段重议论，以庄重为基调；第二段重叙述，以幽默见长；而第三段虽简短，却更富有绵长的抒情意味。

【赏评】

本文作于元丰二年（1079）七月七日。是为好友文与可《筼筜谷偃竹》画卷所写的一篇题记。此记不仅是一篇很有见地的文艺随笔，同时又可视为悼念性的记人散文。

作为文艺随笔，本文阐发文与可"胸有成竹"和"心手相应"的艺术创作思想。前者是说，艺术创作必须意在笔先，对客观事物反复观察，凝思结想，一旦灵感突发，就应不失时机地加以捕捉，一气呵成地创造出完整而有生气的艺术形象。后者是说，从艺术构思的完成，到艺术形象的诞生，必须掌握熟练的艺术技巧，这样才能将心中意象化为笔底造型，而技巧的掌握只有通过不断的学习、实践，舍此别无他法。把两者结合起来，则展示了从观察到构思、再到表达这一艺术创作的主要环节和基本过程。

作为记人散文，作者叙述了文与可的逸事和两人之间的交往。如将求画者的缣素视为袜材，关于"万尺竹"的辩论，以诗画互赠引起的笑谈，这些都表现了文与可豁达爽朗的个性，以及两人之间深厚的情谊。作为悼念性的文字，本文却颇多诙谐之语，看似悖情，但不仅更见出作者和文与可的"亲厚无间"，而且以喜衬悲，益见其悲，与可一旦亡故，作者的悲痛之深可想而知。另外，庄谐相映衬，文笔也显得摇曳多姿。

全文语言天然本色，朴素清新，好似从作者胸中自然流出，正如明代王舜俞所说："文至东坡真是不须作文，只随便记录便是文。"(《苏长公小品》) 全篇论画则精辟深邃，叙事则洒脱生动，行文则信笔挥洒，不拘成法。文中有正论，有戏语，或引诗赋，或摘书信，时而讲琐事，时而举典故，机变灵活，姿态横生，但并不杂乱无章，而是始终紧扣"画竹"这一中心线索展开，故形散神不散。清浦起龙《古文眉诠》卷六十八评论此文说："文如行云无定质，细按不出画法授受、画事往复两意，统括在亲厚无间中。盖文为哭友作，不专记筼筜画竹也。识此大致了当。一路机锋凡七转，非深于禅宗者不能。论作意，则语语从画竹生姿；合交情，则脉脉呈亲厚神理也。"

赤壁赋

壬戌之秋[1],七月既望[2],苏子与客,泛舟游于赤壁之下[3]。清风徐来,水波不兴。举酒属客[4],诵明月之诗[5],歌窈窕之章[6]。少焉,月出于东山之上,徘徊于斗牛之间[7]。白露横江,水光接天。纵一苇之所如,凌万顷之茫然[8]。浩浩乎如冯虚御风[9],而不知其所止;飘飘乎如遗世独立[10],羽化而登仙[11]。

于是饮酒乐甚,扣舷而歌之。歌曰:"桂棹兮兰桨[12],击空明兮溯流光[13]。渺渺兮予怀[14],望美人兮天一方[15]。"客有吹洞箫者[16],倚歌而和之,其声呜呜然:如怨如慕,如泣如诉;余音袅袅[17],不绝如缕;舞幽壑之潜蛟[18],泣孤舟之嫠妇[19]。

苏子愀然,正襟危坐[20],而问客曰:"何为其然也?"客曰:"月明星稀,乌鹊南飞,此非曹孟德之诗乎[21]?西望夏口[22],东望武昌[23],山川相缪[24],郁乎苍苍[25],此非孟德之困于周郎者乎[26]?方其破荆州,下江陵[27],顺流而东也,舳舻千里[28],旌旗蔽空,酾酒临江[29],横槊赋诗[30],固一世之雄也,而今安在哉?况吾与子渔樵于江渚之上,侣鱼虾而友麋鹿[31],驾一叶之扁舟,举匏樽以相属[32];寄蜉蝣于天地[33],渺沧海之一粟[34],哀吾生之须臾,羡长江之无穷;挟飞仙以遨游,抱明月而长终[35],知不可乎骤得,托遗响于悲风[36]。"

苏子曰："客亦知夫水与月乎？逝者如斯[37]，而未尝往也[38]；盈虚者如彼[39]，而卒莫消长也[40]。盖将自其变者而观之，而天地曾不能一瞬[41]；自其不变者而观之，则物与我皆无尽也[42]。而又何羡乎？且夫天地之间，物各有主。苟非吾之所有，虽一毫而莫取。惟江上之清风，与山间之明月[43]，耳得之而为声，目遇之而成色。取之无禁，用之不竭。是造物者之无尽藏也[44]，而吾与子之所共适。"

客喜而笑，洗盏更酌，肴核既尽[45]，杯盘狼藉[46]。相与枕藉乎舟中[47]，不知东方之既白。

【注释】

[1] 壬戌：宋神宗元丰五年（1082），岁次壬戌，苏轼时年四十六岁。

[2] 七月既望：刘熙《释名·释天》："望，月满之名也。月大十六日，小十五日，日在东，月在西，遥相望也。"壬戌年七月是大月，故"七月既望"指七月十七日。（见陈香白《"既望"》，《读书》1983年第4期）

[3] 赤壁：此指黄州赤鼻矶。

[4] 属：倾注，引申为劝酒。

[5] 明月之诗：指曹操的《短歌行》，诗中有"明明如月，何时可掇"和"月明星稀，乌鹊南飞"之句。

[6] 窈窕之章：指《诗经·周南·关雎》"窈窕淑女，君子好逑"句。一说此与上句是指《诗经·陈风·月出》"舒窈纠兮"句，"窈纠"和"窈窕"音义接近，故云。

[7] 徘徊：停留不前貌。斗牛：斗宿（南斗）、牛宿，均为二十八宿之一。

[8] "纵一苇"二句：谓听凭小船在茫无边际的江上漂荡。《诗经·卫风·河广》："谁谓河广，一苇杭（渡）之。"一苇，像一片苇叶似的小船。如，往。凌，越过。

[9] 冯虚御风：在天空中乘风而游。冯，同"凭"，乘。

[10] 遗世：遗弃人世。

[11] 羽化：古人称成仙为羽化。

[12] 桂棹兰桨：都是划船用具的美称。

[13] 击空明兮溯流光：船桨拍打着澄明的江水，船儿在月光闪动的水面上逆流而进。空明，指月光映照下的澄明江水，以其明澈如空，故称。苏轼《记承天寺夜游》："庭下如积水空明。"流光，谓月下之水闪着光。

[14] 渺渺：悠远貌。

[15] 美人：指内心所思慕的人。《楚辞·九章》有《思美人》篇，王逸《章句》："言己思念其君。"

[16] 客有吹洞箫者：指杨世昌，绵竹道士，字子京。吴鲍庵诗："西飞一鹤去何祥？有客吹箫杨世昌。当日赋成谁与注？数行石刻旧曾藏。"苏轼《次孔毅甫久旱已而甚雨三首》："不如西州杨道士，万里随身惟两膝。"又，"杨生自言识音律，洞箫入手清且哀。"（据赵翼《陔余丛考》卷二四）洞箫，本指排箫无底的，后世用以称单管直吹的箫。

[17] 余音：尾声。《列子·汤问》："既去而余音绕梁栅，三日不绝。"袅袅：形容声音婉转悠长。

[18] 舞幽壑之潜蛟：使藏在深渊里的蛟龙闻之而起舞。

[19] 嫠（lí）妇：寡妇。《说文》："嫠，无夫也。"

[20] 正襟危坐：整理衣襟，严肃地端坐着。《史记·日者列传》："猎（揽）缨正襟危坐。"

[21] 孟德：曹操的字。

[22] 夏口：故城在今湖北武汉市黄鹄山上，建于三国吴黄武二年（223）。

[23] 武昌：今湖北鄂州市鄂城区。作者谪居黄州（今湖北黄冈）时写的《答秦太虚书》："所居对岸武昌，山水佳绝。"指的也是鄂城。

[24] 缪：通"缭"，环绕。

[25] 郁乎苍苍：树木茂密，一片苍翠的颜色。郁，茂盛貌。

[26] 孟德之困于周郎：指汉献帝建安十三年（208）吴将周瑜击溃曹操号称八十万之大军一事。见《资治通鉴》卷六五。

[27] "方其破荆州"二句：建安十三年，刘琮率众投降曹操，操军不战而占领荆州、江陵。见《资治通鉴》卷六五。荆州，今湖北襄阳一带。江陵，今属湖北。

[28] 舳舻千里：语出《汉书·武帝纪》："五年冬，行南巡狩，……自寻阳浮江，亲射蛟江中，获之。舳舻千里，薄枞阳而出，作《盛唐枞阳之歌》。"舳舻，指战船。

[29] 酾酒：斟酒。

[30] 横槊赋诗：元稹《唐故工部员外郎杜君墓系铭并序》："曹氏父子鞍马间为文，往往横槊赋诗。"槊，长矛，便于横持，故曰横槊。

[31] "况吾与子"二句：表示贬官、放逐在江湖间的生活。渚，水中的小块陆地。麋，鹿的一种。

[32] 匏樽：酒器。匏，葫芦的一种。

[33] 寄蜉蝣于天地：比喻人生存于世间的短暂。蜉蝣，朝生暮死的小虫（实际上只能活几小时）。

[34] 渺沧海之一粟：比喻人极其渺小。

[35] 长终：至于永远。

[36] 遗响：余音，指箫声。悲风：秋风。

[37] 逝者如斯：《论语·子罕》："子在川上，曰：'逝者如斯夫！不舍昼夜。'"斯，指水。

[38] 未尝往：没有消失，谓始终还是一江的水。《管子·权修》："无以畜之，则往而不可停止也。"房玄龄注："往，谓亡去也。"

[39] 盈虚者如彼：像月亮那样有圆（盈）有缺（虚）。

[40] 卒莫消长：谓始终没有消失或增长。

[41] "而天地"句：此句谓天地不到一瞬眼的工夫，就发生了变化。一瞬，一眨眼。

[42] 客人所追求的，是永远和宇宙同在；而苏子则指出，若就变的角度来看，永恒的天地也是短促的；反之，若从不变的角度看，则短促的人生也是永恒的。《庄子·德充符》："仲尼曰：自其异者视之，肝胆楚越也；自其同者视之，万物皆一也。"

[43] "惟江上"二句：李白《襄阳歌》："清风朗月不用一钱买。"苏轼《次韵送徐大正》："多情明月邀君共，无价青山为我赊。"

[44] 无尽藏：佛家语，意即无尽的宝藏。

[45] 肴核：荤菜、果品。

[46] 杯盘狼藉：《史记·滑稽列传》载淳于髡曰："男女同席，履舄交错，杯盘狼藉。"狼藉，杂乱貌。

[47] 相与枕藉：谓彼此枕靠着睡觉。

【阐析】

文章以泛舟夜游赤壁为线索，围绕着思想感情的起伏变化而渐次展开。

第一段，写秋夜赤壁泛舟，有羽化登仙之感。开篇先交代时间、人物、地点和游览方式，分别为下文描写秋景、人物对话、赤壁怀古和舟中情事做好准备。接下来写景，用白描手法，勾画出一幅清新优美、生动真切的赤壁秋江夜景图。"清风徐来"五句写月出之前，"少焉"以下写月出之后。由清风转写明月，景色越来越美，游兴也越来越浓，于是产生飘然欲仙的感受。这里把眼前的景色与主客的意兴巧妙地交织在一起，既写出恬静幽雅的美景和它随着时间的推移而发生的变化，更写出主客陶醉在秋江美景中的超然之乐。

第二段，由轻松转为沉重，由愉快过渡到抑郁。扣舷而歌，引出缠绵悲凉的洞箫之声，于是刹那间情绪便使人产生莫名的变化，从而诱发出主客的问答。"于是饮酒乐甚"紧承上段，由乐而歌，由歌而吹箫以"和"，十分自然。歌词寄寓着求索和思慕，稍含怅惘失意的感慨，文情逐渐由乐转悲。接下来连用六个比喻，借联想与通感，化无形为有形。其中舞潜蛟、泣嫠妇两句，从音响效果上，极力渲染箫声的幽怨悲凉，把上文寓含的悲情发挥到极致，自然地引出主客关于人生意义问题的思辨。

第三段，借客人之口，即景怀古，抒发功业不遂、人生短促的感慨。箫声使苏子愀然，由愀然而发问，生出客人的一段议论。客人的话，作了三个对比，说明愀然而悲的三个原因。其一由历史人物与现实人物的对比而悲：曹操雄才大略，文武兼备，称雄一世，但"浪淘尽，千古风流人物"，转眼之间，又在何处？更何况你我渔樵等闲之辈；其二从宇宙无穷与人生须臾的对比而生悲：乾坤茫茫无际，个人沧海一粟，长江滚滚无穷，而人生匆匆过客；其三由理想与现实的对比而悲：正因为古人已长逝，宇宙又无穷，客人就不得不从幻想中去寻求寄托，但欲挟飞仙而不能，欲抱明月而不得，只好"托遗响于悲风"。客人的话实际上也是作者的自白，是他贬官黄州时的境况和思想的真实写照，这是借客写主。

第四段，主对客的劝解，阐发对人生终极意义的卓识，是全文的主旨。"客亦知夫水与月乎"十句，就当下景物指点，以水月为喻，为客作解。"逝者"就水说，"盈虚者"就月说。由水、月的各别，升华到天地万物的一般，当分作两面观：变与不变，由不变说到无尽，而落脚到"又何羡乎"，应上文"羡"字。以下再由"且夫"起头，向前推进一步，就眼前风月生发。天地盈虚消长，既无穷终，而当下境界，正有风月可乐，无须强求而取用不尽，何为而不自适其乐？这段哲理性的议论，不仅由情引发，由情统摄，而且是通过水的流逝、月的盈虚以及风声月色等大自然的具体形象来体现的，寓理于景，带有强烈抒情性，感情也由悲转喜。

第三、四两段主客的对话，深刻揭示出作者的思想矛盾，以及不甘陷于苦闷而力求解脱的过程，还反映出他达观的人生态度，这正是他在艰难逆境中独立自处的精神支柱。

第五段，写转悲为乐，事事与前文相呼应。"洗盏更酌"应"举酒属客"，"相与枕藉乎舟中"应"泛舟"，"不知东方之既白"应夜游。全文至此，戛然而止，而又有无穷余味。

【赏评】

本赋作于神宗元丰五年（1082）夏历七月十七日夜，真实地反映了苏轼谪居黄州（今湖北黄冈）期间因政治上失意而引起的思想矛盾、精神苦闷，并力求自我解脱，最终臻于旷达乐观之境的心路历程。因为本以文字获罪，不便直抒胸臆，所以采用汉赋主客对话、申主抑客的曲折方式来自我排解。他在《书〈前赤壁赋〉后》中说:"轼去岁作此赋,未尝轻出以示人,见者盖一二人而已。钦之有使至,求近文,遂亲书以寄。多难畏事,钦之爱我,必深藏之不出也。"这段话对了解作者当时的心境颇有帮助。

这是一篇文赋,既保留了传统赋体的形制,又融入散文的笔法,所以兼有辞赋词采华茂、铺张扬厉和古文平易流畅、自由豪放之长。文中多用对偶句和四字短句,读来节奏鲜明,朗朗上口,富于音韵美,也极大地增强了文章的诗意。其语言如行云流水,简练而优美,精警而生动,语句有长有短,骈散结合,情韵潇洒绝俗。

在艺术构思上,本赋精湛而巧妙。全篇寓情于景,寓理于象,借景抒情,借象明理,融诗情、画意和哲理于一炉;既形象生动地描绘了江、山、风、月的奇丽风光,又抒发了对历史上风流人物兴亡的感慨,同时通过主客对话,水月的比喻,探讨了宇宙与人生的哲理。他运用人们最常见的水与月的变与不变、有穷与无尽的辩证统一关系来阐明人生哲理,诗的语言与深刻的智慧结合得极其高明和美妙。

在篇章结构上,作者以自己的主观感受为线索,抒情脉络十分清晰。由月夜泛舟的欢畅,到怀古伤今的悲慨,再到超脱尘俗的豁达,情绪的转换,由乐而悲,又转悲为喜。文章从乐始,至喜终,并非结构上简单的首尾呼应。最终之喜,是领悟了人生哲理后的旷达解脱之喜,是对人生哲学的大彻大悟,与开端的乐是完全不同的境界。

(赤壁游赏之)乐→(人生不永之)悲→(旷达解脱之)喜

人情的变化带动文情的起伏,文情的起伏又带动文章内容的转换和境界的提升:

(逼真传神的)写景→(意深韵足的)抒情→(形象活泼的)议论

随着这条线索的波澜起伏,文章显得摇曳多姿,具有更加强烈的艺术感染力。

这篇文章堪称天地间之奇文、至文,非超群之才、绝伦之识,遇旷世之机、得天地之助而不能成,诚如唐庚所言:"一洗万古,欲仿佛其一语,毕世不可得也!"(《唐子西语录》)

后赤壁赋

是岁十月之望[1],步自雪堂[2],将归于临皋[3]。二客从予过黄泥之阪[4]。霜露既降,木叶尽脱,人影在地,仰见明月,顾而乐之,行歌相答[5]。已而叹曰:"有客无酒,有酒无肴,月白风清,如此良夜何!"客曰:"今者薄暮,举网得鱼,巨口细鳞,状如松江之鲈[6],顾安所得酒乎[7]?"归而谋诸妇。妇曰:"我有斗酒,藏之久矣,以待子不时之需。"

于是携酒与鱼,复游于赤壁之下。江流有声,断岸千尺[8];山高月小,水落石出[9]。曾日月之几何[10],而江山不可复识矣。予乃摄衣而上[11],履巉岩[12],披蒙茸[13],踞虎豹[14],登虬龙[15],攀栖鹘之危巢[16],俯冯夷之幽宫[17]。盖二客不能从焉。划然长啸[18],草木震动,山鸣谷应,风起水涌。予亦悄然而悲,肃然而恐,凛乎其不可留也。反而登舟,放乎中流[19],听其所止而休焉。

时夜将半,四顾寂寥。适有孤鹤,横江东来,翅如车轮,玄裳缟衣[20],戛然长鸣,掠予舟而西也[21]。须臾客去,予亦就睡。梦一道士,羽衣翩跹[22],过临皋之下,揖予而言曰:"赤壁之游乐乎?"问其姓名,俯而不答。"呜呼!噫嘻!我知之矣。畴昔之夜[23],飞鸣而过我者,非子也邪?"道士顾笑[24],予亦惊寤[25]。开户视之,不见其处。

【注释】

[1] 是岁:承前篇而言,指宋神宗元丰五年(1082)。

[2] 雪堂:苏轼谪居黄州后,在州治黄冈(今属湖北)东坡建筑的住所。堂于大雪中为之,四壁都画雪景,故名。

[3] 临皋:在黄冈南长江边。苏轼在黄州,初寓定惠院,不久迁居临皋。后东坡雪堂建成,家属仍居临皋。

[4] 黄泥之阪:在黄冈东,是从雪堂到临皋的必经之路。

[5] 行歌相答:边走边吟诗相唱和。

[6] 松江之鲈:松江县(今属上海)以产四鳃鲈著名。

[7] 安所:什么地方。

[8] 断岸千尺:指赤壁江岸,峭壁陡立,高达千尺。

[9] 水落石出:语出欧阳修《醉翁亭记》。

[10] 几何:没有多久,指距上次七月十六日之游未久。

[11] 摄衣:撩起衣襟。

[12] 履巉岩:踏上险峻的山岩。

[13] 披蒙茸:拨开丛生的野草。

[14] 踞虎豹:蹲坐在状如虎豹的山石上。

[15] 登虬龙:爬上状如虬龙的古木。虬龙,传说中有角的小龙。盘曲的树干似之,故以代称。

[16] 攀栖鹘之危巢:攀登鹘鸟巢居的崖壁。鹘,一称隼,猛禽类。

危，高。巢在悬崖上，故云。《东坡志林·赤壁洞穴》："断崖壁立，江水深碧，二鹘巢其上。"

[17]"俯冯夷"句：冯夷，神话传说中的水神，即河伯。《竹书纪年·帝芬十六年》："洛伯用与河伯冯夷斗。"《文选》张衡《思玄赋》引《青令传》："河伯，华阴潼乡人也。姓冯氏，名夷。浴于河中而溺死，是为河伯。"幽宫，深宫，此指水府。句意是说往下俯视大江。

[18]划然：忽然。长啸：撮口发出清越而悠长的声音。

[19]中流：江心。

[20]玄裳缟衣：黑裙白衣。丹顶鹤（俗称仙鹤）身上纯白，羽尾呈黑色，故云。

[21]掠予舟而西：苏轼《为杨道士书帖》："十月十五日，与杨道士泛舟赤壁，饮醉，夜半有一鹤自江南来，掠舟而西，不知其为何祥也？"

[22]羽衣：《汉书·郊祀志上》："天子又刻玉印曰'天道将军'。使使衣羽衣，夜立白茅上；五利将军亦衣羽衣，立白茅上受印，以视（示）不臣也。"颜师古注："羽衣，以羽为衣，取其神仙飞翔之意也。"按五利将军栾大为汉时方士，故后世称道士为羽士。蹁跹：形容道士步履飘忽之状，又用以形容鹤的舞姿，如杜甫《西阁曝日》诗："翩跹山巅鹤。"这里双关道士与鹤的步态。

[23]畴昔之夜：昨夜。语见《礼记·檀弓上》。

[24]顾：回首看。

[25]寤：一本作"悟"，意同，均作"觉醒"解。

【阐析】

第一段，写重游赤壁前的景况。第一层，叙述缘起，用简练之笔交代游览的时间、行程和随从人员。起笔不径写赤壁之游，而是宕开，先写黄泥阪夜游：作者和两个朋友从雪堂走回临皋，途经黄泥阪，偶然发现月色极美，遂顿兴再游赤壁之念。"霜露既降，木叶尽脱，人影在地，仰见明月。"寥寥十六个字，逼真地写出初冬月夜宁静的气象，烘托出主客浓厚的游兴，并为下文写登山和见鹤做了很好的铺垫。第二层，从"已而叹曰"到"顾安所得酒乎"，以主客的对话，真实地衬托出初冬月夜之美，并展现出美景所给予主客的愉快心情。第三层，从"归而谋诸妇"到"不时之需"，写本无酒肴而终于得到酒肴的过程，"归而谋诸妇"这一细节的插入，既加浓了文章的生活气息，又使内容显得更丰富多彩。通过主、客、妇三方的对话，写出良宵、美酒、贵宾、佳肴四美俱，因此，夜游赤壁的兴致将更高。全段叙事扣紧偶然性，与写景、抒情融为一体。

第二段，水到渠成地转入写赤壁之游。第一层，先写总的印象。"江流有声"四句，状流急、崖陡、月轮之远、水位之低，精于体物，笔笔如画；上述景象与上次游览时所见秋景迥异，自然导出"江山不可复识"的感慨；通过景物的瞬息万变，蕴含人世的沧桑之感，于写实中寓理趣。第二层，既然不可复识，可见江山景致已呈现新貌，这更激起探奇寻胜之兴致，于是产生舍舟登山、独游崖壁的一段描绘。"履巉岩"六句，写月夜登山历险，全用动宾结构的句式，分三字句和六字句两组，统一中显出变化，整齐中呈现错落。履、披、踞、登、攀、俯六个词，准确地写出登山历险的种种动作。巉岩，状山之高险；蒙茸，状草之冗杂；虎豹，状石之怪特；虬龙，状树之奇诡。不仅景物奇异惊险，体现出游兴之浓，意志之坚，而且寓有比兴之意，那一系列登山涉险的形象，不正是作者在政治斗争中不畏艰难险阻精神的写照吗？这种独往独来的气魄自非常人所能追随和企及，故"二客不能从焉"。第三层，当身在高峰绝顶,"划然长啸,草木震动,山鸣谷应,风起水涌"时,勇于探奇的苏公也不能不产生悲凉之感、忧惧之心,于是返而登舟。这里写的是自然景物给作者的感受,但毫无疑问,其中也体现了作者当时政治处境之艰难及其恐惧心情。"凛乎其不可留也"意味着敌我力量悬殊,只得抽身引退,"反而登舟",一任其"放乎中流,听其所止而休焉",在政治舞台上失意以后,只好力求适应逆境,自我解脱。

第三段,舟行中流,时夜将半,四顾寂寥,正待悠然而息,不料骤起一波,一只孤鹤突然横江东来,掠舟而过,出人意料。这一细节的插入,不仅使文章再起波澜,跌宕生姿,而且为第二层写梦埋下伏笔。第二层,写游后登岸就寝。在睡梦中见一道士,向他作揖,问他"赤壁之游乐乎?"借道士关联孤鹤,构思空灵缥缈,而在贴紧题意。第一,孤鹤与道士一而二、二而一的关系,说明物、我虽有区别,但在人的幻觉或梦中可以互相转化,此之谓物化。第二,孤鹤虽为得道之士,却也不甘寂寞,仍在寻觅志同道合的伴侣,所以才"掠予舟而西",对苏轼表示友好。这意味着苏轼自己虽遭贬谪,仿佛很孤独寂寞,其实并不缺乏同情他的人,因此精神上可以得到慰藉和满足。第三,这段描写是前赋中所说的"挟飞仙以遨游"的体现,但前赋认为这种事近于幻想,"不可骤得";而在本赋里,苏轼则仿佛认为,神仙境界可以追求。

【赏评】

本赋作于神宗元丰五年(1082)夏历十月十五日夜。苏轼在写《赤壁赋》三个月后,又重游黄冈赤壁,写下这篇短赋,为了区别,名曰"后赤壁赋"。

《后赤壁赋》从游前的准备写到出游,又由出游写到游后梦境,意境多变,作者的感情也随之而转换。大抵前两段实写,尾段转实为虚,"灵空奇幻，笔笔欲仙"（《苏长公合作》卷一引李贽语），而寄托之意，悠然见于言外。文中描写江山胜景，色泽鲜明，景物如画。作者很善于抓住事物的特征来下笔，同是赤壁风月，随着节序的推移和心情的变化，所呈现出来的境界却大异其趣，各有特色。在作者笔下的景物往往带有抒情成分和哲理意味。他再次巧妙而灵活地把写景抒情和说理融为一体，使文章兼具诗情画意与理趣。

作为大家，一个地方游了两次，一个题目作了两篇，真可谓挑战自我。我们来比较一下：两篇都是文赋，都写赤壁，既互相发明，紧密联系，同时又笔笔不同，各臻其妙。

前赋绘初秋风光，后赋状冬初景象。前赋主要写江面泛舟之游，所以侧重描写水月交辉；后赋主要写登山俯瞰之趣，所以侧重描写攀缘之艰难和巉岩的险峻。前赋侧重描绘宁静清爽的境界；后赋着力渲染寥落幽峭的气氛。前赋是有意与友人偕游，所以酒肴都有准备；后赋却是临时倡议，即兴而发，本无意于游而游，所以酒肴都是拼凑来的。前赋写了舟中饮酒和歌唱的场面；后赋便不再重复。前赋是在舟中醉卧到天明；后赋则写作者兴尽归家。前赋有主有客；后赋则"二客不能从"，专写作者个人的感受。前赋重在谈玄说理，妙在叙志，描写自然景物只有"清风徐来，水波不兴"和"月出于东山之上，徘徊于斗牛之间。白露横江，水光接天"六句；后赋主要叙事写景，妙在体物，绘景篇幅增加不少，至于水月如故，而江山已不可复识，正前赋所谓"自其变者而观之，而天地曾不能一瞬"的形象化说明，但此处只点到为止，不发一句议论。前赋水月间充满禅道哲理；后赋平叙中含有无限风光。前赋精警自然，实写主客问答；后赋灵空奇幻，虚写道士化鹤。前赋借景喻理，表达自己圆通达观的襟怀；后赋通过记叙见闻和梦境，寄托作者超尘绝俗的奇想。"前赋是特地发明胸前一段真实了悟，后赋是承上文从现身现境，一一指示此一段真实了悟，便是真实受用也。本不应作文字观，而文字特奇妙。""若无后赋，前赋不明；若无前赋，后赋无谓。"（金圣叹《天下才子必读书》卷十五）确实，只有将前、后《赤壁赋》对照来读，才能更深刻地理解苏轼的深刻用意，也才能更深入地体会出两篇立意高远、情文并茂之作各自的胜境。

苏辙

黄州快哉亭记

江出西陵[1]，始得平地；其流奔放肆大[2]，南合沅湘[3]，北合汉沔[4]，其势益张[5]；至于赤壁之下，波流浸灌，与海相若。清河张君梦得[6]，谪居齐安[7]，即其庐之西南为亭[8]，以览观江流之胜，而余兄子瞻名之曰"快哉"。

盖亭之所见，南北百里，东西一舍[9]，涛澜汹涌，风云开阖[10]；昼则舟楫出没于其前，夜则鱼龙悲啸于其下；变化倏忽[11]，动心骇目，不可久视——今乃得玩之几席之上[12]，举目而足[13]。西望武昌诸山，冈陵起伏，草木行列，烟消日出，渔夫樵夫之舍，皆可指数[14]：此其所以为"快哉"者也。至于长洲之滨[15]，故城之墟[16]，曹孟德、孙仲谋之所睥睨[17]，周瑜、陆逊之所骋骛[18]，其流风遗迹，亦足以称快世俗[19]。

昔楚襄王从宋玉、景差于兰台之宫，有风飒然至者，王披襟当之，曰："快哉此风！寡人所与庶人共者耶？"宋玉曰："此独大王之雄风耳，庶人安得共之？"玉之言，盖有讽焉[20]。夫风无雄雌之异，而人有遇不遇之变[21]；楚王之所以为乐，与庶人之所以为忧，此则人之变也，而风何与焉[22]？士生于世，使其中不自得，将何往而非病？使其中坦然，不以物伤性[23]，将何适而非快？今张君不以谪为患，窃会计之余功，而自放山水之间[24]，此其中宜有以过人者。将蓬户瓮牖[25]，无所不快，而况乎濯长江之清流[26]，揖西山之白云[27]，穷耳目之胜以自适哉[28]？不然，连山绝壑[29]，长林古木，振之以清风，照之以明月，此皆骚人思士之所以悲伤憔悴而不能胜者[30]，乌睹其为快也哉[31]？元丰六年十一月朔日赵郡苏辙记[32]。

【注释】

[1] 西陵：又名夷陵峡，长江三峡之最长者，自湖北巴东官渡道口至宜昌南津关，约一百五十公里。

[2] 肆大：形容水势浩大无阻的样子。

[3] 沅湘：沅江、湘江，湖南省的两条主要河流，都在长江南岸，北流入洞庭湖，合于长江。

[4] 汉沔：汉水上源为沔水，出陕西省西南部，至汉中，称汉水，流经湖北省西北部至汉口入长江。

[5] 张：阔大。

[6] 清河：今属河北。张梦得：字怀民，又字偓佺，在黄州与苏轼有交往（据王文诰《苏诗总案》卷二二）。即苏轼《记承天寺夜游》（也作于元丰六年冬）中提到的"念无与为乐者，遂至承天寺寻张怀民"。

[7] 齐安：古代都名，即黄州，治所在今湖北黄冈。

[8] 即：就，在。

[9] 一舍：三十里。古时行军每天走三十里宿营，故称。《左传·僖公二十三年》载晋公子重耳对楚子曰："晋、楚治兵，遇于中原，其辟（避）君三舍。"贾逵注："三舍，九十里也。"（《春秋左传贾服注辑述》

卷七）

[10] 风云开阖：犹言风云变化。阖，同"合"。

[11] 倏忽：迅速，急速。

[12] 玩之几席之上：依靠在亭子的几席上就可以尽情玩赏。几席，这里指坐卧之处。几，小桌。

[13] 举目而足：抬眼可得。

[14] 指数：指点计算出来。

[15] 长洲：苏轼《东坡志林·记樊山》："自余所居临皋亭下，乱流而西，泊于樊山，为樊口。……其上为卢洲。孙仲谋泛江遇大风，柂师请所之，仲谋欲往卢洲。其仆谷利以刀拟柂师，使泊樊口。遂自樊口凿山通路归武昌。"长洲疑即指卢洲。据《黄冈县志》所载，西南长江中多沙洲，如得胜洲、罗湖洲、木鹅洲、鸭蛋洲等。此处可能是泛指。

[16] 故城：指孙权的故都。《水经注》卷三五"鄂县北"条引《九州记》曰："鄂，今武昌也。孙权以黄初元年自公安徙此，曰武昌。"苏轼《次韵乐著作野步》诗自注："黄州对岸武昌有孙权故宫。"墟：旧有建筑物毁后留有遗迹之地。

[17] 曹孟德、孙仲谋：三国时赤壁之战中敌对双方的最高统帅。曹操字孟德。孙权字仲谋。睥睨：窥伺。

[18] 周瑜：赤壁之战中吴军的主将，字公瑾，庐江舒县（今安徽庐江西南）人。陆逊：吴国的将军，字伯言，吴郡吴县华亭（今上海市松江区）人，曾破刘备伐吴大军于猇亭（今湖北宜都市北）。《三国志·吴志·孙权传》载黄龙元年（229）"征上大将军陆逊辅太子登，掌武昌留事"。又载赤乌四年（241）"秋八月，陆逊城邾"（按黄冈为古邾城）。此可见陆逊曾两次驻节黄州。骋骛：同"驰骛"，奔走，追逐。

[19] 称快世俗：为世俗人所快意。

[20]"昔楚襄王"等句：宋玉《风赋》："楚襄王游于兰台之宫，宋玉、景差侍。有风飒然而至。王乃披襟而当之，曰：'快哉此风！寡人所与庶人共者邪？'宋玉对曰：'此独大王之雄风耳，庶人安得而共之！'"（后文即阐明"大王之雄风"与"庶人之雌风"的区别）吕向注："《史记》云：宋玉，郢人也，为楚大夫。时襄王骄奢，故宋玉作此赋以讽之。"《史记·屈原列传》："屈原既死之后，楚有宋玉、唐勒、景差之徒者，皆好辞而以赋见称。"兰台，在今湖北钟祥市东。飒然，形容风声。披襟当之，敞开衣襟迎着它。

[21]遇不遇：得意不得意，顺利不顺利。

[22]何与焉：有什么关系呢？

[23]不以物伤性：不因外物的影响而损害性情。这里的外物既包括周围的环境，也包括功名利禄这些所谓的身外之物。

[24]"窃会计之余功"二句：谓职事之暇，一心游玩山水。窃，取，利用。会计，掌赋税钱谷等事务。放，放纵，无拘无束地游玩。

[25]蓬户瓮牖：贫穷人的住所。语见《礼记·儒行》。孔颖达疏："蓬户，谓编蓬为户。又以蓬塞门谓之蓬户。瓮牖者，谓牖窗圆如瓮口也。又云以败瓮口为牖。"

[26]濯长江之清流：左思《咏史》之五写高士的生活："振衣千仞冈，濯足万里流。"

[27]揖：以礼相对。西山：苏辙《武昌九曲亭记》说齐安（黄冈）"无名山，而江之南武昌（即鄂城）诸山，陂陁蔓延，涧谷深密，中有浮图精舍；西曰西山，东曰寒溪"。按，西山即樊山，在今湖北鄂州市鄂城区西三里。

[28]穷耳目之胜：极尽耳目之佳妙，即尽饱耳福、眼福。

[29]绝壑：深不见底的山谷。

[30] 胜：承受。

[31] 乌睹：哪里看得出。

[32] 赵郡：苏辙先世为赵郡栾城（今属河北）人。

【阐析】

第一段，记快哉亭的建造和命名。先宕开一笔，从黄州附近的长江水势落笔，由远及近，写江流气势之三变：奔放→益张→浩瀚，描绘了一幅千里江流图。接着，笔锋收拢，转而写亭：登亭能"览观江流之胜"，揭示先写江水的用意和造亭的目的。

第二段，揭出命名缘由：一是从俯瞰、仰视、昼观、夜闻、近睹、远眺诸角度，极言在亭上观赏周围景色，壮观奇幻，足以令人称快；二是凭吊历史遗迹，感受古人的流风余韵，也足以令人称快。

第三段，就"快哉"两字抒发议论。先承接上文的怀古，引录宋玉《风赋》的有关故事，不仅交代"快哉"两字的出处，还从宋玉将风分为雌雄生发开去，指出风无雌雄之分，而人有遇不遇之别，然后由楚王之乐、庶民之忧，联系到"士生于世"的两种不同的处世态度，肯定张梦得的不以物伤性，自放于山水之间的那种"何适而非快"的乐观情怀。最后，用"不然"两字从反面收结，进一步衬托出张梦得旷达胸襟的可贵。

【赏评】

苏辙（1039—1112），字子由，号颍滨遗老，眉州眉山（今属四川）人。嘉祐进士，官至尚书右丞、门下侍郎。他将自己的文章与兄苏轼作比，称"子瞻之文奇，余文但稳耳"（《栾城遗言》）。有《栾城集》。

本文作于宋神宗元丰六年（1083）冬。时苏辙因上疏营救以"乌台诗案"获罪的苏轼，被贬为监筠州（治所在今江西高安）盐酒税，与文中提到的建亭者张梦得、题名者苏轼，同为逐客。快哉亭，位于黄州（今湖北黄冈）城南。

此记在记述建造亭子的命名原因之后，即描绘登亭所见的景色，极写观形胜与览古之快，并由此而引起感慨，抒发议论：认为士处于世，应像张梦得这样心中坦然，不以得失为怀。这既表达作者身处逆境的旷达乐观胸怀，也暗含对政治失意的牢骚和不平。

文章构思精巧，结构严谨，全文扣住"快哉"着笔，层层展开，一篇之中"快"字七见，与"自适"的主旨紧密绾结，犹如剥茧抽丝，既做足题目，又把不以谪居为患、在逆境中自勉之意，发挥得淋漓尽致。文题虽曰"记"，却把叙事、写景和抒情、议论，无痕地融为一体。文势雄放而有风致，笔致委曲而又明畅，颇能体现苏辙散文的基本风格。吴楚材、吴调侯《古文观止》评曰："读之令人心胸旷达，宠辱俱忘。"洵非虚言。

李清照

金石录后序

右《金石录》三十卷者何[1]？赵侯德父所著书也[2]。取上自三代[3]，下迄五季[4]，钟、鼎、甗、鬲、盘、匜、尊、敦之款识[5]，丰碑大碣、显人晦士之事迹[6]，凡见于金石刻者二千卷，皆是正讹谬[7]，去取褒贬，上足以合圣人之道，下足以订史氏之失者皆载之，可谓多矣。呜呼！自王播、元载之祸，书画与胡椒无异[8]；长舆、元凯之病，钱癖与传癖何殊[9]？名虽不同，其惑一也。

余建中辛巳[10]，始归赵氏。时先君作礼部员外郎[11]，丞相作吏部侍郎[12]，侯年二十一，在太学作学生[13]。赵、李族寒，素贫俭，每朔望谒告出[14]，质衣取半千钱，步入相国寺[15]，市碑文果实归，相对展玩咀嚼，自谓葛天氏之民也[16]。后二年，出仕宦，便有饭蔬衣綀[17]，穷遐方绝域，尽天下古文奇字之志[18]。日就月将[19]，渐益堆积。丞相居政府，亲旧或在馆阁[20]，多有亡诗、逸史，鲁壁、汲冢所未见之书[21]，遂尽力传写，浸觉有味，不能自已。后或见古今名人书画，一代奇器，亦复脱衣市易。尝记崇宁间[22]，有人持徐熙《牡丹图》求钱二十万[23]。当时虽贵家子弟，求二十万钱，岂易得耶？留信宿[24]，计无所出而还之。夫妇相向惋怅者数日。后屏居乡里十年[25]，仰取俯拾[26]，衣食有余。连守两郡[27]，竭其俸入以事铅椠[28]。每获一书，即同共勘校，整集签题[29]。得书画彝鼎[30]，亦摩玩舒卷[31]，指摘疵病，夜尽一烛为率。故能纸札精致，字画完整，冠诸收书家。余性偶强记，每饭罢，坐归来堂烹茶[32]，指堆积书史，言某事在某书某卷第几叶第几行，以中否角胜负，为饮茶先后。中即举杯大笑，至茶倾覆怀中，反不得饮而起。甘心老是乡矣！故虽处忧患困穷，而志不屈。收书既成，归来堂起书库大橱，簿甲乙，置书册[33]。如要讲读，即请钥上簿[34]，关出卷帙[35]。或少损污，必惩责揩完涂改，不复向时之坦夷也[36]。是欲求适意而反取憀慄[37]。余性不耐，始谋食去重肉，衣去重采[38]，首无明珠翡翠之饰，室无涂金刺绣之具，遇书史百家字不刓阙、本不讹谬者[39]，辄市之，储作副本[40]。自来家传《周易》《左氏传》，故两家者流，文字最备。于是几案罗列，枕席枕藉[41]，意会心谋，目往神授[42]，乐在声色狗马之上[43]。

至靖康丙午岁[44]，侯守淄川[45]，闻金人犯京师。四顾茫然，盈箱溢箧，且恋恋，且怅怅，知其必不为己物矣。建炎丁未春三月[46]，奔太夫人丧南来。既长物不能尽载[47]，乃先去书之重大印本者，又去画之多幅者，又去古器之无款识者[48]，后又去书之监本者[49]，画之平常者，器之重大者。凡屡减去，尚载书十五车。至东海[50]，连舻渡淮，又渡江，至建康[51]。青州故第，尚锁书册什物，用屋十余间，期明年春再具舟载之。十二月，金人陷青州，凡所谓十余屋者，已皆为煨烬矣。建炎戊申秋九月[52]，侯起复[53]，知建康府。己酉春三月罢[54]，具舟上芜湖[55]，入姑孰[56]，将卜居赣水上[57]。夏五月，至池阳[58]，被旨知湖州[59]，过阙上殿[60]。遂驻家池阳，独赴召。六月十三日，始负担舍舟，坐岸上，葛衣岸巾[61]，精神如虎，目光烂烂射人，望舟中告别。余意甚恶，呼曰："如传闻城中缓急[62]，奈何？"戟手遥应曰[63]："从众。必不得已，先弃辎重[64]，次衣被，次书册卷轴，次古器。独所谓宗器者[65]，可自负抱，与身俱存亡，勿忘之！"遂驰马去。途中奔驰，冒大暑，感疾。至行在，病痁[66]。七月末，书报卧病。余惊怛，念侯性素急，奈何病痁！或热，必服寒药，疾可忧。遂解舟下，一日夜行三百里。比至，果大服柴胡、黄芩药[67]，疟且痢，病危在膏肓[68]。余悲泣，仓皇不忍问后事。八月十八日，遂不起，取笔作诗，绝笔而终，殊无分香卖屦之意[69]。葬毕，余无所之。朝廷已分遣六宫[70]，又传江当禁渡。时犹有书二万卷，金石刻二千卷，器皿茵褥可待百客，他长物称是[71]。余又大病，仅存喘息，事势日迫，念侯有妹婿任兵部侍郎，从卫在洪州[72]，遂遣二故吏先部送行李往投之。冬十二月，金人陷洪州[73]，遂尽委弃。所谓连舻渡江之书，又散为云烟矣。独余少轻小卷轴书帖，写本李、杜、韩、柳集，《世说》，《盐铁论》[74]，汉唐石刻副本数十轴，三代鼎鼐十数事[75]，南唐写本书数箧，偶病中把玩，搬在卧内者，岿然独存[76]。上江既不可往[77]，又虏势叵测[78]，有弟迒，任敕局删定官[79]，遂往依之。到台[80]，台守已遁，之剡[81]。出陆，又弃衣被走黄岩[82]，雇舟入海奔行朝[83]。时驻跸章安[84]，从御舟海道之温[85]，又之越[86]。庚戌十二月[87]，放散百官[88]，遂之衢[89]。绍兴辛亥春三月[90]，复赴越。壬子[91]，又赴杭。先侯疾亟时[92]，有张飞卿学士，携玉壶过视侯，便携去，其实珉也[93]。不知何人传道，遂妄言有颁金之语[94],或传亦有密论列者[95]。余大惶怖,不敢言,亦不敢遂已,尽将家中所有铜器等物,欲赴外廷投进[96]。到越,已移幸四明[97]。不敢留家中,并写本书寄剡。后官军收叛卒,取去,闻尽入故李将军家。所谓岿然独存者,无虑十去五六矣[98]。惟有书画砚墨可五七簏,更不忍置他所,常在卧榻下,手自开阖。在会稽[99],卜居土民钟氏舍,忽一夕,穴壁负五簏去。余悲恸不已,重立赏收赎。后二日,邻人钟复皓出十八轴求赏,故知其盗不远矣。万计求之,其余遂不可出。今知尽为吴说运使贱价得之[100]。所谓岿然独存者,乃十去其七八。所有一二残零不成部帙书册三数种,平平书帖,犹复爱惜如护头目,何愚也邪!

今日忽阅此书,如见故人。因忆侯在东莱静治堂[101],装卷初就,芸签缥带[102],束十卷作一帙。每日晚吏散,辄校勘二卷,跋题一卷[103]。此二千卷,有题跋者五百二卷耳。今手泽如新而墓木已拱[104],悲夫!昔萧绎江陵陷没,不惜国亡,而毁裂书画[105];杨广江都倾覆,不悲身死,而复取图书[106]。岂人性之所著,死生不能忘之欤?或者天意以余菲薄,不足以享此尤物耶[107]?抑亦死者有知,犹斤斤爱惜,不肯留在人间耶?何得之艰而失之易也?呜呼!余自少陆机作赋之二年[108],至过蘧瑗知非之两岁[109],三十四年之间,忧患得失,何其多也!然有有必有无,有聚必有散,乃理之常。人亡弓,人得之[110],又胡足道!所以区区记其终始者,亦欲为后世好古博雅者之戒云[111]。绍兴二年玄黓岁壮月朔甲寅,易安室题[112]。

【注释】

[1] 右：以上。后序附于原书卷末，故云。

[2] 侯：唐、宋时以州、府地方长官比拟古代的诸侯。如韩愈《柳州罗池庙碑》称柳宗元为"故刺史柳侯"。赵明诚历任知州、知府，故称。又，古时士大夫平辈之间有时也尊称侯。德父，赵明诚字。

[3] 三代：夏、商、周三朝。

[4] 五季：五代，指后梁、后唐、后晋、后汉、后周。

[5] 甗（yǎn）：古代陶制炊具。鬲（lì）：古代烹饪器。匜（yí）：盛水的器具。敦（duì）：青铜制食器。款识（zhì）：古代钟鼎器物上铸刻的文字。

[6] 丰碑：大碑。碣（jié）：圆顶的石碑。晦士：生平事迹无从查考的人。

[7] 是正讹谬：订正错误。

[8] "自王播、元载之祸"二句：王播，清人何焯校改为王涯，可从。（参见罗尔纲《师门五年记　胡适琐记》，北京生活·读书·新知三联书店，1995年5月版，第24—25页）涯字广津，太原（今属山西）人。官至宰相兼领盐铁。在唐文宗时的甘露之变中，为宦官仇士良所杀，家产被抄没。《新唐书》本传载，其家藏书之多，可与秘府相比。曾以重金求购前世的著名书画，藏于家中墙内。被抄家后，奁轴金玉为人破墙剔取，而书画则被弃之于道。而王播亦太原人，与王涯同时，官至宰相兼领盐铁。但不闻有藏书画事，亦未遇祸。元载，字公辅，岐山（今陕西凤翔）人。唐代宗时宰相。后因罪被捕，赐自尽。《新唐书》本传载抄其家，"胡椒至八百石，它物称是"。

[9] "长舆、元凯之病"二句：和峤，字长舆，汝南西平（今河南西平西）人。晋武帝时，官至中书令。《晋书》本传载，峤家产丰富，可与

王者相比。但非常吝啬，被世人所讥。杜预说他有钱癖。杜预，字元凯，京兆杜陵（今陕西西安东南）人。西晋初年灭吴的主将。著有《春秋左氏经传集解》。《晋书》本传载，杜预常说，王济有马癖，和峤有钱癖。晋武帝听说后，问杜预："你有何癖？"对曰："臣有《左传》癖。"

［10］建中辛巳：宋徽宗建中靖国元年（1101），岁次辛巳。

［11］先君：李清照称其已故的父亲李格非。员外郎：尚书省各部诸曹的副长官，职位次于郎中。

［12］丞相：指赵明诚的父亲赵挺之，于宋徽宗崇宁四年至五年（1105—1106）任尚书右仆射兼中书侍郎，职位相当于古代的丞相。侍郎：尚书省各部均置侍郎，为部的副长官。

［13］太学：京师的最高学府。

［14］朔望：旧历初一、十五日。谒告：请假。

［15］相国寺：故址在今河南开封。北宋时为汴京最大的寺庙，庙内有集市。孟元老《东京梦华录》卷三载相国寺临汴河大街，"每月五次开放万姓交易"，"第二三门皆动用什物，庭中设彩幕露屋义铺，卖蒲合、簟席、屏帏、洗漱、鞍辔、弓剑、时果、腊脯之类"，"殿后资圣门前，皆书籍、玩好、图书，及诸路罢任宫员土物香药之类"。

［16］葛天氏：相传为远古帝王，此以喻生活简朴而安定的远古时代。

［17］饭蔬衣绿（shū）：谓生活朴素。饭、衣，均动词。绿，布类。一作"练"。练，粗糙的丝绸。刘向《说苑·反质》："于是更制练帛之衣，大白之冠朝（上朝见群臣），一年而齐国节俭也。"

［18］古文奇字：指秦汉以前文字。《晋书·卫恒传》论六书："一曰孔氏壁中书也。二曰奇字，即古文而异者也。"

［19］日就月将：日积月累。语出《诗经·周颂·敬之》："日就月

将，学有缉熙于光明。"就，成。将，进。

[20] 馆阁：掌管图书、编修国史的官署。宋朝有昭文馆、史馆、集贤院馆、秘阁、龙图阁、天章阁等，统称馆阁。

[21] 亡诗：指今本《诗经》三百零五篇以外的逸诗。逸史：正史以外的史籍。鲁壁：《汉书·艺文志》："武帝末，鲁共（恭）王坏孔子宅，欲以广其宫，而得《古文尚书》及《礼记》《论语》《孝经》凡数十篇，皆古字也。"汲冢：《晋书·武帝纪》载，咸宁五年（279）："汲郡人不准掘魏襄王冢，得竹简小篆古书十余万言，藏于秘府。"

[22] 崇宁：宋徽宗年号，1102—1106年。

[23] 徐熙：五代时南唐大画家，以画花卉著称。

[24] 信宿：再宿为信。

[25] 屏（bǐng）居乡里十年：宋徽宗大观元年（1107）赵挺之罢相，不久卒于京师，并被追夺赠官（徐自明《宋宰辅编年录》卷十一），此后赵明诚与李清照屏居乡里。屏居，退职闲居。按，赵氏本密州诸城人，移居青州（今山东青州）。《宋史·赵挺之传》记挺之有"乞归青州"语。乡里，当指青州。

[26] 仰取俯拾：谓持家勤俭，动有收益。《史记·货殖列传》："鲁人俗俭啬，而曹邴氏尤甚。以铁冶起，富至巨万。然家自父兄子孙约：俯有拾，仰有取。"

[27] 连守两郡：赵明诚曾任莱州、淄州知州（相当于郡守）。

[28] 铅椠：指著录、校订工作。铅，指铅粉笔，用以修改误字。椠，书写的木板。

[29] 签题：书签、题识。

[30] 彝：古代宗庙用的祭器。

[31] 舒卷：把字画卷轴展开。

[32] 归来堂：在青州赵氏故第内，取陶渊明《归去来兮辞》之意名其堂。

[33] "簿甲乙"二句：谓分门别类编制目录，安放图书。

[34] 请钥：取出钥匙。上簿：登记上册。

[35] 关出：检出。卷帙（zhì）：合数卷为一帙，指书籍。帙，书套。

[36] 坦夷：平易，不在意。

[37] 憀栗：不安。

[38] "食去重（读平声）肉"二句：谓节省衣食费用。《史记·管晏列传》载晏婴："以节俭力行重于齐。既相齐，食不重肉，妾不衣帛。"《后汉书·循吏列传》载汉光武帝："身衣大练，色无重彩。"

[39] 刓阙：残缺。阙，同"缺"。

[40] 副本：藏书家于善本书之外，另备同书的常用之本，曰副本。

[41] 枕藉：谓纵横堆积。

[42] 神授：犹言神往。

[43] 声色狗马：指歌舞、女色以及狗马珍物之玩。《史记·殷本纪》："益收狗马奇物，充仞宫室。"《汉书·食货志下》："世家子弟、富人，或斗鸡，走狗马。"

[44] 靖康丙午岁：宋钦宗靖康元年（1126），岁次丙午。

[45] 淄川：即淄州，今山东淄博。

[46] 建炎丁未：宋高宗建炎元年（1127），岁次丁未。

[47] 长（zhàng）物：多余的物件。

[48] 古器之无款识者：古代鼎彝等器物未铸刻文字者。古器以有款识者为贵。

[49] 监本：五代以来国子监所刻的书称监本，在当时为通行的版本。

[50] 东海：即海州，治所在今江苏连云港市海州区。

[51] 建康：今江苏南京。

[52] 戊申：建炎二年（1128），岁次戊申。

[53] 起复：古代官员遭父母之丧，在家守丧尚未满期而应召任职者称为起复。

[54] 己酉：建炎三年（1129），岁次己酉。

[55] 芜湖：今属安徽。

[56] 姑孰：今安徽当涂。

[57] 赣水上：指今江西省地区。联系下文看，当指洪州（今江西南昌）。

[58] 池阳：今安徽池州市贵池区。

[59] 湖州：治所在今浙江湖州。

[60] 过阙上殿：谓上任之前，到朝廷朝见皇帝。时宋高宗在建康。阙，指宫阙。

[61] 葛衣：谓夏衣。岸巾：戴头巾露额。显露曰岸。

[62] 缓急：偏义复词，发生紧急事件。

[63] 戟手遥应：在远处举起手回答。戟手，用手指中指指点，其形如戟（古兵器，有枝刃横出），一般形容激愤骂人的样子，这里形容仓皇着急的样子。

[64] 必：假使。辎重：行李。

[65] 宗器：古代宗庙的祭器和乐器。

[66] 行在：皇帝出行所在之地。此指建康。痁（shān）：疟疾。段玉裁《说文解字注》："痁，有热无寒之疟也。"

[67] 柴胡、黄芩（qín）：中医所用两种退热的寒（凉）药。此谓赵明诚急于把病治好（上文有"候性素急"语），服食柴胡、黄芩过量，所

以病况转危。

［68］病危在膏肓（huāng）：谓病在心、膈之间，不可救治。膏，心下端的脂肪。肓，膈上的薄膜。《左传·成公十年》："疾不可为也，在肓之上，膏之下，攻之不可，达之不及，药不至焉，不可为也。"

［69］殊无分香卖履之意：谓不以身后事为念。曹操《遗令》："余香可分与诸夫人，不命祭。诸舍中（姬妾）无所为，可学作组履卖也。"

［70］朝廷已分遣六宫：时金兵南下，南宋朝廷实行疏散。李心传《建炎以来系年要录》卷二五载宋高宗建炎三年（1129）七月壬寅诏："迎奉皇太后（隆祐）率六宫往豫章（今江西），且奉太庙神主、景灵宫祖宗神御以行，百司非预军旅之事者悉从。"六宫，古代皇后和妃嫔居住的地方，此指后妃、宫女等。

［71］他长物称是：其余应用的器物也相当于此数。

［72］从卫：担任侍从、警卫之职。在洪州：时隆祐皇太后率领妃嫔、宫女及疏散官员退驻洪州（治所在今江西南昌）。

［73］"冬十二月"二句：《宋史·高宗本纪》载建炎三年十一月："金人陷洪州，权知州事李积中以城降。"

［74］《世说》：《世说新语》，南朝宋刘义庆著。《盐铁论》：汉桓宽著。

［75］鼐（nài）：大鼎。十数事：即十余件。

［76］岿然独存：王延寿《鲁灵光殿赋序》："自西京未央、建章之殿，皆见隳坏，而灵光岿然独存。"岿然，高峻独立貌。此用成语，取"独存"义。

［77］上江：安徽省以西较之江苏省居于长江之上游，故称安徽以西为上江，江苏为下江。此指江西省。

［78］叵测：不可测度。

[79] 敕局删定官：敕局即编修敕令所，属枢密院，掌管编辑诏旨，设置提举、详定官与删定官等员，选派职事官兼充。

[80] 台：台州，治所在今浙江临海。

[81] 台守已遁，之剡（shàn）：谓台州郡守（知州）已逃遁，只好改往嵊县。《宋史·高宗本纪》载建炎四年（1130）正月，"丁卯，台州守臣晁公为弃城遁"。剡，剡溪，在嵊县南，此指嵊县。

[82] "出陆"二句：由台州入海有水陆两路，"走黄岩"为陆路。黄岩，今浙江台州市黄岩区。

[83] 行朝：即行在。

[84] 驻跸（bì）：皇帝出行，沿途暂住，曰驻跸。章安：今临海镇名。

[85] 温：温州，治所在今浙江温州。据《续资治通鉴》卷一〇六载，建炎四年"二月丁亥，御舟至温州江心寺驻跸"。

[86] 越：越州，治所在今浙江绍兴。

[87] 庚戌：宋高宗建炎四年（1130），岁次庚戌。

[88] 放散百官：《建炎以来系年要录》卷三六载宋高宗建炎四年十月："自金人破楚州，游骑至江上。朝廷震恐，乃议放散百司。""诏放散行在百司，除侍从、台谏官外，……并量留官吏，余令从便寄居，春暖赴行在。"

[89] 衢：衢州，治所在今浙江衢州。

[90] 绍兴辛亥：宋高宗绍兴元年（1131），岁次辛亥。

[91] 壬子：绍兴二年（1132），岁次壬子。

[92] 疾亟：病危。

[93] 珉（mín）：似玉的美石。

[94] 颁金：谓寄顿金银财物。一说，谓以玉器贿赠金人。颁，分

与。

[95] 密论列：向朝廷秘密检举。

[96] 外廷：讳言朝廷迁流在外，借用旧词（原与"内廷"或"中朝"对举），婉称外廷。

[97] 移幸四明：《宋史·高宗本纪》载建炎三年十月"壬辰，帝至越州"，十二月"丙子（《建炎以来系年要录》卷三十作'己卯'），帝至明州"。幸，皇帝所至曰幸。四明，即明州，治所在今浙江宁波。

[98] 无虑：大略。

[99] 会稽：古代郡名，今浙江绍兴。

[100] 吴说：字傅朋，号练塘，钱塘（今浙江杭州）人。宋高宗时曾知信州（治所在今江西上饶）。为当时著名书法家。（见王明清《挥麈后录》卷十）运使：转运使的简称，宋朝各路主管军需粮饷的官，后兼掌军事，权甚重。

[101] 东莱：古代郡名，即莱州，治所在今山东莱州。

[102] 芸签：书签。缥（piǎo）带：淡青色的带子，用以束卷轴（宋以前书都用卷轴）。一说，缥带是用以悬挂牙签，作为藏书的标识。《旧唐书·经籍志下》："其集贤院御书：经库皆钿白牙轴，黄缥带，红牙签；史书库钿青牙轴，缥带，绿牙签；子库皆雕紫檀轴，紫带，碧牙签；集部皆绿牙轴，朱带，白牙签，以分别之。"韩愈《送诸葛觉往随州读书》诗："邺侯家多书，插架三万轴（卷）。一一悬牙签，新若手未触。"

[103] 跋：书后的文字曰跋。题：书写。

[104] 墓木已拱：坟墓上的树木已可两手合抱。谓人死已久。《左传·僖公三十二年》载秦穆公使谓蹇叔曰："尔何知？中寿，尔墓之木拱矣。"拱，两手合抱。

[105] "昔萧绎江陵陷没"三句：萧绎字世诚，梁武帝第七子。封湘

东王。公元552年即位于江陵（今属湖北），为梁元帝。魏军破江陵，被杀。《南史·梁元帝纪》载江陵将沦陷时，萧绎"聚图书十余万卷尽烧之"。

[106] "杨广江都倾覆"三句：隋炀帝杨广于义宁二年（618）在江都（今江苏扬州）为禁军将领宇文化及等所杀。倾覆，覆没。复取图书，《太平广记》卷二八〇引《大业拾遗记》云："武德四年，东都平后，观文殿宝厨新书八千许卷，将载还京师。上官魏梦见炀帝，大叱云：'何因辄将我书向京师？'于时太府卿宋遵贵监运……乃于陕州下书着大船中……于河值风覆没，一卷无遗。上官魏又梦见帝喜云：'我已得书。'帝平存之日，爱惜书史。……及崩亡之后，神道犹怀爱吝。"

[107] 尤物：珍异之物。

[108] 少陆机作赋之二年：谓十八岁。杜甫《醉歌行》："陆机二十作《文赋》。"仇兆鳌《详注》引臧荣绪《晋书》："陆机少袭父兵为牙门将军。年二十而吴灭，退临旧里，与弟云勤学，机妙解情理，心识文体，故作《文赋》。"

[109] 过蘧瑗知非之两岁：谓五十二岁。蘧瑗，字伯玉，春秋时卫国大夫。《淮南子·原道训》："故蘧伯玉年五十，而知四十九年非。"

[110] "人亡弓"二句：《孔子家语·好生》："楚（恭）王出游，亡弓，左右请求之。王曰：'已（止）之。楚王失弓，楚人得之，又何求之焉？'孔子闻之曰：'惜乎其不大也。亦曰"人遗弓，人得之"而已，何必楚也！'"作者用此典故，意在自我宽慰：自己虽然失掉了金石书画，但别人得到了也是一样。

[111] 好古博雅：《楚辞·招隐士》序："昔淮南王安，博雅好古，招怀天下俊伟之士。"博雅，渊博典雅。

[112] 绍兴二年玄黓（yì）岁壮月朔甲寅：即绍兴二年壬子八月一

日。绍兴二年,洪迈《容斋四笔》卷五"赵德甫《金石录》"条谓《后序》为绍兴四年(1134)所作。按,绍兴二年(1132)作者四十九岁,与文中"至过蘧瑗知非之两岁"句抵触,疑误。玄黓,《尔雅·释天》:"太岁……在壬曰玄黓。"绍兴二年适为壬子年。壮月,阴历八月。《尔雅·月阳》:"八月为壮。"朔甲寅,按绍兴二年八月朔为戊子,甲寅为八月二十七日。李慈铭疑"朔"字前脱"戊子"二字。易安室:李清照自号易安居士,取义于陶渊明《归去来兮辞》的"审容膝之易安",意谓住处简陋而心情安适。易安室为其书斋名。

【阐析】

第一段,讲述写作的缘由。先由书及人,交代《金石录》一书的作者、内容和价值,然后抒发感慨。

第二段,回忆美好的过去。以情真意切的笔调,记述与赵明诚在宴尔新婚后的情状:伉俪情深、志同道合的幸福,烹茶赌胜、赏玩金石的欢乐。在这样满是幸福欢乐的回忆里,书画古器已经并不只是书画古器,它们还凝聚着她与赵德父共有的美好往事。

第三段,回忆惨痛的遭际。战乱中家破人亡之痛,颠沛流离之苦,在藏品流失这一个点上,得到了浓缩。细腻处,娓娓而谈,如数家珍;沉痛处,曲折淋漓,如泣如诉。所记载的南渡初年动荡离乱的真实情况,可补史书记载之不足;所自述的家庭之盛衰变化,身世之坎坷飘零,其凄恻动人的艺术感染力,更堪与蔡琰《悲愤诗》媲美。

第四段,结束回忆,重返现实。在现实中,赵明诚坟头的松柏摇曳于晚风夕阳之中,老境渐迫的作者正独对青灯,翻阅遗卷。此情此景,怎不令人油然而生凄怆之思。

【赏评】

李清照(1084—约1151),号易安居士,齐州章丘(今山东济南市章丘区西北）人。父亲李格非是学者兼散文家，以文章受知于苏轼，母亲出身于官宦人家，也有文学才能。自幼受到良好的家庭教育，使她多才多艺，能诗词，善书画，王灼《碧鸡漫志》说她"自少年即有诗名，才力华赡，逼近前辈"。朱弁《风月堂诗话》也记载晁补之常向人称赞她的诗句。十八岁时，嫁给太学生赵明诚，赵爱好金石之学，也有很高的文化修养。二人早期生活优裕，除诗词唱和之外，还共同致力于金石书画的搜集和整理。靖康之变，金兵入据中原，随夫流寓南方，备尝离乱之苦。建炎三年（1129）赵明诚卒于建康（今南京）后，她辗转于越州、杭州、金华等地，境遇更加孤苦，饱尝了人世间的种种辛酸，感情变得越来越沉挚、悲凉以至凄切。所以后期作品多悲叹身世，情调感伤，并流露出对中原的怀念。有再嫁之说，但疑莫能明。有《易安居士文集》《易安词》，已散佚。今人王仲闻有《李清照集校注》。

据洪迈《容斋四笔》卷五"赵德甫《金石录》"条，本文作于绍兴四年（1134）。赵明诚的《金石录》是一部记载自上古三代至隋唐五代金文石刻的著作，据张端义《贵耳集》所云，李清照亦曾参与撰写。此书模仿欧阳修《集古录》体例，考据精审，对新旧《唐书》多所订正。绍兴中，李清照表进于朝。卷首原有赵明诚自序，卷末李清照写了这篇后序。浦江清对李清照《金石录后序》评论（《国文月刊》第一卷第二期，1931年）说："此文详记夫妇两人早年之生活嗜好，及后遭逢离乱，金石书画由聚而散之情形，不胜死生新旧之感。一文情并茂之佳作也。赵、李事迹，《宋史》失之简略，赖此文而传，可以当一篇合传读。故此文体例虽属于序跋类，以内容而论，亦同自叙文。清照本长于四六，此文却用散笔，自叙经历，随笔提写。其晚境凄苦郁闷，非为文而造情者，故不求其工而文自工也。"

序文以金石文献"得之艰而失之易"为主线，以切书序之题。但重点不在写物，而在写时事，尤其在写人情。不过这物，与作者半生悲欢离合的生活和命运密切相关，凝结着她对往日美满生活的温馨追忆和遭遇变故后辛酸痛楚的感触，反映出作者生活史和感情史的巨大转折；而作者生活和感情的巨变又与南渡前后动乱不安的时代息息相关，金石存亡、身世巨变、时代动乱，三者互为关联，文物的历史映照出人的历史，而个人的命运又折射出时代的命运，不仅小中见大——由家庭而见国家，而且因物见人——由书籍的得失聚散而见人世的悲欢离合，这使文章更显得意蕴深沉。而文章最后一段关于得失聚散"乃理之常"的感慨，又把这一切提到普遍性的人生哲理的思考高度，增添了本文的思想内涵。清人李慈铭评本文云："叙致错综，笔墨疏秀，萧然出畦町之外。予向爱诵之，谓宋以后闺阁之文，此为观止。"意见颇为中肯。

文天祥

指南录后序

德祐二年正月十九日，予除右丞相兼枢密使[1]，都督诸路军马。时北兵已迫修门外[2]，战、守、迁皆不及施[3]。缙绅、大夫、士萃于左丞相府[4]，莫知计所出。会使辙交驰[5]，北邀当国者相见[6]，众谓予一行为可以纾祸[7]。国事至此，予不得爱身，意北亦尚可以口舌动也[8]。初，奉使往来，无留北者，予更欲一觇北[9]，归而求救国之策。于是辞相印不拜[10]。翌日，以资政殿学士行[11]。

初至北营，抗辞慷慨，上下颇惊动，北亦未敢遽轻吾国[12]。不幸吕师孟构恶于前[13]，贾余庆献谄于后[14]，予羁縻不得还[15]，国事遂不可收拾。予自度不得脱[16]，则直前诟虏帅失信，数吕师孟叔侄为逆[17]；但欲求死，不复顾利害。北虽貌敬[18]，实则愤怒。二贵酋名曰馆伴[19]，夜则以兵围所寓舍，而予不得归矣。未几，贾余庆等以祈请使诣北[20]。北驱予并往[21]，而不在使者之目[22]。予分当引决[23]，然而隐忍以行。昔人云："将以有为也[24]"。

至京口，得间奔真州[25]，即具以北虚实告东西二阃[26]，约以连兵大举。中兴机会，庶几在此[27]。留二日，维扬帅下逐客之令[28]。不得已，变姓名[29]，诡踪迹[30]，草行露宿[31]，日与北骑相出没于长淮间[32]。穷饿无聊[33]，追购又急[34]；天高地迥，号呼靡及[35]。已而得舟,避渚洲[36],出北海[37],然后渡扬子江,入苏州洋[38],展转四明、天台[39],以至于永嘉[40]。

呜呼!予之及于死者不知其几矣!诋大酋当死[41];骂逆贼当死[42]。与贵酋处二十日,争曲直[43],屡当死;去京口,挟匕首,以备不测,几自刭死[44];经北舰十余里,为巡船所物色,几从鱼腹死[45]。真州逐之城门外,几仿徨死;如扬州,过瓜洲扬子桥[46],竟使遇哨,无不死。扬州城下,进退不由[47],殆例送死[48];坐桂公塘土围中,骑数千过其门,几落贼手死[49];贾家庄几为巡徼所陵迫死[50]。夜趋高邮,迷失道,几陷死;质明,避哨竹林中,逻者数十骑,几无所逃死[51]。至高邮,制府檄下,几以捕系死[52];行城子河,出入乱尸中,舟与哨相后先,几邂逅死[53];至海陵[54],如高沙[55],常恐无辜死。道海安、如皋,凡三百里,北与寇往来其间,无日而非可死[56]。至通州,几以不纳死[57]。以小舟涉鲸波[58],出无可奈何,而死固付之度外矣。呜呼!死生,昼夜事也[59]。死而死矣,而境界危恶,层见错出,非人世所堪。痛定思痛,痛何如哉[60]!

予在患难中,间以诗记所遭,今存其本,不忍废,道中手自抄录。使北营,留北关外[61],为一卷;发北关外,历吴门、毗陵[62],渡瓜洲,复还京口,为一卷;脱京口,趋真州、扬州、高邮、泰州、通州,为一卷;自海道至永嘉,来三山[63],为一卷。将藏之于家,使来者读之[64],悲予志焉[65]。

呜呼!予之生也幸,而幸生也何所为?求乎为臣[66],主辱臣死,有余僇[67];所求乎为子,以父母之遗体,行殆而死,有余责[68]。将请罪于君,君不许;请罪于母,母不许;请罪于先人之墓。生无以救国难[69],死犹为厉鬼以击贼,义也;赖天之灵,宗庙之福,修我戈矛,从王于师[70],以为前驱[71],雪九庙之耻[72],复高祖之业[73],所谓"誓不与贼俱生[74]",所谓"鞠躬尽力,死而后已[75]",亦义也。嗟夫!若予者,将无往而不得死所矣[76]。向也,使予委骨于草莽,予虽浩然无所愧怍[77],然微以自文于君亲[78],君亲其谓予何?诚不自意,返吾衣冠[79],重见日月[80],使旦夕得正丘首[81],复何憾哉!复何憾哉!

是年夏五,改元景炎[82],庐陵文天祥自序其诗[83],名曰《指南录》。

【注释】

[1] 除:被任命。右丞相:南宋时置左右丞相,为宰相之职。右丞相之位,略次于左丞相。枢密使:宋朝掌管国家军事的最高长官。

[2] 时北兵已迫修门外:《指南录·自序》:"时北兵驻高亭山,距修门三十里。"北兵,指元兵,时元兵统帅为伯颜。修门,国都的城门。

[3] "战、守、迁"句:(因为时局紧迫)无论迎战、守城或迁都,都来不及进行了。

[4] 缙绅:指一般官僚。萃:聚集、会集。左丞相:时左丞相为吴坚(后降元)。

[5] 使辙交驰:双方使者往来频繁,意谓两国正通过使臣密切接触。辙,车轮碾出的痕迹。

[6] 当国者:执政的人。

[7] 纾:解除。

[8]"意北"句：估计元人也还可以用言语打动。

[9] 觇（chān）北：察看元方情况。觇，窥视，偷偷地察看。

[10] 辞相印不拜：辞去丞相职。不拜，不接受任命。

[11] 以资政殿学士行：《宋史·瀛国公（恭帝）本纪》载德祐二年正月丙戌（二十日）："命天祥同吴坚使大元军。"《续资治通鉴》卷一八二载：与文天祥、吴坚一同出使者尚有谢堂、贾余庆。资政殿学士，属于顾问性质的官，宋朝宰相罢政，多授以此官。

[12]"初至北营"四句：《指南录》卷一"纪事"："予诣（往）北营，辞色慷慨。……大酋（伯颜）为之辞屈而不敢怒，诸酋相顾动色称为丈夫。是晚（当天晚上）诸酋议良久，忽留予营中。当时觉北未敢大肆无状。"遽（jù），匆忙，马上。

[13] 吕师孟构恶于前：指和吕师孟有宿怨。按，吕文焕守襄阳，叛变降敌；其侄师孟为兵部侍郎，替敌人做内应，于德祐元年出使元军。《指南录》卷一"纪事"："先是，予赴平江，入疏言：'叛逆遗孽不当待以姑息，乞举《春秋》诛乱贼之法。'意指吕师孟。朝廷不能行（执行）。"构恶事指此。构恶，结成仇恨。

[14] 贾余庆献谄于后：贾余庆为同签书枢密院事、知临安府，与文天祥同使元军。元军留天祥不遣，贾余庆实预其谋。《指南录》卷一"纪事"："予既絷维（被扣留），贾余庆以逢迎继之，而国事遂不可收拾。"同上书卷一"使北"："贾余庆凶狡残忍，出于天性，密告伯颜，使启北庭，拘予于沙漠。"献谄，（向元军）献媚。

[15] 予羁縻（jī mí）不得还：《元史·伯颜传》载，文天祥屡次请归，伯颜笑而不答。文天祥怒曰："我此来为两国大事，别人都被遣归了，为何偏偏留我？"伯颜曰："别生气。您是宋朝大臣，责任不轻。今日之事，正当与我共同处理。"命令忙古歹、唆都二人在宾馆陪伴羁押。羁縻，

束缚、拘留的意思。

[16] 度：忖度。

[17] 前：走上前。"诟（gòu）虏帅失信"二句：《指南录》卷一"纪事"："正月二十日至北营，适（正好）与文焕同坐。予不与语（我不和他说话）。越二日，予不得回阙，诟虏首（骂敌将）失信，盛气不可止。……至是，文焕云：'丞相何故骂焕以乱贼？'予谓：'国家不幸至今日，汝为罪魁。汝非乱贼而谁？三尺童子皆骂汝，何独我哉！'焕云：'襄守六年不救。'予谓：'力穷援绝，死以报国可也。汝爱身惜妻子，既负国，又隳（败坏）家声。今合族为逆，万世之贼臣也。'孟在傍甚忿，直前云：'丞相上疏欲见杀，何为不杀取师孟！'予谓：'汝叔侄皆降北，不族灭汝，是本朝之失刑也，更敢有面皮来做朝士！予实恨不杀汝叔侄。……'"诟，辱骂。数，责备。

[18] 貌：表面上。

[19] 二贵酋：指忙古歹、唆都。时忙古歹为万户，唆都为招讨使，都是元军的高级将领。馆伴：谓来宾馆陪伴。

[20] 贾余庆等以祈请使诣北：《宋史·瀛国公本纪》载德祐二年二月壬寅（六日）："犹遣贾余庆、吴坚、谢堂、刘岊（jié）、家铉翁充（充当）祈请使。"祈请使，奉表请降、恳求元帝保存赵宋社稷的使节。诣北，指往元京大都（今北京市）。

[21] 驱：逼迫。

[22] 不在使者之目：文天祥先被拘执，元人却逼迫他同祈请使贾余庆等一道往大都，所以说不在使者之列。

[23] 分当引决：理当自杀。

[24] 将以有为也：语出韩愈《张中丞传后叙》："（张）巡呼（南）霁）云曰：'南八，男儿死耳，不可为不义屈！'云笑曰：'欲将以有为

也；公有言，云敢不死！'"将以有为，指打算暂时保全性命，待机灭敌建功。

[25]"至京口"二句：《指南录》卷三"脱京口"："二月二十九日夜，予自京口城中间道出江浒，登舟溯金山，走真州。"同时随文天祥脱险者有杜浒等十一人。京口，今江苏镇江。得间，得到机会。真州，治所在今江苏仪征。

[26]东西二阃：指淮南东路和淮南西路两制置使，即掌管边防的军事长官。淮东为李庭芝，驻扬州。淮西为夏贵，驻庐州（今安徽合肥）。阃，边帅，统兵在外的将帅。

[27]"中兴机会"二句：《指南录》卷三"议纠合两淮复兴"载文天祥至真州，守将苗再成向其陈述恢复策略，天祥"喜不自制"，认为"中兴机会在此"，即作书与李庭芝、夏贵，约双方连兵大举。

[28]维扬帅下逐客之令：《指南录》卷三"出真州"载淮东制置使李庭芝得报，误认文天祥为元作奸细，下令真州守将苗再成杀他。再成不忍，开城门放他出城。维扬，即扬州。

[29]变姓名：当时文天祥称自己是刘洙。

[30]诡踪迹：隐避自己的行踪。

[31]草：在荒野里。露：在露天下。

[32]日与北骑相出没于长淮间：当时淮东宋军只守住真州、扬州、高邮等少数城市，主要交通线已被元军所控制，故云。《续资治通鉴》卷一八一载德祐元年："时元兵东下，所过迎降，李庭芝率励所部，固守扬州。"元将"阿珠乃筑长围，自杨子桥竟瓜洲，东北跨湾头至黄塘，西北抵丁村，务欲以久困之"。长淮间，指淮水以南水网密布的地区。

[33]无聊：无所依靠，无以为生。

[34]追购：悬赏追捕。

[35]"天高地迥"二句：犹俗语所谓"呼天不应，呼地不灵"。靡及，达不到。靡，无，没有。

[36]渚：水中的小块陆地。洲：水中陆地，比渚大。

[37]北海：长江口以北的海。

[38]苏州洋：今上海市附近海面。

[39]四明：今浙江宁波。天台：今属浙江。

[40]永嘉：旧郡名，治所在今浙江温州。

[41]诋（dǐ）：斥骂。

[42]逆贼：指吕文焕、吕师孟叔侄。

[43]争曲直：争论是非。

[44]"去京口"四句：《指南录》卷三"候船难"："予先遣二校坐舟中，密约待予甘露寺下。及至，船不知所在。意窘甚。交谓（都认为）船已失约，奈何！携匕首，不忍自残，甚不得已，有投水耳。余元庆褰裳（提起衣裳）涉水，寻一二里许，方得船至。各稽首以更生为贺。"

[45]"经北舰十余里"三句：《指南录》卷三"上江难"："予既登舟，意（打算）溯流直上，他无事矣。乃不知江岸皆北船，迷亘数十里；鸣榔唱更，气焰甚盛。吾船不得已，皆从北船边经过，幸而无问者。至七里江，忽有巡者喝云：'是何船？'梢答以'河鲀船'。巡者大呼云：'歹船！'歹者，北以是名（称呼）反侧奸细之称。巡者欲经船前，适（正遇上）潮退，阁（搁）浅不能至。是时舟中皆流汗。其不来，侥幸耳！"物色，访寻。从鱼腹死，葬身鱼腹，谓投水死。

[46]瓜洲：在今江苏扬州市南长江滨。扬子桥：即扬子津。

[47]进退不由：不由己，谓进退失据。

[48]殆例送死：几乎等于去送死。

[49]"坐桂公塘土围中"三句：《指南录》卷三"至扬州"："予不

得已,去扬州城下,随卖柴人趋其家,而天色渐明,行不能进。至十五里头,半山有土围一所,旧是民居,毁荡之余,无椽瓦,其间马粪堆积。时惟恐北有望高者,见一队人行,即来追逐,只得入此土围中暂避。"又"数千骑随山而行,正从土围后过。一行人无复人色,傍壁深坐,恐门外得见。若一骑入来,即无噍类(特指活着的人)矣!时门前马足与箭筒之声,历落在耳,只隔一壁。幸而风雨大作,骑只径去"。桂公塘,小丘名,在扬州城外。

[50] "贾家庄"句:《指南录》卷三"贾家庄":"予初五日随三樵夫,黎明至贾家庄;止土围中,卧近粪壤,风露凄然。……是夜雇马趋高沙(高邮)。"同上"扬州地分官":"初五至晚,地分官五(五个地方官)咆哮而来,挥刀欲击人,凶焰甚于北,亟出濡沫(给钱),方免毒手。"巡檄,巡查的哨兵。陵迫,欺凌迫害。

[51] "夜趋高邮"七句:《指南录》卷三"高沙道中":"予雇骑夜趋高沙,越四十里,至板桥,迷失道,一夕,行田畈(成片的田)中,不知东西。风露满身,人马饥乏。旦行雾中,不相辨。须臾,四山渐明,忽隐隐见北骑,道有竹林,亟入避。须臾,二十余骑绕林呼噪。虞侯张庆右眼内中一箭,项二刀,割其髻,裸于地。帐兵王青缚去。杜架阁(浒)与金应,林中被获,出所携黄金赂逻者得免。予藏处距杜架阁不远,北马入林,过吾傍三四,皆不见,不自意得全(没想到得以保全)。"高邮,今属江苏。质明,正明,黎明。

[52] "至高邮"三句:《指南录》卷三"至高沙":"予至高沙,奸细之禁甚严。……闻制使有文字报诸郡,有以丞相来赚(诓骗)城,令觉察关防。于是不敢入城,急买舟去。"制府,指淮东制置使的府署。檄,晓谕或声讨的文书。

[53] "行城子河"四句:《指南录》卷三"发高沙":"二月六日城

子河一战，我师大捷。"又："积尸盈野，水中流尸无数，臭秽不可当，上下几二十里无间断。"又，"是日经行战场，四顾阒然（寂静）。榟人（船夫）心忎（担忧），长恐（总是害怕）湾头有人出来，又恐岸上有马来赶。正荒急间，偶然柂（船舵）折，整（修整）柂良久，危哉险哉！"城子河，在高邮市东南。邂逅，不期而遇。

[54] 海陵：今江苏泰州市姜堰区。

[55] 如高沙：谓至海陵后，和在高邮的艰险遭遇相同。高沙即高邮。《指南后录》卷二《发高邮》："初出高沙门，轻舫绕城楼。"

[56] "道海安、如皋"四句：《指南录》卷三"泰州"："予至海陵，问程（问路）趋通州，凡三百里河道，北与寇出没其间，真畏途也。"同上书"闻马"："越一日，闻吾舟过海安未远，即有马（敌骑）至县，使（假使）吾舟迟发一时顷，已为囚虏矣，危哉！"道，取道。海安、如皋，今属江苏。

[57] "至通州"二句：胡广《丞相传》载，文天祥"至通州，几不纳。适牒报：'镇江大索文丞相十日，且以三千骑追亡于浒浦。'始释制司前疑。而又迫追骑。赖通州守杨师亮出郊，闻而馆于郡，衣服饮食，皆其料理"。通州，治所在今江苏南通。

[58] 涉鲸波：谓出海。鲸波，巨浪。

[59] 死生，昼夜事也：《庄子·至乐》："死生为昼夜。"《庄子·田子方》："死生终始将为昼夜。"

[60] 痛定思痛：事后追想当时遭受的痛苦。语出韩愈《与李翱书》："如痛定之人，思当痛之时，不知何能自处也。"二句意谓遭受痛苦之后，再追忆当时的痛苦会更感悲痛。

[61] 北关：北门。

[62] 吴门：吴县的别称，即今江苏苏州。毗陵：古县名，治今江苏

常州。

[63] 三山：今福建福州，市内有闽山、越王山、九仙山，故名。

[64] 来者：后人。

[65] 悲：了解、同情的意思。

[66] 求乎为臣：要求做一个好臣子。

[67] "主辱臣死"二句：谓君主受到污辱，臣子理应去死，死了都留下耻辱。僇，羞耻。

[68] "以父母之遗体"三句：《孝经·开宗明义章》："身体发肤，受之父母，不敢毁伤，孝之始也。"此据其义而言，谓自己冒险而死，是要受到指责的。行殆而死，冒险而死。有余责，死了还是要受到指责的。

[69] 无以救国难：没有办法解救国家的危难。

[70] "修我戈矛"二句：《诗经·秦风·无衣》："王于兴师，修我戈矛，与子同仇。"修我戈矛，整治好我们的武器。从王于师，跟随君王在军队里效力。

[71] 以为前驱：做王师的先锋。

[72] 九庙：古时皇帝才能立九庙。《宋史·徽宗本纪》："崇宁三年立九庙。"谓以九庙供奉赵氏祖宗。

[73] 高祖之业：祖宗开创国家之伟业。开国的皇帝称高祖，此指宋太祖赵匡胤。

[74] "誓不"句：元和十二年，宪宗欲讨平淮、蔡叛军，当时朝臣多主罢兵，只有裴度请自往督战。宪宗谓裴度："卿真能为朕行乎？"对曰："臣誓不与此贼俱生！"（《通鉴》卷二〇四）

[75] "鞠躬"二句：诸葛亮《后出师表》："先帝虑汉贼不两立，王业不偏安，故托臣以讨贼也。……臣鞠躬尽瘁，死而后已。"鞠躬，敬谨貌。

[76]"若予者"二句：谓像我这样的人，无论死于何处，都是死得其所，无有遗憾。

[77]浩然：光明磊落。

[78]"然微以"句：然而没有用来向君亲掩饰自己身为大臣却不能救国难的话。文，文饰。

[79]返吾衣冠：谓回到宋朝。衣冠，指汉族的服装。

[80]日月：比喻最高统治者。

[81]旦夕：犹言早晚，谓时间之暂。正丘首：《礼记·檀弓上》："狐死正丘首。"郑玄注："正丘首，正首丘也。"孔颖达疏："所以正首而向丘者，丘是狐窟穴根本之处。虽狼狈而死，意犹向此丘。"引申为死于故乡、故国。

[82]"是年夏五"二句：《宋史·瀛国公本纪》载德祐二年（1276）五月："（陈）宜中等乃立（赵）昰于福州，以为宋主（即端宗），改元景炎。"

[83]庐陵：今江西吉安。

【阐析】

第一部分（第一至四段），记叙出使元营所遭遇的种种磨难。其中第一至三段重在记叙，第四段则以抒情为主。第一段，先讲自己是在"时北兵已迫修门外，战、守、迁皆不及施"的严重形势下出使北营的。再讲自己当时的心情是"不得爱身"，即已抱定为国捐躯的决心。其意图是：一方面"意北亦尚可以口舌动也"，另一方面是"更欲一觇北，归而求救国之策"。第二段，记述至北营大致经历的三个阶段：第一阶段是"初至北营……北亦未敢遽轻吾国"。第二阶段是"不幸吕师孟构恶于前，贾余庆献谄于后……予不得归矣"。第三阶段是"未几……北驱予并往，而不在使者之目"。最后讲本来是"分当引决"的，但仍"隐忍以行"，是为了"将以有为也"。第三段，写北行途中得脱的行程。可分为三层。第一层，"至京口……中兴机会，庶几在此"，写得脱后的喜悦。第二层，"留二日，……天高地迥，号呼靡及"，写受误会后的困境。第三层，"已而得舟，……以至于永嘉"，写得舟后急于南下的急迫心情。第四段，以抒情为主，表明爱国、忧国的心志。可分为三层：第一层，"呜呼！予之及于死者不知其几矣！"此句引出"及于死"的危难，总起下文。第二层，"诋大酋当死……而死固付之度外矣"。共用十七个排比句，情感真挚，气势磅礴，再现了文天祥此次北行历经的种种磨难。第三层，"呜呼！……痛定思痛，痛何如哉！"进一步抒发出生入死而国事难为的巨大伤痛。

第二部分（第五至七段），主要说明写作情况和结集目的、集名。这部分告诉我们，文天祥之诗是"在患难中，间以诗记所遭"，"今存其本，不忍废"而保存下来的。文天祥将诗结成集的目的是"将藏之于家，使来者读之，悲予志焉"。

【赏评】

文天祥（1236—1283），字履善，又字宋瑞，号文山。吉州庐陵（今江西吉安）人。宋理宗宝祐四年（1256）二十一岁时，考取进士第一名，任官不到两月即与权贵作尖锐的斗争，屡遭弹劾仍坚持正义。理宗开庆元年（1259），蒙古军进围鄂州（治今湖北武汉市武昌区），宦官董宋臣主张迁都，他上疏请斩董宋臣，并建言防御之计，未被采纳。后历知瑞、赣等州。宋恭帝德祐元年（1275）元兵东下，朝廷召诸路"勤王"，文天祥积极响应，以全部家产充军费，在赣州组织武装，入卫临安（今浙江杭州）。次年元军大举南下，驻军于皋亭山，文天祥被任为右丞相兼枢密使。

受命出使元军议和，他不辱国体，慷慨陈词，触怒元方丞相伯颜，被扣留，解送北方；行至镇江逃脱，历尽艰险，由海道南下至福建。端宗景炎二年（1277）进兵江西，收复州县多处。不久为元兵所败，退入广东。次年在五坡岭（在今广东海丰北）被俘。被押到大都（今北京）后，元世祖忽必烈以宰相作为诱降条件，遭到文天祥的严词拒绝。右丞相邓光荐和元将张弘范劝其降元，亦遭唾骂。文天祥历尽折磨而矢志不屈，自认为宋朝"状元宰相"，必须一死以尽"忠"。元世祖至元十九年十二月初九（1283年1月9日）在柴市口从容就义，年仅四十七岁。战乱中于所遭险难及平生战友事迹，均有诗歌反映，编集为《指南录》。其中《过零丁洋》"人生自古谁无死，留取丹心照汗青"是历来被广为传诵的名句。写于大都狱中的《正气歌》激昂慷慨、苍凉悲壮，更是体现其崇高气节和至死不渝的坚贞意志的不朽之作。有《文山先生全集》。

《指南录》是文天祥的一部诗集，共四卷，系作者辗转长江南北时（1276—1277）所作。集名取自作者《扬子江》"臣心一片磁针石，不指南方不肯休"的诗意，集中地表现他力图恢复、念念不忘祖国的百折不挠的意志。诗集有自序两篇，此为《后序》，追叙其德祐二年（1276）出使元营，被扣押后历尽艰辛，在强敌面前威武不屈，终于万死一生，得以脱险的经过，字里行间悲愤交集，和《正气歌》一样，不仅记录了一位仁人志士曲折惊险的生活经历，更表现了一位民族英雄守义不屈的爱国精神，和奔走报国、艰苦战斗的顽强意志。

全篇记叙、抒情与议论相结合。如写被驱北上时，"予分当引决，然而隐忍以行。昔人云：'将以有为也。'"这里的记叙包含着克制内心无限痛苦的强烈感情，同时又带有议论成分。又如，文中用大段抒情与描写相结合的文字探讨生与死的问题。在语言上，本文生动而准确。如文中表现行踪的动词，表示离开某地用"去（京口）"，表示前往某地用"如

（扬州）"，"趋（高邮）"；表示到达某地用"至（海陵）"，"来（三山）"；表示经由某处用"过（瓜洲扬子桥）"，"道（海安、如皋）"，"历（吴门、毗陵）"。此外，动词"奔""变""诡""行""宿""出""没""穷饿""号呼""避""渡""入""展转"，都准确地表明了活动地点，也表达了作者心情急切、紧张和经历的坎坷。在气势上，本文磅礴汹涌，感情充沛，特别是连写"及于死者不知其几"的具体情况，迭用排句，丰富多变，以实录式的精练笔墨，抒发了豪迈奔放的感情。

家藏文库（近期出版书目）

大学　中庸	黄庭坚诗选
三国志选注译（上、中、下）	陆游诗文选
水经注	王阳明诗文选（上、下）
唐才子传	花间集（上、下）
商君书	晏殊　晏几道词选
孔子家语	欧阳修词选
法言	苏轼词选
随园食单	秦观词
板桥杂记	周邦彦词
抱朴子内篇	姜夔词
大唐西域记（上、下）	豪放词
洛阳伽蓝记	婉约词
地藏经药师经	先秦散文选
东坡志林	唐宋散文选
朱子读书法	晚明散文选
武林旧事　附《增补武林旧事》	唐人小说选
徐霞客游记（上、下）	牡丹亭　窦娥冤
曾国藩家书	西厢记　桃花扇
梁启超家书	喻世明言
古诗十九首　乐府诗选	警世通言
阮籍诗选	聊斋志异
庾信选集	镜花缘
孟浩然诗选	儒林外史
李杜诗选（上、下）	千家诗
韩愈诗选	帝鉴图说
柳宗元诗选	四字鉴略
杜牧诗选	声律启蒙　笠翁对韵
苏轼诗文选	重订增广贤文　名贤集